Vidas Perfectas

ALEXIS D. ALBRECHT

Vidas Perfectas

Albrecht, Alexis D.
　　Vidas perfectas / Alexis D. Albrecht ; editado por Ignacio Javier Pedraza ; Fiorella Leiva. - 2a ed. - Córdoba : Fey, 2023.
　　388 p. ; 15 x 21 cm.

　　ISBN 978-987-48784-8-9

　　1. Narrativa Juvenil. 2. Crímenes. I. Pedraza, Ignacio Javier, ed. II. Leiva, Fiorella, ed. III. Título.

　　CDD A863.9283

© 2023 Alexis D. Albrecht
© 2023 Ediciones Fey SAS
www.edicionesfey.com

Segunda edición: Julio de 2023
ISBN: 978-987-48784-8-9

Portada y fotomontajes: Darío Pérez
Diseño y maquetación: Ramiro Reyna

Realizado el depósito previsto en la Ley 11723

Los personajes y hechos retratados en este libro son completamente ficticios. Cualquier parecido con personas o hechos reales es pura coincidencia

I

Se suponía que sería una noche perfecta. Y lo fue. Hasta que alguien me disparó en la cabeza.

Aquella noche de sábado la música rugía a todo volumen en la residencia Torres, ubicada en Campos de Edén, el barrio privado más exclusivo de la ciudad. Los adolescentes bailaban frenéticos y el alcohol pasaba de mano en mano sin absolutamente ningún tipo de supervisión adulta. El calor de febrero, incluso, había animado a los más osados a sumergirse en ropa interior en la enorme piscina del patio trasero.

Fue Sabrina, mi hermana mayor, quien encontró mi cuerpo. No se suponía que ella estuviera en casa esa noche. Me había comentado que se iba a juntar con una de sus compañeras de Medicina para estudiar. Tenía un examen muy importante el lunes a primera hora y, siempre obsesiva con sus notas, no aceptaría sacarse nada menos que un diez. Ni siquiera se imaginó, al cambiar sus planes a último momento, lo inoportuna que le resultaría mi muerte.

Eran alrededor de las cuatro de la mañana cuando Sabrina, en pijama, decidió bajar a la sala con los apuntes de Anatomía bajo el brazo. Se había acostado hacía apenas una hora con la intención de descansar un poco. Sin embargo, la música que provenía de la casa de los Torres se lo impedía. Hubiese bastado con cerrar la ventana para aislar el ruido, por supuesto; pero mi hermana siempre había sido un tanto adepta al dramatismo.

Acababa de ocupar un lugar junto a la ventana que daba al jardín delantero, acompañada tan solo por la luz de la luna y una lámpara portátil, cuando oyó el disparo. Por supuesto, Sabrina ni siquiera pensó que aquel sonido podía provenir de un arma. Lo atribuyó al caño de escape de algún auto de los mocosos consentidos que se habían reunido en la casa vecina a matar sus neuronas con alcohol, entre los cuales yo estaba incluida.

No fue sino hasta varios minutos después, cuando dejó los apuntes a un lado y se dirigió a la cocina a buscar un vaso de agua, que Sabrina advirtió algo extraño. Los reflectores del patio trasero estaban prendidos. Aquello le resultó curioso, así que dejó el vaso a un costado y salió de la cocina por la puerta trasera. Lo primero que notó fue que el *jacuzzi* estaba encendido y que había una botella de vino y dos copas a medio beber.

Y entonces lo vio. Mi cuerpo sin vida, tendido en el suelo sobre un enorme charco de sangre. Le tomó un par de segundos procesar la imagen, llevarse las manos al rostro y soltar un grito cargado de horror.

II

Nicolás Anderson observó, a través de la ventanilla, la tranquilidad de las calles que llevaba más de dos meses sin recorrer. Las casas seguían igual de enormes y ostentosas; los jardines, igual de exquisitos e inmaculados. Y las personas, igual de hipócritas. Amas de casa que salían sonrientes a tirar la basura y esposos que lavaban sus autos lujosos con devoción. Escenas que transmitían una perfección que en realidad no existía.

—Vamos a tener que hablar en algún momento, Nico.

Sabía que su padre lo observaba por el espejo retrovisor, aunque no se molestó en devolverle el gesto. Vio pasar a un grupo de niños en bicicleta en la dirección contraria y se preguntó en qué momento su vida se había vuelto tan... complicada. Recordó las veces en las que había deseado crecer y no pudo evitar sentirse estúpido. Si a los seis años hubiera sabido el tipo de problemas que tendría a los dieciséis, habría anhelado ser un niño por siempre.

Ricardo le dijo algo más, pero a Nico lo distrajo la vibración de su celular. Sacó el aparato del bolsillo de sus *jeans* desgastados y leyó el nombre en la pantalla: *Caro.*

Dudó unos segundos, rechazó la llamada por tercera vez en lo que iba del día y volvió a guardar el teléfono en el bolsillo. Sabía a la perfección que Carolina seguiría tratando de comunicarse con él hasta que por fin lo lograra, por lo que no tenía sentido evitarla. Aun así, solo tenía fuerzas para lidiar con un problema a la vez y su novia no encabezaba su lista de prioridades.

El coche se detuvo frente a su casa. Nico salió de inmediato. Su presencia llamó la atención de Betina Ocampo, la vecina de enfrente, que había sentido muchísima curiosidad por el paradero del hijo menor de los Anderson durante los últimos dos meses. Físicamente no había cambiado demasiado. Salvo por el cabello oscuro, que ahora le rozaba los hombros, y la barba de un par de días, seguía igual. Su lenguaje corporal, sin embargo, era otro. Betina lo notó en la forma en que se negó a que su padre le llevara el equipaje.

—Nicolás.

Su padre lo tomó del brazo e impidió que siguiera avanzando. El chico apretó la mandíbula, molesto, mientras se giraba para enfrentar al hombre de casi metro noventa. No pudo evitar acongojarse un poco. Su padre siempre le había inspirado respeto. En contadas ocasiones, también un poco de miedo.

—No voy a decir nada, si eso es lo que te preocupa.

—No es eso lo que me preocupa —respondió Ricardo. Mentía—. Nada más quiero que estemos bien. Que tu madre esté bien —agregó, mientras lo soltaba.

—Lo que querés es que no sé dé cuenta de que algo pasa. Que no se dé cuenta de la clase de...

—Mirá, pendejo —lo interrumpió su padre.

Por un momento, el hombre perdió la compostura. Pareció abalanzarse sobre su hijo como un cazador sobre su presa y Nicolás se encogió en su lugar. Pero solo por un momento. Si algo caracterizaba a Ricardo, era que rara vez perdía la compostura. Tardó apenas un segundo en dar medio paso hacia atrás, aflojar la espalda y observar de reojo a Betina Ocampo, que estaba ahogando sus begonias por intentar adivinar qué pasaba entre padre e hijo. Ricardo fingió una sonrisa y le dedicó a su vecina un breve saludo antes de posar una mano sobre el hombro de su hijo y empujarlo sutilmente hacia la casa.

—Perdón... —se disculpó Nico tras tragar saliva.

Era consciente de que se había pasado de la raya. Nunca se había comportado de aquella manera con sus padres o con ningún otro adulto. Estaba demasiado acostumbrado a ser el muchachito amable y educado del que todo el mundo no esperaba nada menos que absoluta perfección. Incluso si no se lo merecían.

—Es algo complicado. Para los dos. Solo quiero evitar que tu madre se altere por algo que no va a volver a ocurrir, ¿sí? Te lo prometí cuando te compré el pasaje, Nico. No va a volver a pasar —aseguró su padre. Pero sus palabras no sonaban del todo sinceras.

Aquel pequeño recordatorio sobre el valor de su silencio hizo que a Nicolás se le revolviera el estómago. Había aceptado, aunque fuese de forma implícita, no delatar a su padre a cambio de un pasaje a Londres para visitar a sus abuelos, tíos y primos. ¿Era eso lo que valía su silencio? ¿Lo que valía la lealtad hacia su madre? ¿Un pasaje de avión en primera clase más su estadía en otro país?

Su padre pareció darse cuenta de que había dado en la tecla, tomó la valija que su hijo se había negado a cederle minutos atrás y la subió por los escalones hasta el recibidor.

Nico se quedó dos pasos más atrás, todavía tratando de encontrar alguna manera de lidiar con esa sensación de traición hacia su madre que crecía en su pecho. ¿Cómo podría mirarla a los ojos sin que advirtiera que le estaba ocultando algo?

Respiró hondo.

Dentro de la residencia de los Anderson todo lucía impecable. Las paredes blancas dejaban en evidencia que por allí no corrían niños pequeños desde hacía varios años. Los muebles no tenían ni una mota de polvo encima y cada vidrio, cada cristal, relucía con un brillo cegador. Angelina Anderson siempre había sido una mujer obsesiva con la limpieza y en extremo detallista; hasta solía ir por detrás de las empleadas domésticas para indicarles aquello que no tenía aún el toque perfecto.

Ricardo dejó las llaves sobre una bandeja negra en la mesa de entrada, junto a unos apuntes de Anatomía olvidados, y se aflojó la corbata. Pese a que era sábado, Ricardo había estado en la oficina antes de escaparse a buscar a su hijo al aeropuerto. Como jefe de Marketing de una de las empresas más importantes de la ciudad, rara vez descansaba los fines de semana, sobre todo cuando en un par de días lanzaría una nueva campaña.

Nico atravesó el comedor en dirección a la cocina, donde lo recibió su madre. Apenas acababa de poner un pie dentro de la habitación cuando la mujer lo estrechó entre sus brazos. Angelina solía parecer un tanto fría a simple vista, quizá debido a su aspecto siempre tan pulcro, tan perfecto. Aquella mañana, sin embargo, vestía una blusa suelta y unos *jeans*, muy alejados de la ropa formal que solía utilizar para el trabajo. El cabello negro, suelto hasta la mitad de la espalda en lugar de un tirante rodete, le proporcionaba incluso algo más de calidez.

—Esa barba, Nico. Te tenés que afeitar. —Fue lo primero que dijo cuando se alejó unos centímetros y lo tomó del rostro para observarlo mejor.

—Yo también te extrañé, mamá —sonrió él.

—Supongo que todavía no desayunaste. Sentate, te hice unas galletas con *chips* de chocolate. ¿Te hago un té? ¿Café? ¿Chocolatada?

—Té está bien —respondió mientras se sentaba a la mesa de la cocina.

Su padre se dirigió hacia la heladera y sacó una botella de agua fría.

—Yo tengo que volver a la oficina en un rato, Angie. Creo que voy a almorzar allá. Aguilar está un poco paranoico con el tema de la campaña.

—Ya sé. Llamó hace un rato. —Angelina puso la pava eléctrica y se giró hacia su esposo, que se había apoyado en el desayunador de mármol y tomaba agua directamente de la botella—. Hay un tema con el despido de Anahí Álvarez, así que tengo que pasar a buscar unos papeles —le comunicó, antes de acercarle un vaso.

Nico se tensó en su lugar, pero no dijo nada.

Su madre trabajaba en la misma empresa que Ricardo, aunque en el Departamento Legal. Carlos Aguilar le había ofrecido el puesto siete años atrás, durante una cena casual, tras escuchar que Angelina había decidido abandonar el bufete de su padre. Todos en Campos de Edén y los alrededores sabían que los Machado eran los mejores abogados del área y que Angelina, en particular, era una estrella.

Mientras servía el té con galletas y se despedía brevemente de Ricardo, Angelina comenzó a preguntarle a su hijo detalles sobre el viaje. Ya conocía la mayoría de las historias; después de todo, no era como si hubiesen estado incomunicados durante todo ese tiempo. Mostró particular interés en saber qué había hecho Nico en su cumpleaños número dieciséis, el nueve de febrero. Él se centró en la cena familiar y le comentó muy por encima la salida con sus primos. Angelina no lo supo en ese momento, pero Nico ocultaba algo.

—¡Miren lo que trajo el viento!

Nicolás bebió un último sorbo de su taza de té antes de girar y encontrarse cara a cara con su hermana mayor, Valeria. Ella se acercó con una sonrisa y se limitó a darle un beso en el aire.

—*Sorry, bro*, pero estoy toda transpirada. Salí a correr —se justificó—. ¿Papá ya se fue? —preguntó a su madre, mientras se acercaba a la frutera que descansaba encima del desayunador y se hacía con una manzana roja.

—Recién. Aguilar lo volvió a llamar.

—Oh. Contaba con que me llevara hasta el centro.

—Te puedo llevar más tarde. Tengo que ir a la oficina a buscar unos papeles. ¿No querés una galleta?

—¿Y arruinar mi figura? No, gracias —sonrió, antes de sentarse frente a su hermano menor—. ¿Seba ya vino?

Nico negó con la cabeza.

Sebastián era su otro hermano, el del medio. Su relación se había tornado un poco tensa durante los últimos años, aunque Nico no sabía con exactitud por qué. De los tres, era el que más se parecía a Ricardo, al menos en cuanto a lo físico. Cabello rubio oscuro, ojos verdes y tez bronceada. Incluso tenía la misma altura y porte. En personalidad, sin embargo, era un mundo aparte. Bromista, extrovertido, histriónico; todo lo contrario de su padre. Nico y Valeria, en cambio, eran mucho más parecidos a su madre.

Cualquiera hubiera pensado que, justamente ese día, Sebastián estaría presente. Después de todo, era el día en que su hermano regresaba a casa después de pasar dos meses en otro país. Pero la idea ni siquiera había pasado por su cabeza. Todos los sábados, desde hacía un año y medio, Sebastián jugaba al fútbol con sus amigos y no estaba dispuesto a modificar su rutina por su hermano menor.

—Creo que me voy a ir a tirar un rato. Estoy muerto. Por el vuelo —dijo Nico.

Ninguna de las dos se opuso, pese a que su hermana se moría de ganas por saber qué regalos le había traído su hermanito de Londres. Ambas entendían que estuviera cansado, así que Valeria le prometió que lo despertaría para el almuerzo y Angelina le dijo que no se preocupara por subir la valija, que ella se haría cargo luego. Nico suponía que su madre quería inspeccionar en qué condiciones se encontraba su ropa antes de poner a lavar todo, incluso lo que ya estaba limpio.

Una vez en su cuarto, Nico se dejó caer sobre la cama. No cerró los ojos ni intentó conciliar el sueño; se quedó mirando el techo, allí donde solía tener estrellas fluorescentes que lo iluminaban durante la noche. Cuando era pequeño, eran esas estrellas las que le permitían dormir. Lo hacían sentirse protegido. Pero llevaban años en el fondo de alguna caja, dentro de su armario. Un día habían dejado de tener ese efecto en él. Y ya nada más lo había logrado.

Se pasó las dos manos por el rostro y soltó un suspiro por lo bajo. No quería pensar en el secreto que le estaba guardando a su padre. Tampoco quería pensar en el día de su cumpleaños ni en la salida con sus primos en Londres.

Se giró hacia un costado y observó una fotografía que descansaba en un marco plateado sobre la mesa de noche. No debía tener más de seis años en aquella imagen. Por aquel entonces llevaba el cabello corto, siempre peinado hacia un costado, incluso aunque acababa de salir de la piscina. A su lado, un niño rubio y escuálido que le sacaba media cabeza le pasaba un brazo por sobre los hombros. Con la otra mano enseñaba el pulgar hacia arriba en dirección a la cámara: Lucas Torres. Junto a él estaba su melliza, Celeste, con una malla rosa y el cabello atado en dos trenzas. La última persona en la foto era una chica delgada de cabello negro y ojos celestes, con una malla horrible de color amarillo: Daniela Castillo.

Yo, diez años atrás.

Nico cerró los ojos. Por aquellos días, parecía que a donde fuera que dirigiese la mirada se escondía un secreto.

III

Paraíso, el centro comercial de Campos de Edén, había terminado de construirse hacía tan solo siete meses. En un principio, los desarrolladores del proyecto habían dudado de si el lugar tendría el éxito esperado. Sí, los residentes de Campos de Edén tenían dinero de sobra, pero ¿irían allí a gastarlo? Sin embargo, bastó con lograr que un par de marcas de renombre abrieran sus locales en Paraíso para que los compradores compulsivos de la clase alta se congregaran en masa, con sus tarjetas de crédito en alto.

Una de esas compradoras era Celeste Torres, reconocida no solo por la cantidad de dinero que gastaba sin pensarlo dos veces, sino por el estilo del que hacía gala y las miradas que atraía. Y es que no solo era una chica atractiva, sino que siempre iba a la moda. Entre sus compañeras era la que marcaba tendencia.

—¿Qué les parece?

Florencia Bazán se giró hacia sus amigas con una enorme sonrisa y un vestido de color rojo apoyado sobre su cuerpo. La tela, fina, caía suavemente hasta por encima de sus rodillas. Era un modelo exquisito, pero osado. Sobre todo, para alguien como Florencia, que había cortado con su novio hacía dos meses y, con él, la dieta. La joven era atractiva, de cabello castaño, tez morena y ojos almendrados. Los kilos de más no le impedían conseguir el atuendo adecuado, porque el problema no era su peso, sino su mal gusto.

—Te queda pintado, Flor.

Johanna Ponce de León no era una mala persona, jamás le mentiría a una de sus amigas sobre una prenda con mala intención. Pero nunca había tenido una personalidad fuerte e imponer su opinión no era una de sus virtudes. Por el contrario, Joy se conformaba con asentir a lo que propusieran los demás, sobre todo si con ello se ganaba una mirada de aprobación. Y en particular si era de Celeste.

Celeste, sin embargo, era lo opuesto a sus amigas. Su gusto siempre había sido exquisito y nunca se había caracterizado por ser una persona con demasiados pelos en la lengua. Pero esos atributos no la habían acompañado desde pequeña, sino que los había refinado con la paciencia y precisión de una artista.

Aun así, de las dos, siempre fui yo la más directa, la de lengua más filosa. Al menos así fue mientras todavía éramos mejores amigas.

—¿El flequillo te tapa los ojos, Joy? —preguntó a su amiga, mientras dejaba el *blazer* blanco que había estado analizando y se giraba en dirección a Florencia. Hasta ese momento se había limitado a observarla de reojo, a juzgarla en silencio—. No me malinterpretes, Flor. El rojo es tu color y te queda divino. Pero me parece que ese vestido no es... propio de tu estilo. Te quedaría mejor algo más largo, con escote, por supuesto. —Después de todo, el mejor atributo de la chica eran sus pechos, no sus piernas.

Florencia se pasó la lengua por los labios, contrariada. Por un lado, no estaba de acuerdo con la opinión de Celeste. Creía que no quería que se comprara el vestido solo porque no deseaba que la opacara en la fiesta de esa noche. Por el otro, era la opinión de Celeste. En ese momento, se vio enfrentada con dos opciones: seguir sus instintos y arriesgarse a verse mal o seguir el consejo de Celeste y no sobresalir en la fiesta.

—Si vos lo decís... —murmuró poco convencida, mientras devolvía el vestido.

—Vi un modelo divino en la vidriera. El negro. Podrías pedir que te lo muestren —sugirió Celeste, sin darle demasiada importancia al asunto, mientras se acomodaba un mechón de cabello dorado detrás de la oreja.

Sin decir nada, la joven se marchó hacia el frente de la tienda. Joy se quedó de pie en su lugar, recalculando, sin saber si era mejor ir detrás de Flor o permanecer con la abeja reina. Celeste siguió evaluando la ropa, con cara de que nada la convencía. Tenía un vestido amarillo precioso en su armario que sería perfecto para esa noche, pero ya lo había usado en otra ocasión y no estaba segura de querer repetir. Aunque tampoco estaba segura de querer comprarse un conjunto cualquiera. Ya no había nada en esa tienda que le llamara la atención, al menos hasta que trajeran la nueva colección.

—Yo tampoco tengo idea de qué me voy a poner hoy —suspiró Joy, verdaderamente acongojada—. O sea, tengo los vestidos que me traje de Milán, ¿viste? Pero me parece que son muy de cóctel y la de esta noche no va a ser precisamente una fiesta formal, ¿no? —Sonrió mientras observaba con ojo crítico una blusa de color rosa salmón.

No, la velada de esa noche en casa de los Torres sería todo menos formal. Efraín y Lucía Torres, los padres de los mellizos, habían decidido realizar una escapada romántica durante la última semana de febrero y les habían dejado a sus hijos la casa completamente sola. A excepción, por supuesto, de la casual presencia de las empleadas domésticas. Tanto Efraín como Lucía sabían lo que sus hijos eran capaces de hacer con semejante libertad, pero nunca les había importado mucho. Siempre y cuando la casa estuviera limpia a su regreso y no se metieran en ningún tipo de problema, los mellizos gozaban de luz verde para hacer lo que se les antojara.

Fue a Lucas a quien se le ocurrió realizar una fiesta para despedir el verano. Ese lunes tendrían que regresar a la aburrida rutina del colegio privado William Shakespeare, por lo que aquella tenía que ser la mejor fiesta que se hubiera visto en Campos de Edén. Lucas se había encargado de conseguir el alcohol y Celeste había organizado la música y otros detalles.

Ambos querían que fuese una fiesta inolvidable.

Y lo sería.

Aunque no por las razones que esperaban.

—Celeste, ¿me estás escuchando? —preguntó Joy.

La joven la miraba con insistencia luego del pequeño monólogo que acababa de realizar sobre sus expectativas para esa noche y de repasar los atuendos que tenía en casa. Había optado por un top color verde loro que en ese momento le mostraba a Celeste, a la espera de algún tipo de reacción. Pero su amiga tenía la mirada perdida más allá de la tienda.

—Con tus tetas, ese top es una opción arriesgada —contestó sin filtro alguno, más preocupada por lo que acababa de ver que por los sentimientos de Joy—. Fíjate si Flor necesita ayuda. Yo ya vuelvo.

Sin decir más, abandonó la tienda. Johanna permaneció con la boca abierta, sin moverse ni un centímetro de su lugar. Celeste era consciente de que, con ese comentario, quizá se hubiera pasado un poco de la raya. Pero no había podido evitarlo. No cuando acababa de ver a Dante entrar a la tienda de enfrente. Acompañado.

Durante un segundo, se vio invadida por la duda. ¿Y si en lugar de buscar confrontarlo, daba media vuelta y se marchaba? No tenían que discutir *allí*, sobre todo con Melisa cerca. Se mordió el labio inferior, dubitativa, antes de decidir adentrarse en aquella tienda de ropa y artículos para bebés.

Dante Blas estaba de pie junto a una muestra de enteritos rosas y azules para bebés recién nacidos, con un brazo alrededor de la cintura de su esposa, Melisa. Celeste la había visto de lejos en varias ocasiones y nunca había entendido por qué Dante seguía con ella. No sobresalía de ninguna forma. Era una mujer que pisaba los treinta, común y corriente. Sí, quizá tenía bonita piel y aparentaba un par de años menos, pero nada más que eso. Al lado de Celeste Torres, no era nadie.

Cuando una de las vendedoras le preguntó si acaso necesitaba ayuda con algo, Celeste se deshizo de ella con un gesto. Hizo de cuenta que estaba observando muy de cerca una cuna doble mientras que, de reojo, observaba a Dante y su esposa. En cuanto la mujer se alejó para probarse la ropa de maternidad que también vendían en el local, Celeste abandonó su lugar junto a la cuna y avanzó con paso decidido hacia Dante. De no haber estado alfombrado el suelo, el *clic clac* de sus tacones habría sido por demás evidente.

—Felicitaciones —sonrió a espaldas de Dante, con el tono más falso que pudo evocar en ese momento.

El hombre se dio la vuelta, pálido. Seguramente no esperaba encontrarla allí. Aunque, ¿en qué había estado pensando? Sabía que Celeste amaba ir de compras a Paraíso, o solo a dar una vuelta y tomar algo con sus amigas. ¿En verdad le sorprendía verla allí?

—Celeste... ¿Cómo estás? —preguntó, no sin antes controlar que Melisa no los pudiera ver.

—¿Me lo preguntás así? ¿Tan casual? ¿Mientras comprás ropita de bebé con tu esposa, Dante?

—Bajá la voz, Celeste —imploró el hombre, con la mandíbula tensa. Se hizo un breve silencio tras el cual él soltó un suspiró—. No lo estábamos buscando, naturalmente. Fue... imprevisto. No sabía cómo decirte.

—¿De cuánto está?

—¿Cómo?

—¿De cuántos meses está tu mujer, Dante? Me imagino que no vienen de hacerse el test de embarazo. Ya están viendo ropa, por amor a dios. —Chasqueó la lengua con molestia, incredulidad y, sobre todo, con el ego herido.

—Seis semanas, nada más. Te juro que intenté decírtelo. Pero nunca parecía el momento apropiado.

Celeste bufó por lo bajo con escepticismo. Apartó la mirada durante unos segundos mientras ponía los brazos en jarra y se preguntaba qué hacer a continuación. Armar escándalos no era su estilo. Tampoco le interesaba que alguien se enterara de su romance con un hombre casado. Se había cruzado de tienda solo para enfrentar a Dante porque le jodía ver a la parejita feliz comprándole ropita a su futuro bebé. La idea le parecía repulsiva. Sobre todo, porque Dante llevaba semanas jurándole que estaba a punto de dejar a su mujer.

Se sintió estúpida. Demasiado. ¿Es que no había aprendido nada de las novelas que veía su madre? ¿De las historias que escuchaba? Nunca ningún hombre dejaba a su esposa por su amante, eso lo sabía todo el mundo. Sobre todo, cuando su amante era una chica de dieciséis años. Y eso que la edad no era el único agravante en aquella situación. Sin lugar a duda había sido una idiota por creer que ella tendría una historia diferente.

—Ni te molestes, Dante. Hasta acá llegamos.

Al menos tendría la oportunidad de terminar las cosas con dignidad. O algo así.

Sus intenciones de abandonar la tienda con la cabeza en alto, pero con un toque de dramatismo, se vieron opacadas cuando sintió la mano de Dante alrededor de su muñeca. Se giró, entre indignada y sorprendida. Su primer impulso fue buscar con la mirada a Melisa. Lo último que necesitaba era que la mujer viera aquella escena, sumara dos más dos y la acusara a viva voz de ser una rompehogares.

—¿Qué estás haciendo? —cuestionó.

Dante la soltó.

—No te vayas así, por favor. Hablemos —suplicó.

—¿Acá? ¿Al lado del enterito de tu futuro hijo? ¿Con tu esposa a dos pasos?

—Veámonos en donde siempre. Hoy a la tarde. Por favor.

—Olvidate, Dante. Esto se acabó. Nunca vas a dejar a Melisa y los dos lo sabemos. Ya me cansé de ser tu juguetito.

—No digas eso, no sos...

—¿Pasa algo?

Los dos se sobresaltaron cuando los interrumpió el sonido inesperado de mi voz.

Sabía que Celeste y las dos perras falderas que tenía por amigas estaban en el centro comercial por las historias de Florencia en Instagram. Por eso me había dirigido hasta allí, para buscarla y comentarle aquella noticia de la que me acababa de enterar. Fue mientras me dirigía al local de ropa que mi vista se posó en la tienda de enfrente y descubrió justo a la persona que estaba buscando... en compañía de alguien más.

—Castillo. —Dante se aclaró la garganta e intentó esconderse detrás de una máscara de seriedad patética.

—Profesor Blas —le sonreí.

Celeste frunció los labios, soltó un bufido, dio media vuelta y comenzó a alejarse. Dante hizo ademán de seguirla, incluso pese a que su pequeño intercambio de palabras comenzaba a llamar la atención del resto de la tienda, pero yo me interpuse. Le corté el paso, firme, y lo observé directo a los ojos con una sonrisa desafiante. «Yo que vos me quedaría en donde estoy», pensé. Dante pareció captar el mensaje en el brillo de mi mirada.

—¿Qué se le ofrece, señorita Castillo?

—¿A mí? Nada. Pero creo que mi amiga quería que la dejara en paz. —Observé brevemente a mi alrededor, como si acabara de darme cuenta del lugar en el que estaba—. ¿Sabe qué? Si yo fuera usted, haría eso. —Entonces me incliné unos centímetros hacia adelante, para susurrarle—. No querrá que a su esposa le sigan llegando rumores de que tiene una amante. El estrés no sería bueno para el bebé.

Pude notar el odio en la mirada de Dante, aunque me importó muy poco. Sin borrar la sonrisa de mi rostro, giré sobre mis talones y fui detrás de Celeste. En lugar de ir a buscar a sus amigas a la otra tienda, se alejó por el pasillo en dirección a la salida. Apresuré un poco el paso, sin precipitarme. No me pondría a correr, mucho menos con las sandalias con cuña que llevaba puestas.

—No vale la pena, Ce —le dije, mientras me acomodaba el cabello negro hacia un costado.

Ella no respondió de inmediato. Se limitó a seguir caminando sin dignarse a dirigirme la mirada. Nunca había soportado que me hubiera enterado de su romance con uno de los profesores de nuestro colegio.

—Apreciaría mucho que no hablemos del tema —soltó al cabo de unos segundos. Aquellas palabras sonaban más a orden que a petición, pero yo les resté importancia.

—No hay problema. De todos modos, tengo que contarte algo más interesante. A que no sabés quién volvió hoy a Campos de Edén...

IV

Lucas le mordisqueó el lóbulo y Jimena soltó un suspiro. Acarició sus pechos por debajo del uniforme antes de recorrer su abdomen con delicadeza y llegar hasta la cadera, de la cual se prendió con firmeza. Aumentó el ritmo de sus estocadas y Jimena tuvo que morderse el labio para no soltar gemidos que pudieran llegar al otro lado de la puerta. Giró apenas el rostro y buscó los labios de su acompañante. Sin embargo, no los encontró. Ella no lo sabía y, probablemente, jamás se enteraría; pero Lucas guardaba los besos solo para quienes le resultaban en verdad interesantes. Y ella no era el caso.

La chica inclinó la cabeza hacia adelante y se aferró con fuerza a la mesa. Lucas, con el culo lampiño al aire y los pantalones por los tobillos, aumentó todavía más el ritmo de sus embestidas. Dejó caer la cabeza hacia atrás y cerró los ojos cuando por fin alcanzó el clímax. Su cuerpo se estremeció por completo. Durante unos segundos, Lucas permaneció allí, inmóvil, en silencio, saboreando el orgasmo. Pero solo durante unos segundos, porque lo siguiente que hizo fue agacharse y perder la lengua entre las piernas de Jimena. Ahora era su turno de ver las estrellas.

—Nunca había hecho algo así —soltó ella con una sonrisita nerviosa, mientras se bajaba la falda verde y negra a cuadros que usaba para el trabajo.

Lucas, que ya se había subido los pantalones y se estaba acomodando el cinto, alzó apenas la mirada y le dirigió a la chica una de esas sonrisas galantes con las que traía muerta a más de una.

—Siempre hay una primera vez para todo.

—Y puede haber una segunda vez, también... —deslizó Jimena.

Él no contestó nada. Se limitó a dirigirle a la chica una nueva sonrisa mientras ella se acomodaba un poco el cabello. Aquello era otra cosa que la joven no sabía, una conclusión a la que quizá llegaría sola, con el paso del tiempo: Lucas rara vez repetía polvos. Después de todo, un chico tan atractivo y encantador como él no tenía problemas para conseguir quien quisiera divertirse un rato a su lado. Al igual que su hermana melliza, Lucas parecía sacado de una pasarela.

El primero en abandonar el depósito fue él. Jimena había decidido aguardar unos segundos y no regresar directo al mostrador, antes sacaría la basura. Así no solo evitaría sospechas, también podría deshacerse rápidamente de la evidencia. Si su supervisora encontraba un preservativo usado en el tacho de basura, Jimena tendría problemas. Y ella, a diferencia de Lucas, sí necesitaba trabajar.

En la parte delantera de la cafetería, en una mesa muy bien ubicada junto a la vidriera, un grupo de adolescentes observaba el regreso triunfal de su mejor amigo. Ninguno de los tres creyó que Lucas fuera capaz de cogerse a la camarera que les había tomado los pedidos, incluso aunque todos estuvieran al tanto de la naturaleza seductora del chico. Pero una cosa era levantarse a una minita en una fiesta, de noche, con un par de tragos de por medio; otra, muy diferente, era hacerlo a plena luz del día, en una cafetería.

—Me parece que alguien me debe plata. —Lucas ocupó su lugar junto a Maximiliano, el más alto de los cuatro y la estrella del equipo de natación del colegio.

—Me dejás con la boca abierta, rubio. —Max buscó en su bolsillo y sacó un par de billetes.

Ignacio lo imitó en silencio. Había participado de la apuesta más por la presión de sus amigos que por voluntad propia.

—Yo en realidad nunca dudé de vos, Luquitas —sonrió Mariano, el último en pagar lo adeudado.

—Apostaste en mi contra, Nano, así que disculpame si no te creo.

De los cuatro, Nano Córdoba era el más nuevo. Su familia vivía en Campos de Edén hacía apenas un año y medio. Su padre se había ganado la lotería y había invertido una parte del premio en su negocio. Con el resto había comprado un par de propiedades. Todo el mundo sabía que los Córdoba eran sapo de otro pozo, que pese a que ahora tuvieran dinero de sobra no pertenecían realmente a aquel ámbito social. Todo el mundo lo sabía, pero rara vez lo mencionaban.

Lucas y sus amigos habían decidido dejar entrar a Nano a su grupo, no porque el chico les cayera bien, sino por presión de sus padres. O al menos así fue al principio. Con el tiempo, sin embargo, Nano se había ganado el lugar entre sus pares, aunque a veces tuviera actitudes un tanto irritantes. Una de sus principales habilidades era la de conseguir el mejor alcohol a un precio más que razonable y en grandes cantidades. En ocasiones, incluso, lograba hacerse con otro tipo de sustancias recreativas un tanto más... controversiales.

—Bueno, dale. Contá. ¿Qué tal estuvo? —preguntó Nano, antes de llevarse a la boca un puñado de las papas fritas que habían quedado en el plato.

Ante la atenta mirada de sus amigos, Lucas dejó descansar la espalda sobre la silla, estiró las piernas y, con una sonrisa ganadora, comenzó a relatarles cada detalle de su encuentro fortuito con la camarera en el depósito de la cafetería. Cada tanto metía algún dato de color que provocaba la risa del grupito. Para sus amigos, aquella había sido una gran hazaña. Un par de miradas indiscretas se escaparon en dirección al mostrador. Jimena ya había regresado de tirar la basura hacía un buen rato y preparaba los cafés mientras su compañera tomaba los pedidos a los clientes nuevos.

—Están hablando de vos. Y se están riendo, Jimena —le susurró Mónica por lo bajo, mientras anotaba con un marcador negro el nombre de una mujer cuarentona que no paraba de discutir por teléfono con su marido.

Jimena hizo oídos sordos a los reclamos de la chica. Mónica se acomodó las gafas y observó con desprecio a Lucas y su grupito de neandertales. Regresó su atención al café que estaba preparando y no pudo evitar preguntarse cómo Jimena había sido capaz de caer en las garras de Lucas Torres. Quizá no estuviera del todo familiarizada con las actitudes del chico, ya que no iba al colegio con ellos, pero esa no era excusa. Mónica le había hablado un sinfín de veces a su compañera sobre el desagradable comportamiento de aquel grupito. Incluso si no lo hubiera hecho, habría bastado nada más con verlos.

Por supuesto, Mónica era una completa hipócrita. Ella también, en el pasado, había llegado a sentirse inexplicablemente atraída por Lucas Torres. Fui yo quien tuvo que abrirle los ojos: Lucas era un cerdo y siempre lo sería. Además, no era como si Mónica alguna vez fuera a tener una oportunidad con él. Siempre sostuve que ni las gafas de culo de botella ni el cabello grasoso o el maquillaje barato le resultaban favorecedores.

—Y van a seguir hablando de vos durante un buen tiempo. —Ahora que ya había tomado el último pedido, Mónica se dedicó a seguir taladrándole la cabeza—. Bien podrías haber dejado que los cuatro te vieran desnuda, es prácticamente lo mismo.

—Sos una pesada, Mónica —murmuró Jimena, mientras controlaba la caja.

Mónica estaba por decir algo más cuando las angelicales campanillas que colgaban sobre la entrada anunciaron la llegada de un nuevo cliente. Su mirada se tornó en una de decepción y resentimiento al darse cuenta de que aquella chica alta, de camisa, *jeans* y tacos no era otra más que Celeste Torres, la melliza de Lucas. No iba acompañada de su séquito de cabezas huecas, lo cual era extraño. Una hora atrás, la había visto pasar junto a Florencia y Johanna en dirección a las tiendas de ropa.

En la mesa que ocupaban los cuatro amigos, Max se sentó bien derecho en cuanto advirtió que la hermana de Lucas acababa de entrar a la cafetería. Nano e Ignacio, que estaban de espaldas a la puerta, no se dieron por enterados sino hasta que la tuvieron junto a ellos. Si se hubiese tratado de cualquier otra chica, Nano quizá habría soltado algún comentario inapropiado sobre su estilizada figura. Sin embargo, sabía muy bien que con la hermana de su amigo no se jodía.

—Lu, ¿tenés un minuto?

Ignacio ahogó una risita. A él, que no aceptaba apodos de ningún tipo, siempre le había causado mucha gracia que su amigo se dejara llamar *Lu* por su hermana.

—Hola, ¿no? —intervino Max—. No estamos pintados.

—Es verdad, no están pintados —respondió Celeste con una sonrisa cargada de condescendencia—. Pero unas manos de pintura no les vendrían mal. Para ocultar las imperfecciones, digo.

—Siempre tan agradable, vos —se rio el chico.

—¿Pasó algo? —preguntó Lucas, mientras se enderezaba un poco en su asiento.

Con un simple gesto de cabeza, Celeste le hizo saber a su hermano que era mejor que hablaran en privado. Lucas comprendió de inmediato y se puso de pie, dispuesto a seguir a su hermana fuera de la cafetería. Los mellizos siempre habían tenido una suerte de conexión especial. La mayor parte del tiempo podían comunicarse perfectamente sin palabras, sobre todo cuando se trataba de cosas importantes. Con las nimiedades del día a día, a Lucas le gustaba fingir que no entendía el lenguaje con el que se manejaba su hermana, solo para molestarla un poco.

El sol brillaba en lo alto del cielo fuera de Heaven, la cafetería más concurrida de Paraíso. El calor y la humedad se hicieron bastante evidentes, incluso bajo la sombra de los árboles que adornaban la vereda. Un auto les tocó bocina al pasar y ambos hermanos alzaron una mano en un saludo vago, sin significado. Ni siquiera sabían quién se escondía detrás del volante. Otra persona ni siquiera hubiera tomado aquel bocinazo como un intento de saludo a lo lejos, pero los Torres estaban bastante acostumbrados a ser el centro del mundo.

—No me digas que los viejos vuelven antes de viaje —pidió Lucas cuando, tras encontrar protección bajo la copa de un lapacho rosado, Celeste no le comunicó de inmediato el porqué de su repentina aparición.

—No, no es eso. Ni siquiera sé qué están haciendo mamá y papá.

Lucas relajó los hombros. Lo único que le faltaba era que a sus padres se les hubiera ocurrido regresar antes de Río. Se suponía que no volverían hasta el lunes. Aquello habría arruinado por completo sus planes para esa noche. Efraín y Lucía siempre les habían permitido hacer de las suyas, pero Lucas dudaba que aceptaran una fiesta mientras intentaban dormir en el cuarto matrimonial. Sobre todo, teniendo en cuenta las características de esa en particular.

—Entonces, ¿qué pasa? —inquirió con impaciencia.

Celeste dudó un segundo. Se remojó los labios.

—Es Nico. Volvió hoy de Inglaterra.

Se produjo un breve silencio. Entonces Lucas encogió los hombros, como si aquel asunto realmente no le importara, cuando los dos sabían muy bien que no era así.

—Ah. Eso. Bueno, ¿y qué tiene?

—¿Cómo «y qué tiene»? —Había un dejo de irritación en aquella pregunta—. Hay que hablar con él, Lucas. Sobre lo que pasó. No podemos permitir que le diga nada a nadie.

—Tranquila, Ce. No va a decir nada.

Celeste se mordió el interior de una mejilla, frustrada ante la aparente calma que expresaba su hermano.

—No podemos estar seguros. ¿Y si abre la boca? —No dejó que su hermano respondiera—. Si abre la boca, estamos jodidos, Lucas. Muy jodidos.

V

Nico ahogó un bostezo al regresar a su habitación. Había conciliado el sueño después del almuerzo, pero no había sido suficiente. Incluso después de dormir tres horas todavía estaba cansado. Ni siquiera un poco de agua fría en el rostro logró despertarlo por completo. Era como si todo el cansancio que había cargado en el vuelo de repente se hubiera depositado sobre sus hombros. Aunque no era ese el único peso que tenía que soportar.

Se dejó caer otra vez sobre la cama y tanteó sobre la mesa de noche en busca del control para prender la televisión. Mientras pasaba de canal en canal, su celular sonó otra vez. Durante un segundo, Nicolás consideró no molestarse en ver de quién se trataba en esa ocasión. Era muy probable que fuese Carolina, su novia, y todavía no estaba seguro de querer hablar con ella. O de si podía hacerlo, más bien. Se pasó una mano por el cabello, nervioso, antes de soltar un largo suspiro y enderezarse para buscar el teléfono.

Por suerte, no se trataba de Carolina.

—*Hola, baby, ¿cómo estás?*

La voz de Constanza, una de sus mejores amigas, le provocó una sensación cálida en el pecho. Si bien se habían mantenido en contacto durante su estadía en Londres, nada se comparaba a una charla telefónica. Para verse en persona tendrían que esperar a que comenzaran las clases. Coti estaba pasando las vacaciones en la casa que sus padres tenían en las sierras, junto a su familia y Martín, otro de sus amigos. Volverían el domingo a última hora. El plan original había sido que Nicolás fuera con ellos.

—Con ganas de dormir durante dos días seguidos —rio Nico, tras acomodarse mejor en la cama.

—*Ay, me imagino. Supongo que allá no paraste ni un segundo, aunque casi no hayas subido fotos.*

—Ya me conocés; no me pinta mucho la onda *influencer*.

Los dos rieron. Nicolás pasó a contarle a su amiga un poco sobre sus últimos días en Londres, que era lo único de lo que no habían hablado todavía. O no precisamente. Había ciertos detalles que no estaba listo para compartir con sus amigos. Ni siquiera con Coti, con quien se había vuelto muy cercano en el último año. Más precisamente, desde que había comenzado a alejarse de los Torres. Y de mí.

Nicolás, los Torres y yo nos conocimos cuando ni siquiera habíamos empezado la escuela primaria. Mi padre solía trabajar para el padre de Lucas y el abuelo de Nico supo manejar durante algunos años los asuntos legales de Efraín Torres. Nuestras familias siempre estuvieron más o menos relacionadas y todo apuntaba a que los cuatro seríamos el grupo de amigos más unidos que uno pudiera imaginar.

Y así fue, al menos durante un buen tiempo. Si algo hay que entender sobre Nicolás Anderson, es que siempre tuvo un corazón mucho más bondadoso que el nuestro. Los comentarios despectivos que solíamos dedicarles a algunos de nuestros compañeros de colegio, por más que para nosotros fueran simples bromas, a él nunca lo hicieron sentir del todo cómodo.

Por eso no resultó ninguna sorpresa que, cuando dejamos de compartir clases en el William Shakespeare, nuestra relación comenzara a perder fuerza. Antes de iniciar el cuarto año, Celeste, Lucas y yo elegimos la orientación en Economía y Administración. Nico, por otro lado, eligió la orientación en Lenguas. Allí comenzó a acercarse a Constanza Maldonado y Martín Toledo. A Constanza ya la conocía, después de todo eran vecinos. Con Martín hubo un poco de fricción al principio, más que nada porque el chico no confiaba en alguien que todavía era cercano a los Torres. El tiempo le probó que el tan conocido dicho «Dime con quién andas y te diré quién eres» no siempre era exacto. Al menos, no a simple vista. Si Martín supiera las cosas de las que Nico era capaz...

—¿Y con tu viejo? ¿Todo mal?

La pregunta tomó a Nico por sorpresa. Acababa de terminar de contarle una pequeña anécdota con una parvada de gansos en Kensington Gardens cuando su amiga mencionó el tema. Durante unos segundos, nadie dijo nada. Nico pudo sentir la duda al otro lado de la línea y, en el momento en el que probablemente Coti estaba por pedir disculpas por su atrevimiento, se decidió a hablar.

—Las cosas no podrían estar mejor. —El sarcasmo en su tono de voz era evidente. Suspiró—. Por momentos no lo puedo ni ver. No le hablé en todo el viaje desde el aeropuerto. Lo peor es que me siento culpable cuando miro a mi madre a los ojos.

Se pasó una mano por el cabello, ansioso.

—*No tenés por qué sentirte culpable. Vos no hiciste nada malo.*

—¿Segura? —rio con tristeza—. Le estoy ocultando la verdad, Coti.

—¿Y qué otra opción tenés? Ya pasaron casi tres meses, Nico.

El chico suspiró. Su amiga tenía razón en ese punto. Habían pasado casi tres meses desde el día en que Nico descubrió la infidelidad de su padre. Había sucedido todo de manera tan casual que en el momento le había costado procesarlo.

Era miércoles y había ido al cine con Constanza. Martín había cancelado a último momento. Tras salir de la película decidieron dar una vuelta por el centro y, de pura casualidad, pasaron frente al edificio en el que trabajaban sus padres. Fue entonces cuando Nico vio a Ricardo acompañar a su secretaria a un taxi. Nada parecía fuera de lo común. Hasta que la chica se inclinó para besarlo y él no hizo absolutamente nada para detenerla.

Después de eso, Nico intentó enfrentar a su padre en casa sin éxito. Ricardo desestimaba sus palabras con tanta facilidad que hasta le causaba inseguridad. ¿Y si había visto mal? No, sabía que no era posible: tenía una testigo. Entonces, su padre llegó con una sorpresa, un regalo adelantado de cumpleaños: un pasaje a Londres para visitar a sus abuelos y al resto de su familia paterna. Todo había sucedido tan rápido que Nico no se dio cuenta de qué era lo que estaba aceptando hasta que fue demasiado tarde.

La conversación tomó un rumbo más afable cuando Martín se acercó a hablar por teléfono. Había estado jugando al fútbol con los hermanos de Constanza y se lo notaba agitado. Le comentó a su amigo que se estaba perdiendo de unos días fenomenales junto al río, pero que esperaba que la próxima vez no se les escapara a congelarse los huevos en Londres ni en ningún otro lado.

Nico no pudo evitar soltar una carcajada. Se imaginaba perfectamente los gestos de su amigo al decirle aquello, con sus rulos dorados que se movían para todos lados y sus múltiples *piercings*. Tenía uno sobre la ceja izquierda y dos en la oreja derecha. Según se había enterado, hacía no mucho había añadido uno en la lengua. Nico también se imaginaba la cara de fastidio de Coti mientras el chico intentaba monopolizar la conversación. Casi podía ver cómo ponía en blanco los ojos verdes antes de gritarle que no fuera tan denso, que su amigo debía tener ganas de descansar.

—Les juro que no veo la hora de volver a verlos, chicos — les dijo, segundos antes de despedirse.

Nico dejó el celular a un costado y se quedó pensando en sus dos amigos. Se preguntó qué dirían si les contaba lo que había sucedido en Londres y la preocupante conclusión a la que había llegado. ¿Lo juzgarían por ello? ¿Comenzarían a verlo de otra manera? Cerró los ojos durante unos segundos. Era consciente de que no podría mantener el secreto por siempre.

Le subió el volumen a la televisión y siguió pasando de canal hasta que encontró algo interesante. Era la primera película de *Scream* y acababa de comenzar. Todavía estaba en la escena en la que Drew Barrymore respondía a las preguntas de *Ghostface*. Pese a que la película era viejísima, a Nico siempre le había gustado. Era el tipo de películas que no se cansaba de ver una y otra vez.

Su teléfono celular sonó en el momento exacto en el que el asesino lanzaba una silla contra la puerta de vidrio de la sala. Nico pegó un salto en su lugar y soltó un insulto por lo bajo antes de tomar el teléfono y comprobar el nombre en la pantalla: Carolina. Se quedó inmóvil, con el aparato en la mano, mientras Drew Barrymore trataba de escaparse del asesino. No pudo evitar pensar en lo tentador que sería en ese momento intercambiar lugares con el personaje de la película.

Tras apretar el botón *mute* del control remoto, Nico tomó aire y respondió al llamado de su novia. Llevaba evitando hablar con ella desde temprano y era consciente de que no podía seguir con aquel comportamiento. Después de todo, lo último que deseaba era que ella se diera cuenta de que algo andaba mal. Se pasó una mano por el cabello, nervioso, y fingió una sonrisa pese a que no había nadie viéndolo.

—Caro, hola. ¿Cómo estás?

—*¡Al fin, mi amor! Desde esta mañana que estoy intentando comunicarme con vos. ¿Por qué no me atendías?*

—Perdoname, pero me dejé el celular en la valija. Entre una cosa y otra no me di cuenta hasta recién. Te estaba por llamar, de hecho...

La mentira era tan evidente que Nicolás sintió una oleada de vergüenza azotarle el rostro. Si Carolina se dio cuenta de que su novio le estaba mintiendo descaradamente, no dijo nada.

—*Sí, me imaginé que capaz era algo así. No pasé a verte nada más porque estuve en lo de mi abuela, llegué hace un ratito.*

Nico aprovechó para desviar la conversación y preguntarle a su novia cómo estaba la mujer. Sabía que llevaba un tiempo con problemas de salud y que una de sus hijas quería meterla en un asilo de ancianos. El padre de Carolina, sin embargo, se había negado rotundamente. Reynaldo Dos Santos había contratado a una enfermera de tiempo completo que cuidaba de su madre y la visitaba día de por medio. También obligaba a sus hijos y a su esposa a ir a verla al menos una vez a la semana.

Carolina no quiso concentrarse mucho en la salud de su abuela, por lo que la pregunta apenas si le concedió a Nico un par de minutos de distracción. La chica estaba mucho más interesada en saber sobre las vacaciones de su novio y, más importante, en poder verlo otra vez. Y por lo visto, esa era la noche perfecta para un reencuentro.

—¿Una fiesta en casa de los Torres? —preguntó Nico, incrédulo, una vez que Carolina le comentó al respecto.

—Sí, ya sabés, para despedir el verano. Va a estar genial, va a ir todo el mundo. Así que pensaba que podíamos ir nosotros también.

Nico dudó. Reencontrarse con los mellizos y conmigo no era algo para lo que estuviera listo.

—No sé, Caro. Estoy muy, muy cansado.

Pero Carolina no aceptaría un no por respuesta. Al fin y al cabo, no todos los días recibía una invitación personalizada a una fiesta semejante, algo que para ella representaba un pase a la cima de la cadena alimenticia del William Shakespeare. Por supuesto, Carolina no tenía idea de que su novio era la única razón por la que Celeste le había mandado aquella invitación, para asegurarse de que esa noche fuera a la fiesta.

VI

—Ya te dije que no te quiero ver, Dante. Así que dejá de llamarme.

Celeste no le dio tiempo a Dante de decir nada más. Cortó la llamada y apoyó su iPhone sobre la mesada de la cocina con tanta fuerza que, por un segundo, creyó que la pantalla se había dañado. Se aferró al borde del mármol e inspiró hondo, con la intención de calmarse. Dante le había enviado incontables mensajes desde su encuentro aquella mañana e incluso la había llamado varias veces. Celeste solo lo atendió en esa última ocasión.

Una parte de ella quería escuchar qué tenía para decir, pese a que en el fondo sabía que eran solo mentiras. El hombre siempre había tenido una capacidad de seducción y manipulación envidiables. Lo más extraño de todo era que, aunque Celeste era consciente de todo ello, una parte de su corazón quería dejarse caer en aquella red de mentiras. Porque cuando estaba con Dante se sentía querida, se sentía segura. Porque estaba enamorada, por más que no quisiera admitirlo.

Sacudió la cabeza, como si con aquel gesto tan simple pudiera hacer desaparecer al hombre de su mente, tomó el teléfono y decidió subir a buscar a su hermano. Aún faltaban varias horas para la fiesta, pero sus amigos empezarían a llegar en cualquier momento para ayudarlos a ultimar detalles. Antes, Celeste quería asegurarse de que con su mellizo llegaban a cierto tipo de entendimiento. Sabía que Lucas y sus amigos intentarían usar los cuartos de la casa como si se tratara de un albergue transitorio y que ella no podía impedirlo. Pero sí podía cerciorarse de que, al menos, su cuarto y el de sus padres quedaran a salvo.

Sus zapatos no hicieron ningún ruido sobre la alfombra del pasillo de camino al cuarto de su hermano. Por esa razón, Lucas ni siquiera se debió haber imaginado que ella se acercaba. En retrospectiva, Celeste debería haber golpeado la puerta. Pero, cuando una está distraída, a veces se olvida hasta de lo más básico.

—¡Lucas! —exclamó, escandalizada, antes de cerrar la puerta de un golpe y darle la espalda.

Había alcanzado a ver a su hermano de pie frente al escritorio en el que tenía la *laptop*. Por suerte estaba de espaldas a la puerta o, de lo contrario, Celeste habría tenido que salir corriendo a terapia: Lucas estaba completamente desnudo. No hizo falta que se preguntara qué estaba haciendo, el movimiento de su brazo derecho lo dejaba bastante claro, incluso a la distancia.

—¡Qué pendejo pajero! —murmuró por lo bajo, mientras clavaba su vista en el cuadro de una vasija con un ramo de flores que colgaba en el pasillo, con la intención de borrar la otra imagen de su mente.

La puerta se abrió a sus espaldas.

—¿La privacidad no significa nada para vos, hermanita?

—No sé. ¿La decencia significa algo para vos? —preguntó Celeste, todavía de espaldas.

—Te podés dar la vuelta, estoy decente.

Tras un segundo de duda, Celeste giró sobre sus talones. Efectivamente, Lucas se había colocado encima una musculosa gris y un pantalón deportivo negro. Lo observó a los ojos con reproche, pero él no parecía ni un poquito avergonzado. No era la primera vez que Celeste pescaba a su hermano en una situación comprometedora, aunque sin dudas había sido la más incómoda.

—Quería que hablemos sobre esta noche. Antes de que empiecen a llegar tus amigos.

Lucas se apoyó en el marco de la puerta y se cruzó de brazos. Revoleó los ojos con exasperación cuando su hermana lo sermoneó sobre el uso de los cuartos. Él, por supuesto, no negó la posibilidad de que aquello ocurriera. No planeaba pasar la noche entera abajo, entre la música y los tragos, sino que esperaba divertirse un poco. Y sabía que algunos de sus amigos también.

—Le ponemos llave a tu cuarto, al de los viejos y listo, ¿por qué tanto lío?

—Porque después no quiero enterarme de que, así y todo, alguno de tus amiguitos se metió a mi habitación, Lucas.

—Los voy a mantener a raya, hermanita. No te preocupes.

Su hermano le ofreció una sonrisa de oreja a oreja que no la dejó para nada tranquila. Lamentablemente, no podía hacer más que confiar en su palabra.

—*OK*. Te dejo que sigas con lo tuyo —le dijo, mientras hacía una mueca y señalaba vagamente el interior de la habitación.

Celeste se dio la vuelta, pero Lucas la detuvo.

—Esperá, *sis*. Ya que estamos...

—¿Sí?

—¿Carolina te dijo si viene esta noche? —preguntó con tono casual.

—Estoy casi segura.

—¿Y te parece que es una buena idea? —Enarcó una ceja.

Obviamente, Lucas no se refería a la presencia de Carolina Dos Santos en sí. Que fuera o no a la fiesta esa noche a él ni le sumaba ni le restaba nada. Pero Carolina jamás iría sola; eso Celeste lo sabía muy bien cuando le había enviado aquel mensaje de texto en el que le decía que esperaba verla esa noche. Si la chica picaba, iría y arrastraría consigo a su novio, que era la persona que a ella realmente le importaba tener en la fiesta.

Su hermana creía que la presencia de Nico esa noche era una buena idea. Lucas, no tanto. Sabía que Celeste estaba preocupada por el secreto que compartían y la posibilidad de que Nico abriera la boca. Él dudaba de que el Nicolás Anderson que conocía fuera a traicionarlos de aquella manera cuando habían acordado guardar silencio. Lo que tenía que preguntarse, por supuesto, era si el Nico que él creía conocer era realmente el Nico que iría esa noche.

—Tenemos que hablar con él, Lucas. Tantear un poco el terreno, al menos. No es algo que podamos hacer por mensaje de texto.

Lucas se rio y su hermana lo observó con algo de desconcierto.

—Nico siempre fue más inteligente que nosotros, Ce. ¿Te creés que cuando saques el tema *casualmente* no se va a dar cuenta de que lo estás manipulando?

—Pero no lo quiero manipular, Lu. Solo quiero saber... —Hizo una pausa—. Quiero saber dónde estamos parados, nada más.

—Si hubiese querido decir algo sobre lo que pasó esa noche, lo habría hecho antes de irse de viaje.

—No podemos contar solamente con eso.

Se produjo un breve silencio, tenso, que dejó al descubierto la clara diferencia de opiniones de los mellizos respecto a aquel tema.

—¿Y Daniela qué piensa? —cuestionó él, con un ligero matiz de derrota.

—Asegurarnos de que venga fue su idea —admitió ella, ligeramente molesta de que fuese yo la mente maestra detrás de aquel plan.

No podía ser de otra manera. Cuando me enteré del regreso de Nicolás a Campos de Edén, lo que había sucedido esa noche cinco meses atrás, en esa misma casa, de inmediato vino a mi mente.

Antes del *incidente*, la relación que manteníamos nosotros tres con Nico era bastante buena. Quizá ya no éramos los mejores amigos del universo, pero al menos hablábamos y nos juntábamos cada tanto. Después de esa noche, sin embargo, las cosas cambiaron radicalmente. Nico se abocó a sus otros amigos y si nos miraba en el pasillo era de pura suerte. Yo sabía muy bien por qué: lo que habíamos hecho le pesaba tanto en la conciencia que vernos era un recordatorio constante del secreto que estábamos encubriendo. Era una bomba de tiempo a punto de explotar.

Por eso, cuando busqué a Celeste esa mañana para anunciarle el regreso de Nico, le comenté que lo ideal sería que nuestro amigo fuera a la fiesta esa noche. Como sabía que jamás aceptaría una invitación directa, le propuse que manipuláramos a su novia. Carolina siempre había sido el tipo de chicas que ansiaba un poquito más de popularidad, así que yo estaba segura de que, si recibía un mensaje directo de Celeste, se aseguraría de que su novio la acompañara esa noche. Eso nos daría la oportunidad perfecta para poder hablar con Nico sobre el *incidente*. Porque yo, particularmente, no permitiría que un ataque de sinceridad de su parte me arruinara la vida.

—Sigo pensando que es una idea terrible.

—Es la única idea que tenemos, Lu —suspiró Celeste antes de marcharse.

Lucas se quedó unos segundos apoyado en el marco de la puerta, mirando a la nada misma. Chasqueó la lengua y regresó al interior del cuarto. No fue junto a la *laptop*, donde aún tenía abierta la página web en la que había estado dando un pequeño *show*, sino que se tiró en su cama *king size*. Su hermana le había cortado el clima con su repentina aparición y, pese a que no le habría costado mucho recuperar la inspiración, ya no tenía muchas ganas de hacerlo.

Ahora solo podía pensar en que esa noche volvería a ver a quien alguna vez había sido su mejor amigo. Y que, quizá, ni siquiera tuviera la oportunidad de hacer las paces o retomar la comunicación, porque estaba seguro de que el plan que teníamos Celeste y yo no daría resultado.

Tras unos segundos en los que no hizo más que mirar el techo, Lucas se inclinó sobre su mesa de noche, abrió el cajón y sacó un portarretrato. En él había una foto que su madre había tomado diez años atrás. Lucas le pasaba un brazo por sobre los hombros a Nico y, junto a ellos, posábamos también su hermana y yo. Recordaba a la perfección ese día. Había sido uno de los momentos más divertidos de su infancia. Habíamos pasado el día entero en la pileta, al punto de que, cuando

empezó a hacerse de noche y sus padres nos obligaron a salir, teníamos todos los dedos arrugados cual pasas de uva. Sonrió.
   Si tan solo pudiera regresar en el tiempo...

VII

Nico salió de la ducha con una toalla alrededor de la cintura y el cabello húmedo. La casa estaba completamente vacía. Sus padres habían salido a cenar, Sebastián todavía no había vuelto de la casa de uno de sus compañeros y Valeria estaba en lo de su mejor amiga, preparándose para salir a bailar. Así y todo, cerró la puerta a sus espaldas tras ingresar a su cuarto por una cuestión de pura costumbre.

Mientras terminaba de secarse no pudo evitar preguntarse por enésima vez por qué se había dejado convencer por su novia de ir a la fiesta. No solo estaba cansado por el viaje, sino que no tenía intención alguna de cruzarse con los hermanos Torres o conmigo. Al menos no hasta que supiera qué decirnos. Nicolás estaba seguro de cuál sería el principal tema de conversación cuando nos volviéramos a ver.

Pero no pudo decirle que no a Carolina. A menos que quisiera que sospechara algo de todo lo que le sucedía. A su novia no solo le ocultaba lo ocurrido meses atrás, tampoco le había mencionado nada sobre la infidelidad de su padre ni, mucho menos, lo que había sucedido en Londres. Eran demasiados los secretos que le ocultaba a la chica que supuestamente lo hacía feliz.

Aunque ese era el problema: Carolina no lo hacía feliz. Ya no. Había sido la primera chica que había besado, a los doce años, a raíz de un estúpido juego durante un cumpleaños. Aquellos segundos de intimidad compartida no significaron demasiado para él, pero sí para ella. Carolina había intentado acercarse a Nico, aunque no lo logró sino hasta que él comenzó a alejarse de los Torres. A partir de ahí, salidas con amigos, besos fugaces y, de repente, un noviazgo que ya transitaba su séptimo mes.

Nico se observó en el espejo de cuerpo entero que descansaba en un rincón de la habitación y se pasó una mano por el cabello, inseguro. Chasqueó la lengua, se quitó la camiseta negra que había elegido y la dejó tirada sobre la cama. Se dirigió hacia el armario empotrado en la pared, donde su madre ya había acomodado algunas de las prendas que él había llevado en sus vacaciones. Las camisetas estaban dobladas y planchadas en los cajones y las camisas colgaban de sus respectivos percheros.

Pasó la mano por algunas de las camisas que poseía y descartó varias en el proceso. Su dedo índice se detuvo en una de *jean* y su mente viajó directamente a aquella noche en Londres, dos semanas atrás, la última vez que se había colocado esa prenda.

Sus primos lo habían convencido de salir la noche de su cumpleaños a una fiesta inclusiva. Rosalie, la más grande del grupo por apenas dos años, tenía un amigo que conocía a la hermana del dueño del lugar y que les aseguraría la entrada. Ya había ido en otras ocasiones y afirmaba que la música era estupenda y que la gente era muy amigable. Era el sitio perfecto para pasar una noche de diversión total, sin absolutamente ningún tipo de preocupaciones.

O eso creyó.

Porque había algo que a Nico le preocupó desde el momento uno. O alguien, más bien. Shawn, el amigo de Rosalie, le había resultado increíblemente atractivo desde el primer momento en que lo había visto. No estaba seguro de si era la mirada de ojos azules, o los hoyuelos que se le formaban en las mejillas al sonreír o lo fácil que resultaba charlar con él, pero Nico se dio cuenta de que nunca antes se había sentido así con Carolina. Aquello le había empezado a generar ansiedad. Ya había comenzado a reparar en otros chicos antes, pero esa vez era diferente.

No fue sino hasta más tarde esa noche, mientras con Shawn intercambiaban opiniones en el pequeño patio trasero de la discoteca, que Nico se dio cuenta de lo mucho que le gustaba aquel chico. Y cuando Shawn se inclinó sobre él para besarlo, por un momento, se olvidó por completo de que estaba de novio.

Pero solo por un momento.

—*So-sorry... I... I have a girlfriend* —tartamudeó cuando corrió el rostro; no porque le costara decir que tenía novia, su inglés era excelente, sino porque nunca se había sentido tan nervioso.

Shawn formó una O con los labios, ligeramente sorprendido. Se alejó un poco para darle espacio y se rascó la frente, antes de soltar una pequeña risita.

—*I guess I must have misunderstood the signals, then* —se disculpó Shawn, pese a que no había malinterpretado ninguna señal.

Intentando sonar seguro de sus palabras, Nico le pidió disculpas por haberle dado una impresión errónea y se ocupó de dejarle en claro que él no era gay. Shawn fue lo suficientemente caballero como para no darle importancia al asunto y sugerir ir en busca del resto del grupo.

Nico soltó la camisa de *jean* y se decantó por una camisa leñadora que se ajustaba al cuerpo. Mientras se observaba otra vez al espejo para peinarse, se preguntó qué habría sucedido de no haberle corrido el rostro a Shawn. ¿Qué tan culpable se habría sentido luego por dejar que el chico lo besara? Mucho, suponía. La culpa lo estaba comiendo en ese instante y ni siquiera había engañado a su novia. Solo le estaba ocultando una parte muy importante de su ser.

«Caro, creo que me gustan los hombres». Esa, definitivamente, no era una conversación que quisiera tener con ella.

Cuando su atuendo estuvo completo, Nico le mandó un mensaje a Carolina para avisarle que iba en camino. Su novia vivía sobre la calle Gardenia, de camino a la casa de los mellizos Torres. Muchos de sus compañeros irían en auto, pese a que todos vivían en el mismo barrio, pero él prefería usar los pies. Pese a que su padre le había enseñado a manejar, él prefería no sacar el auto si sabía que tomaría un par de tragos. Incluso aunque fuese allí dentro, en la seguridad de Campos de Edén.

Como si Campos de Edén fuese seguro.

Carolina prácticamente salió corriendo de la casa y se le tiró encima cuando Nico hizo sonar el timbre. El beso que se dieron fue... incómodo, al menos para él. Sabía a duda. Si Carolina se dio cuenta de ello, no dijo nada. No pretendía arriesgar la oportunidad de llegar del brazo de su novio a la fiesta de los Torres. Siempre había sabido cuándo elegir sus batallas. Aquel no era el momento.

—Estás muy linda —le sonrió Nicolás, intentando aparentar normalidad.

—¿Te gusta? —preguntó ella con picardía.

Carolina giró en su vestido de lentejuelas doradas. El color complementaba a la perfección su piel tostada. Objetivamente era una chica muy atractiva. Nico siempre lo había pensado. En ocasiones, hasta se había sentido afortunado de tenerla a su lado. Eso, por supuesto, antes de que sus dudas cobraran fuerza, antes de que comenzara a fijarse más en otros chicos, antes de que la curiosidad le generara tanta culpa. Ahora se seguía sintiendo afortunado de que Carolina fuese su novia, pero no por las mismas razones.

Mientras se dirigían a la casa de los Torres, fue ella quien llevó adelante la conversación, prendida de su brazo izquierdo. Nico se limitaba a responder todo lo que su novia le preguntaba, sin resultar demasiado escueto, y a escuchar en silencio cuando ella se sumía en algún pequeño monólogo. Carolina y su familia no se habían ido de vacaciones a ningún lado ese año, pero eso no la privó de anécdotas e historias que compartir con su novio.

—Aunque me hubiese gustado estar con vos el día de tu cumpleaños. —Carolina suspiró con pesar. Todavía les quedaban dos cuadras para llegar a la fiesta. Nico se tensó visiblemente—. Al final nunca me contaste bien qué hicieron —continuó.

Su novio se llevó la mano libre al cabello y se lo desordenó un poco.

—No mucho. Salimos a bailar a un lugar que Rosalie conocía. La música estuvo buena. Estaba helado, pero había calefacción en el patio —recordó. La imagen de Shawn inclinándose sobre él para besarlo se le cruzó de repente y se atragantó con su propia saliva.

Carolina le acarició la espalda.

—¿Estás bien? —Su tono denotaba preocupación genuina.

—Sí, sí, estoy bien —se apresuró a aclarar—. Como te decía... no hay mucho para contar. Nos volvimos temprano. Allá la vida nocturna no es igual que acá.

Sin que Carolina se diera cuenta, o al menos esa fue su intención, Nico desvió la conversación hacia todas las diferencias culturales que había encontrado en su visita a Londres. No era la primera vez que iba, pero la última vez había sido muy chico y apenas si recordaba gran cosa. En esta ocasión, sin embargo, había prestado atención a absolutamente todo. La ciudad lo había encandilado.

Cuando por fin llegaron a la cuadra de los Torres, no cupo la menor duda de dónde se encontraba la fiesta. Los autos ocupaban ambos lados de la calle y, algunos, hasta la vereda. Prácticamente todas las luces estaban prendidas y se oía el murmullo de la música a lo lejos. Había incluso un par de personas dando vueltas en el exterior de la casa. Algunos bebían un poco, otros fumaban.

Y alguien más hablaba por teléfono.

—Es la última vez que te voy a atender. Dejá de llamarme. Te lo digo en serio —murmuró Celeste. Tuvo especial cuidado de que no se le escapara el nombre.

Cortó la llamada y giró sobre sus talones, dispuesta a regresar a la fiesta. Fue entonces cuando advirtió la llegada de Nicolás y Carolina. Su expresión de fastidio dio lugar a una enorme sonrisa, que a lo lejos era imposible saber si era ensayada o genuina, y se acercó hacia la parejita. Lucía perfecta en su vestido amarillo suelto y sus zapatos de taco aguja. ¿Cómo hacía para caminar sin problemas sobre el caminito de piedra que serpenteaba hasta el porche? Era todo un misterio.

—¡Caro, Nico! Qué bueno que vinieron.

Depositó un beso en el aire cuando se acercó a saludar a cada uno. El celular, que todavía sostenía en su mano izquierda, volvió a vibrar. Celeste no le prestó atención.

—Me costó un poquito convencerlo, pero menos mal que aceptó, no me hubiese gustado venir sola —le sonrió Carolina, mientras se pegaba a su novio un poco más.

Nico permaneció en silencio. Apenas si le dirigió la mirada a Celeste.

—Sí, cierto que hoy volviste de viaje, Nico. Debés estar cansado, ¿no?

—Un poco —respondió con parquedad.

—Bueno, me alegra volver a verte. De hecho... —Celeste hizo una breve pausa—. Caro, linda, ¿no te molesta si te lo robo un segundo? Flor y Joy están preparando margaritas, por si te querés unir.

Más que un pedido, era una orden, incluso aunque hubiese pronunciado las palabras con la mejor de las sonrisas y un impecable tono de amabilidad. Carolina captó el mensaje a la perfección y, pese a que dudó por una fracción de segundo, al final terminó despegándose de Nicolás e ingresó a la casa.

—Te espero, amor —le sonrió, antes de subir los escalones del porche y perderse entre la música y la gente.

En cuanto Celeste se hubo asegurado de que Carolina desaparecía de su campo de visión, se giró en dirección a Nicolás. La sonrisa no se le borró del rostro, no por completo, pero su expresión corporal sí se vio afectada. Ahora que la novia de su amigo se había ido, finalmente podían dejar de fingir que todo estaba bien. Ella, al menos. A simple vista, no parecía que Nico estuviera muy dispuesto a fingir nada. Y eso era lo que la preocupaba.

—¿Cómo estás, Nico?

—Cansado. Pensé que ya lo habíamos dejado establecido.

Nico siempre había sido un chico simpático, pero el sarcasmo era un arma que sabía utilizar muy bien, llegado el caso.

—Me refiero a... Ya sabés. ¿Cómo estás con eso?

El chico soltó una risa fría cargada de incredulidad.

—¿Cómo te creés que puedo estar, Celeste?

—No sé, la verdad. —La sonrisa de la chica se fue desvaneciendo poco a poco—. Nunca hablamos de eso. Te cortaste solo, Nico. Prácticamente nos dejaste de hablar.

El chico permaneció en silencio durante unos segundos. Pudo escuchar con mayor atención la música que sonaba en el interior de la casa y las risas del grupito de chicos que fumaba un porro junto a uno de los autos. Nico incluso pudo oír el coche que doblaba la esquina y se acercaba en dirección a la fiesta. Escuchó muchas cosas, menos la preocupación genuina en el tono de voz de su amiga. O quien alguna vez había sido su amiga.

—Me está esperando mi novia, Celeste —murmuró, antes de dar un paso hacia al frente.

Ella lo tomó del brazo y le impidió que avanzara.

—Nico, hablemos.

Él soltó un suspiro cargado de exasperación y se soltó del agarre con un movimiento brusco.

—Vos no querés hablar, Celeste. Lo que querés es estar segura de que no voy a decir nada sobre lo que le hicimos a Rebeca —masculló entre dientes. No hacía falta que hablara en voz baja, nadie los escuchaba—. Eso es lo único que te importa. Ahorrarte la exposición, proteger tu imagen. Culpa, ni un poco, ¿no?

Sin decir ni una palabra más, Nico dio media vuelta y se precipitó hacia el interior de la fiesta. Aceptó sin pensarlo el *shot* de tequila que alguien le ofreció en la entrada. El alcohol haría su magia más tarde esa noche y las cosas entre ellos no quedarían tan mal.

Sí, el alcohol haría muchas cosas esa noche. Y no todas serían buenas.

VIII

Trastabillé en el porche de mi casa y me sostuve de la pared. No había tomado tanto esa noche, o al menos no tanto como acostumbraba. Pero en un cuerpo de un metro sesenta (sin tacos), no hacía falta demasiado alcohol para causar un ligero mareo. Entré a la casa con cuidado e hice todo lo posible para evitar el más mínimo ruido. Cerré la puerta en un susurro y me quité los zapatos, que dejé en la entrada, antes de avanzar en dirección a la cocina. Entonces recordé que la casa estaba vacía.

Reí para mis adentros mientras buscaba una botella de vino blanco y dos copas. Mis padres se habían ido a visitar a mis abuelos y no volverían hasta el lunes. Sabrina, mi hermana mayor, se había ido a estudiar a la casa de alguna de sus compañeras de Medicina. Tenía un final muy importante en el que no podía fallar. Aunque Sabrina raramente fallaba en algo. En ese sentido, siempre había sido la hija perfecta. Ella era la hija inteligente y responsable; yo era la bonita, la que causaba dolores de cabeza.

Saqué el teléfono celular de la cartera para ver la hora. Casi las cuatro de la mañana. Lo dejé en el borde de la mesada de mármol, junto a la heladera. Prendí los reflectores del patio antes de salir descalza, en compañía de la botella y las dos copas. De no haber estado vacía la casa, probablemente hubiera arreglado ese encuentro de todos modos. Tanto mi madre como mi padre tomaban pastillas para dormir y tenían un sueño muy profundo. En cuanto a Sabrina, nunca me había importado demasiado lo que mi hermana pensara de mi vida sexual. Por supuesto que iba a juzgarme si la suya era inexistente.

Dejé la botella y las copas en el borde del *jacuzzi* antes de prenderlo. Me tomé unos segundos para inspirar hondo y observar el cielo estrellado. A lo lejos todavía se escuchaba el murmullo de la música de la casa de los Torres. La fiesta no acabaría hasta muchas horas después, cuando el sol comenzara a teñir de sangre el cielo. Eso, por supuesto, si algún vecino no perdía la paciencia y se quejaba, aunque se tratara de los Torres.

Me quité el diminuto *crop top* rojo y los pantalones negros que llevaba puestos y los hice a un lado. La idea era esperar a mi chico (uno de ellos, al menos) semidesnuda en el *jacuzzi*, con una copa de vino en la mano y la otra ya lista para él. Sabía muy bien cuánto lo calentaba aquella situación y planeaba sacarle provecho.

Unos pasos a mis espaldas me advirtieron que, después de todo, no tendría tiempo de meterme al agua antes de su llegada. Giré sobre mis talones, sonrisa de por medio.

No era quien esperaba.

—*OK*, esto sí que es una sorpresa —reí, mientras enarcaba una ceja.

Quizá no debería haberme reído. Pero ¿cómo iba a saber yo lo que ocurriría minutos después? Una mala elección de palabras y *bang*, estás muerta.

I

Es curioso el efecto que el alcohol y las drogas provocan en las personas. Hay quienes se pierden en su propio universo, completamente absortos ante todo lo que sucede a su alrededor. Están los que se deprimen, los que se sienten tan abrumados por el mundo que los rodea que entran en llanto ante la menor provocación. También están los que encuentran absolutamente todo gracioso, los que ríen sin parar hasta por las cosas más estúpidas. Otros se vuelven irritables, violentos, capaces de lastimar a alguien hasta por el asunto más banal. O peor.

Pero uno de los efectos más curiosos de las drogas de cualquier tipo es la desinhibición. Esa capacidad de tirar abajo muros de protección y de sacar a la luz la verdadera personalidad de alguien, sus verdaderos deseos. Lo he visto más de una vez y siempre me resulta grandioso. Sobre todo, porque cuando la gente toma y se desinhibe, se vuelve descuidada. Comete errores.

Como Nico la noche de la fiesta, por ejemplo. Se suponía que debía estar acompañando a su novia. Después de todo, Carolina era la única razón por la que había aceptado ir a casa de los Torres. Si no hubiese sido por la insistencia de la chica, se habría quedado durmiendo en su casa, escudado en el cansancio que le había producido el vuelo desde Londres.

Sin embargo, después de varios *shots* de tequila, Nico parecía haberse olvidado por completo de su novia y se había despegado de su lado. Lo vi acercarse a charlar animadamente con algunos de sus compañeros y compartir un par de tragos con Celeste. Incluso los vi charlar durante un buen rato en el patio, junto a la barra al aire libre que los mellizos habían dispuesto. Pero no fue eso lo que más me llamó la atención.

—*Someone is being sloppy.*

Pegó un salto cuando me escuchó susurrarle que estaba siendo descuidado, aunque *susurrar* era un decir, considerando el volumen de la música que retumbaba en toda la casa.

No hizo falta que dijera nada más para que supiera exactamente a qué me refería. Había muchos rostros desconocidos en aquella fiesta, amigos del amigo de un amigo y simples entrometidos. Pero uno en particular había llamado la atención de Nicolás Anderson. Un chico de cabello castaño que había tenido la osadía de llegar a la fiesta con una musculosa blanca de los Rolling Stones. Su familia había llegado a Campos de Edén hacía apenas un par de semanas: Agustín Alessio.

Como era de esperar, el hijo perfecto de los Anderson se había acercado a darle al chico nuevo una cálida bienvenida. Nico siempre había sido una persona sociable, dispuesto a integrar a la gente nueva. Con Agustín, sin embargo, las cosas eran diferentes. Su breve charla podría haberle pasado desapercibida a cualquier otra persona; pero no a mí, por supuesto.

—No sé de qué me hablás. —Se hizo el desentendido y desvió la mirada.

Enarqué una ceja. El nuevo estaba hablando animadamente con Johanna, una de las mejores amigas de Celeste, y Nico no podía quitarle los ojos de encima.
—Vamos, Nico. Te conozco —le sonreí con ternura fingida.

II

El lunes, el William Shakespeare abrió sus puertas como si nada hubiera ocurrido. Como si treinta horas atrás una de sus estudiantes no hubiera sido asesinada a sangre fría en el patio de su casa. Como si más de la mitad de quinto año no hubiera sido interrogado por la policía poco tiempo después de que mi hermana encontrara mi cuerpo sin vida sobre un charco de sangre junto al *jacuzzi*.

La directora del colegio, Sonia Lobos, dio un sentido discurso antes de que diera comienzo el acto oficial de inicio de ciclo lectivo. Con una mano en el pecho y un nudo en la garganta, habló del profundo dolor que significaba la pérdida de Daniela Castillo, una estudiante que sería recordada por su armoniosa risa, la calidez de su mirada y la manera en que iluminaba cada habitación a la que entraba. Palabras vacías, por supuesto. Todo el mundo sabía que, si por algo sería recordada en el colegio, no sería por ninguna de esas características.

El acto fue largo y particularmente aburrido. Hasta Juan Martín Ponce de León, el hermano mayor de Johanna, pareció morirse de aburrimiento mientras sostenía la bandera a un costado del escenario. No era el único. Una de las chicas de quinto curso hasta se quedó dormida en su lugar y una de sus amigas tuvo que despertarla de un codazo cuando sus ronquidos comenzaron a llamar la atención. De haber sabido que aquel acto inicial sería tan somnífero, muchos ni se habrían tomado la molestia de levantarse temprano. Habrían seguido el ejemplo de Nicolás Anderson, que llegó al colegio cuando el acto ya había finalizado.

En su caso, sin embargo, no fue planeado. De hecho, de haber sido por Nico, ni siquiera hubiera asistido. Mi muerte lo había afectado y había querido quedarse acostado en su cama todo el día. Su madre, por supuesto, no se lo permitió. Angelina decía entender perfectamente por lo que estaba pasando y, por esa misma razón, creía que sería una buena idea que asistiera al colegio, junto a sus amigos.

—Realmente hubiese preferido quedarme en casa —se quejó cuando Angelina se detuvo en el estacionamiento del colegio.

—Nico —lo reprendió su madre—. Suficiente con que dejé que faltaras al acto. Ahora, bajate. Andá con tus compañeros. —Tras unos segundos, aflojó un poco el tono—. Te va a hacer bien.

El chico observó a su madre con una ceja enarcada, preguntándole en silencio si acaso hablaba en serio. Sin embargo, no dijo nada más. Aquella era una batalla perdida. Con un suspiro de frustración, tomó su mochila y se bajó del auto tras dirigirle a Angelina un breve saludo.

El colegio privado William Shakespeare, que quedaba en los límites de Campos de Edén, era un sitio magnífico. Con su fachada de ladrillo visto y enredaderas que trepaban las paredes, tenía un toque mágico inigualable. Con sus tres plantas, además, se imponía en el paisaje. La entrada estaba flanqueada por columnas de estilo griego y en el frontón de la fachada estaba tallada una serie de querubines que envolvían con cintas el nombre de la institución.

Sus pasos resonaron en el pasillo vacío, de camino al aula de 5.º C que se ubicaba en el primer piso. Ese día, Nico llevaba el cabello atado en un rodete y vestía el uniforme del colegio a la perfección: *blazer* color vino tinto, camisa blanca, pantalones de vestir negros, zapatos y una corbata del mismo color del *blazer* que lo estaba ahorcando. Sentía que se sofocaba, aunque no precisamente por la vestimenta.

—¿Nicolás?

Aquella voz provocó que su corazón se salteara un latido.

—Agustín. Hola. —Sonrió.

El chico de la fiesta acababa de salir del baño de hombres que se ubicaba entre las escaleras y el ascensor. Al igual que Nico, llevaba puesto el uniforme del William Shakespeare, aunque con un toque desaliñado que le quedaba perfecto. Se notaba que acababa de mojarse el cabello, pues lo llevaba peinado hacia atrás, con las puntas húmedas. Nico reparó en el arito plateado en forma de cruz que pendía de su oreja izquierda, mucho más llamativo que el que había lucido en la fiesta.

—Perdí el otro —informó, mientras se señalaba el lóbulo.

—Te queda bien. Es muy… tu estilo, supongo.

Agustín le dedicó una sonrisa.

—Lenguas, ¿no? Vamos a ser compañeros.

Nico asintió, mientras comenzaban a subir las escaleras en silencio. En la fiesta habían hablado durante varios minutos y, si bien sabía que el chico asistiría al mismo colegio que él, no tenía idea de que compartirían curso. No debería ponerlo nervioso, pero lo hacía. No pudo evitar recordar nuestro intercambio de palabras la noche de mi asesinato. De repente, su rostro se ensombreció.

—Che, lo siento mucho. Por lo de tu amiga —dijo Agustín, en lo que llegaban a la entrada del aula—. Sé que recién nos conocemos, pero si algún día necesitás hablar con alguien... —Se encogió de hombros.

—Gracias.

Se sintió estúpido por no tener mucho más que decir, aunque ¿qué se suponía que dijera? Abrió la puerta y los dos ingresaron al aula, donde ya el resto de sus compañeros estaban ubicados en sus respectivos bancos, que aquella mañana estaban desprovistos de las *tablets* con las que usualmente trabajaban. Sobre el escritorio del profesor se encontraba sentado uno de los preceptores. En otra ocasión, le habría llamado la atención por llegar tarde. Dadas las circunstancias, sin embargo, decidió guardarse el «Muy lindo de su parte honrarnos con su presencia, Anderson» para sí mismo.

Nico tomó asiento junto a Constanza, que llevaba siendo su compañera de banco desde el año pasado. Delante de ellos se ubicaban Martín y Brenda Soriano, una chica pecosa de cabello castaño que era amiga de Carolina, pero con la que Nico no tenía demasiada relación. Saludó brevemente a los tres antes de sacar un cuaderno y una lapicera para tomar notas que sabía muy bien que no necesitaría, con el único objetivo de no quedarse quieto.

—¿Me perdí de algo? —le preguntó a Martín, que se había dado la vuelta.

Al frente del aula, el preceptor buscaba la lista de estudiantes en su *tablet*.

—Nada interesante. Nosotros perdimos horas valiosas de nuestro día, pero esa es otra historia.

Le ofreció una breve sonrisa al chico antes de observar de reojo a Constanza, que lo miraba con preocupación.

—No me voy a romper, así que podés dejar de mirarme así.

—Perdón, Nico. Es que estoy preocupada, nada más. Si querés hablar...

—No quiero, Coti. Pero gracias. En serio —la interrumpió, con un tono más cortante del que normalmente habría usado con ella.

La chica se mordió el labio, indecisa. Nico sabía que, internamente, se estaba preguntando si debía o no insistir. Como el preceptor alzó la voz para llamarles la atención a todos, decidió que dejaría de lado el tema, al menos por el momento. Después de todo, mi muerte había ocurrido hacía apenas poco más de un día. Nico ni siquiera había tenido tiempo de procesar por completo lo sucedido.

—Ahora sí, buenos días a todos. Como habrán visto, no tienen las *tablets* en sus bancos. Eso es porque esta tarde nos llegan las nuevas *notebooks*, que van a empezar a usar mañana a primera hora. No es el único cambio que van a notar este año en cuanto a implementación de tecnología...

Las palabras del preceptor se perdieron en el aire mientras Nico desviaba su mirada hacia Agustín. Le había tocado sentarse junto a Johanna, que le decía algo en voz baja para no llamar la atención. Nico se preguntó qué podría haberle dicho para que Agustín esbozara una sonrisa, divertido. Él conocía a Johanna Ponce de León hacía años; la chica era de todo menos interesante o divertida. Si tenía dos neuronas, era de pura suerte.

—... Y ahora voy a pasar a tomar lista. Alessio, Agustín. —El chico alzó la mano—. Anderson, Nicolás. —Se produjo un breve silencio en el que el preceptor clavó sus ojos en Nico, mientras sostenía la *tablet* en sus manos—. Anderson, le estoy hablando a usted.

El codazo de Constanza hizo que Nico diera un respingo en su asiento. Apartó su mirada de Agustín justo cuando el chico se giraba para mirar en su dirección.

—Sí, acá estoy.

—No parece —dijo el hombre, tras observarlo de reojo—. Barbieri, Josefina —prosiguió.

Tras pasar lista, el preceptor no los retuvo más que para recordarles algunos puntos clave del código de conducta y ciertos detalles del código de vestimenta, que ya casi nadie respetaba y que había ido mutando con los años.

Ni bien abandonaron el aula, Nico sintió los brazos de Carolina alrededor de su cuello y un beso en la mejilla que lo sorprendió más de la cuenta. Agustín, que estaba varios metros delante de él, hablando con Johanna y con otros de sus compañeros, lo observó brevemente antes de continuar con su conversación. Nico sintió la necesidad de sacarse de encima a su novia de inmediato. Aquello lo hizo sentir terriblemente culpable.

—¿Cómo estás, amor?

Podría haberle dicho que *Bien* o que estaba *Ahí, tirando* o que prefería simplemente no hablar de eso. La respuesta que se le escapó, sin embargo, fue mucho más brusca de lo que pretendía.

—Estaría buenísimo que todo el mundo dejara de preguntarme lo mismo. En serio, ¿qué esperan que diga después de lo que pasó? —El tono grosero de su voz provocó que Carolina apartara los brazos y lo observara con las cejas enarcadas—. Daniela no lleva muerta ni dos días —agregó, en voz más baja.

—Ya sé, Nico. Por eso te lo preguntaba. Porque me preocupo por vos.

El chico se desató el rodete y se colocó la gomita entre los labios mientras se acomodaba el cabello otra vez, solo por hacer algo. Constanza y Martín, que estaban detrás de la pareja, intercambiaron una mirada elocuente. Nico soltó un suspiro una vez tuvo el cabello nuevamente atado. Intentó no observar en dirección a Agustín y Johanna, consciente de que no tenía sentido sentir celos. Su novia era Carolina. Y Agustín no le podía gustar. Por muchas razones.

—Perdón, Caro. No es con vos, es solo que…

Ella también suspiró, relajó el semblante, lo tomó del brazo y apoyó la mejilla sobre su hombro.

—No pasa nada. No es fácil por lo que estás pasando, Nico.

Él miró en dirección al chico nuevo. No, definitivamente no lo era.

III

El martes, la mayor parte del William Shakespeare parecía haber olvidado que dos días atrás alguien le había disparado en la cabeza a una de sus compañeras. Solo unos pocos seguían pendientes, de manera casual, de la investigación.

No los culpo. Yo hubiera tenido exactamente la misma actitud si hubiese sido una simple espectadora de aquella tragedia, en lugar de la actriz principal. Después de todo, el *show* debe continuar. Cada uno sigue adelante con su vida. Además, nadie me quería tanto como para mostrarse abatido. No abiertamente, al menos.

—Estás muy callada, Ce. ¿Querés...?

—No quise hablar ayer del tema, Flor, y no quiero hablar ahora. *Got it?* ¿O en qué idioma te lo tengo que repetir?

El tono que utilizó Celeste Torres para dirigirse a su amiga, sin siquiera dirigirle la mirada, fue terminante. Florencia abrió bien grandes los ojos, sorprendida por el arrebato de hostilidad de la rubia. Celeste no tenía pelos en la lengua, eso lo sabía todo el mundo, pero siempre decía las cosas más desagradables con la mejor de las sonrisas. En aquella ocasión, sin embargo, había permanecido seria, observando la pantalla de su *notebook*, donde tenía el programa de la materia que les había compartido la profesora de Economía y que ahora explicaba detalladamente.

Pero Celeste veía sin mirar. Desde el momento en el que se había enterado de mi muerte, tras haber oído las sirenas pasar por su calle, no había podido dejar de preguntarse algo: ¿por qué no se sentía triste? O *más* triste, al menos. Aunque nunca había pensado en la posibilidad de perder a una de sus amigas a una edad tan temprana, siempre creyó que una noticia de ese calibre la cambiaría por completo. Sin embargo, no fue así. Se había sentido horrible tras conocer la tragedia, pero solo por algunos minutos.

Quizá tuviera mucho que ver con que llevábamos tiempo sin ser lo que una consideraría *amigas*. Más que eso, éramos competidoras amigables. Nos enfrentábamos en absolutamente todo, salvo nuestras notas, porque a ninguna nos interesaba tanto el estudio. Por supuesto, maquillábamos nuestros celos y nuestra envidia en el día a día. O al menos yo lo hacía. Cuando pienso en ello, me doy cuenta de que quizá ese tipo de sentimientos no eran recíprocos. Celeste nunca me tuvo celos o envidia, pero sin lugar a duda se sentía aliviada de no tener que seguir lidiando conmigo.

Me pregunto por qué sería.

—Te juro que si alguien me vuelve a preguntar cómo estoy por lo de Daniela, voy a estallar —refunfuñó al cabo de unos minutos, sentada sobre el pupitre de su hermano.

Lucas, al igual que ella, había decidido cursar la especialización en Economía y Administración, pese a que a ninguno de los dos realmente les interesaba una carrera en aquel campo. Lo hacían solo por su padre y porque las otras opciones eran Lenguas o Ciencias Naturales, algo que tampoco les llamaba la atención académicamente hablando. Lo cierto era que los mellizos no tenían idea de qué querían hacer con sus vidas cuando acabaran el colegio.

—Florencia esta pesadísima con el tema. Te juro que en momentos como este extraño más a Joy. Por lo menos sabe cuándo quedarse callada —prosiguió Celeste. La profesora de Economía había abandonado el aula hacía varios minutos y la nueva profesora de Geografía llevaba retraso.

Su hermano no la escuchaba. Estaba echado sobre su silla, como si estuviera en un sillón en la sala de su casa. A esa altura, cuando solo quedaba un módulo para que acabara la jornada escolar, ya llevaba la corbata desanudada y la camisa blanca fuera del pantalón. Jugueteaba con su lapicera retráctil sobre el banco, mucho más concentrado en el *clic clac* de aquel elemento que en las palabras que salían de la boca de su hermana.

—Es como que estoy hablando con una pared, ¿no? —Celeste chasqueó los dedos frente a su hermano—. Ey, Lucas.

Él finalmente alzó la mirada.

—¿Qué? —suspiró.

—Que no me estás dando bola, Lu.

—Estaba pensando en Daniela. ¿Sabías que nadie tiene idea de cuándo la van a poder enterrar? —Frunció el ceño.

Celeste se apartó el cabello del hombro.

—Supongo que es por la investigación. Todavía no tienen la menor idea de quién la mató. O por qué.

Aunque Celeste, por supuesto, estaba dispuesta a arriesgar razones. Y no era la única.

Lucas hubiese agregado algo, pero la figura de Max, su compañero de banco, lo obligó a mantener el silencio. El chico se había escapado al baño en lo que tardaba en llegar la profesora de Geografía. Le dirigió una sonrisa a Celeste, que ella ignoró olímpicamente mientras se bajaba de la mesa de un salto y se acomodaba un poco la pollera negra con pliegues.

Se observó la pintura carmín de las uñas mientras tomaba asiento en su banco. A su lado, Florencia se había dado la vuelta para charlar con las chicas que se sentaban a sus espaldas. Celeste apoyó el codo sobre el escritorio y descansó el mentón sobre la palma de la mano. Soltó un suspiro de fastidio mientras, con la mano libre, manipulaba el *pad* de la *notebook* y abría y cerraba ventanas. El internet estaba desconectado, para evitar distracciones, por lo que no podía sacar ventaja de la tecnología con la que contaba.

La puerta del aula se abrió de repente, pero ella no le prestó demasiada atención. Geografía nunca había sido una de sus asignaturas favoritas, más que nada porque la profesora de los últimos cuatro años era una completa zorra que no se conformaba con nada. Celeste nunca había logrado sacar más de un siete. Por suerte, la mujer había quedado embarazada y ese año, al menos durante la primera mitad, tendrían un reemplazo.

Escuchó el sonido de una pila de libros sobre el escritorio de la profesora y comenzó a oír murmullos a su alrededor. No supo a qué se debían hasta que no alzó la mirada y vio quién era su nuevo profesor. Claramente alguien se había equivocado al entregarles la lista de materias con sus respectivos docentes el día anterior, porque Celeste habría jurado que junto a Geografía decía «María de los Ángeles Romero» y no «Dante Blas».

—Muchas caras conocidas —sonrió Dante, mientras se apoyaba en el escritorio.

Llevaba el cabello castaño claro peinado hacia atrás y un par de gafas que generalmente solo utilizaba para leer. Se había dejado crecer la barba, tal vez para no parecer tan joven ante un grupo de adolescentes de dieciséis años. «Como si la edad le importara», pensó Celeste con escepticismo mientras se tensaba. Se había vuelto a sentar derecha y no le quitaba la vista de encima. En parte, por la sorpresa de verlo al frente del aula. En parte, porque con el chaleco gris sobre la camisa, el pantalón y los zapatos de vestir se veía por demás atractivo.

Dante Blas era profesor de Geografía en el William Shakespeare hacía apenas tres años. Había conseguido un par de horas en los cursos menores poco tiempo después de recibirse, gracias a la recomendación de una colega. Nunca había sido profesor de Celeste y la única vez que intercambiaron palabras dentro del ámbito escolar había sido a mitad del año anterior, cuando ella se acercó a una de las tutorías que el hombre ofrecía en el colegio por la tarde. Su única intención en esa oportunidad había sido prepararse para el terrible examen que se le avecinaba.

Al final, había conseguido mucho más que eso.

Celeste apartó la mirada cuando sus ojos se cruzaron con los de Dante. Centró su atención en la pantalla de su *notebook* y abrió el programa de la materia. Sin embargo, mientras su *ex* explicaba los contenidos que recorrerían ese año, ella no pudo dejar de preguntarse qué demonios hacía Dante allí. ¿Le habían ofrecido el curso? ¿Se había propuesto él? ¿Dónde estaba María de los Ángeles Romero?

—Entonces, ¿alguna duda? —preguntó Dante.

Celeste alzó la mano en el aire, pero habló antes de que se le cediera la palabra.

—¿Dónde está la profesora Romero? Teníamos entendido que ella sería la suplente.

—Me refería a la asignatura, señorita Torres. Pero ya que pregunta, la profesora Romero se tomó una licencia. Fue un asunto de último momento y la directora me pidió personalmente que me hiciera cargo del curso.

Celeste no dijo nada y alguien más alzó la mano para preguntar sobre una de las unidades que verían ese año.

—Qué bueno que nos tocó el profe *hot* —le susurró Florencia en voz baja, divertida.

—Sí. No podría estar más encantada.

Durante los últimos minutos, el profesor Blas se encargó de repasar algunos contenidos esenciales que los alumnos debían recordar del curso anterior. Logró arrancar un par de suspiros cada vez que giraba sobre sus talones para anotar algo en la pizarra, lo que causó exasperación extrema en Celeste. Al final de la clase, les recordó a sus estudiantes que repasaran para la semana entrante. No tendrían un examen formal, pero eso no significaba que no haría preguntas aleatorias.

—Con los chicos vamos a almorzar algo a Paraíso —dijo Lucas, quien ya tenía la mochila colgada al hombro. Ella apenas comenzaba a guardar sus cosas. Max esperaba a sus espaldas, expectante. Ignacio estaba hablando con alguien más, algunos pasos más allá. Como Nano cursaba en la especialidad de Ciencias Naturales, seguramente lo encontrarían en el pasillo—. ¿Vienen?

—Sí, obvio —sonrió Florencia.

—Claro —agregó Celeste—. Adelántense, los alcanzo en el estacionamiento.

Lucas no se movió. Se quedó observando fijo a su hermana durante unos segundos, pero ella procuró huir de los ojos verdes de su mellizo. Sin decir nada, Lucas se alejó del banco, le indicó a Max que se pusieran en marcha con una seña y Florencia fue corriendo detrás de ellos. En otro momento, Celeste no hubiese podido evitar pensar en lo patética que se veía su amiga, arrastrándose de esa manera detrás de su hermano. Sin embargo, ese día sus preocupaciones eran otras.

Cuando el último de sus compañeros abandonó el aula, Dante todavía estaba acomodando algunas cosas en su escritorio. Celeste se colgó el bolso al hombro y se acercó hacia él con expresión decidida. Recordó la primera vez que se había acercado a hablarle y lo irresistible que lo había encontrado, pese a la diferencia de edad. Recordó lo embriagante que era su perfume, el mismo que llevaba en ese momento.

—¿No te bastó el sábado que tenías que venir a acosarme también al colegio? —le preguntó, sin pelos en la lengua. Aunque era más una recriminación que una pregunta.

—No te estoy acosando, Celeste, este...

—Las quince llamadas que tengo en mi teléfono no dicen lo mismo —lo acusó.

—...es mi trabajo —suspiró—. Ya me expliqué cuando me preguntaste frente a toda el aula qué hacía acá. María de los Ángeles se tomó licencia.

—Qué conveniente, ¿no? —bufó.

Dante observó en dirección a la puerta del aula con nerviosismo. Podía estar loco por Celeste, pero no estaba dispuesto a perder su trabajo por ella. Así y todo, cerró su portafolio y se acercó un paso más hacia la chica. Estaban tan cerca que a ella se le erizó la piel. Su aroma la embriagó. El corazón comenzó a latirle con más rapidez.

—Si querés que hablemos, nos podemos ver donde siempre. Te lo dije el sábado y te lo repito ahora, Celeste. No te quiero perder. —Parecía sincero.

—Tu esposa está embarazada, Dante. Vos ya me perdiste.

—La voy a dejar. No me importa que esté embarazada. Si eso es lo que tengo que hacer para recuperarte...

Celeste soltó una risa triste por lo bajo, mientras apartaba la mirada.

—Los dos sabemos que eso no va a pasar.

Hizo ademán de marcharse, pero Dante la tomó del brazo y tiró en su dirección. Sus rostros quedaron tan cerca que Celeste pudo captar su aliento a menta cuando el hombre abrió la boca.

—Esta vez lo digo en serio, Celeste. Lo que siento por vos no...

—¿Interrumpo algo?

La voz de Florencia, quien se había detenido en el marco de la puerta, resonó en toda el aula. Dante soltó el brazo de Celeste como si de repente hubiera agarrado un trozo de metal al rojo vivo. Dio un paso hacia atrás y carraspeó, mientras se acomodaba el chaleco. Celeste, por su lado, fue mucho más convincente a la hora de fingir que su amiga no había interrumpido una conversación demasiado privada.

—Para nada, señorita Bazán. La señorita Torres simplemente...

—Le estaba diciendo lo horrible que le queda ese traje, pero creo que me tomé demasiadas atribuciones —sonrió como si nada, antes de observar a Dante por última vez y dirigirse hacia la puerta.

—¿Qué pasó? ¿Por qué te agarró así? —preguntó Flor en voz baja, segundos después, mientras avanzaban por el pasillo.

—Qué sé yo. Lo ofendió mi comentario. *Whatever*. ¿Los chicos nos están esperando? ¿Y Joy?

Florencia aceptó el cambio de tema sin demasiados peros. Celeste, sin embargo, era consciente de que el tema no moriría ahí. Tendría que ser cuidadosa. Su amiga podía ser muy indiscreta cuando quería.

IV

Cuando yo todavía estaba viva, mucho antes de que Nicolás comenzara a alejarse de nosotros, la casa de los mellizos era nuestro lugar favorito de encuentro. El lugar era enorme y estaba lleno de rincones en los que escabullirnos para hacer de las nuestras, sobre todo cuando sus padres no nos prestaban demasiada atención (que era la mayoría del tiempo).

Sin embargo, nuestro sitio predilecto siempre había sido el jardín trasero de los Torres. El patio era enorme y siempre estaba perfectamente cuidado. El césped verde esmeralda nunca tenía más centímetros de lo apropiado y el agua de la piscina siempre se veía cristalina, lista para un eventual chapuzón. Nunca había maleza en los largos canteros con flores de los costados y los árboles del fondo siempre se encontraban podados con una precisión casi milimétrica. Era nuestro pequeño cielo en Campos de Edén.

Nada en el patio trasero de los Torres parecía haber cambiado aquel miércoles por la tarde (todo lucía perfecto), excepto la compañía. Lucas y sus amigos se habían ubicado junto a la piscina, bajo un gazebo de madera, a tomar algo, pese a que eran apenas las cinco de la tarde un día de semana. Si hubiese hecho algo más de calor, probablemente algunos de ellos se habrían lanzado a la pileta. Pero, pese a que el verano aún no había acabado, en aquella oportunidad la temperatura no invitaba a darse ningún chapuzón.

—¡Pará, boludo! ¿Qué estás haciendo? —Se molestó Ignacio, cuando sintió que algo pequeño y húmedo le golpeaba la comisura de los labios.

Nano había aprovechado la distracción de su amigo, que había echado la cabeza hacia atrás en el sillón de hierro, para lanzarle una bolita de papel ensalivada. De los cuatro, Ignacio era el que más había tomado esa tarde y al que el alcohol siempre le pegaba un poco más rápido. Si bien le gustaba hacer ejercicio y mantenerse en forma, tenía una contextura bastante promedio. No gozaba del metro noventa de Max o de la musculatura de Lucas. Estaba convencido de que esa era la única razón por la que siempre aguantaba menos tragos que sus amigos.

—Te estás durmiendo, Nachito. ¿Querés que te cambiemos la birra por una chocolatada? —se burló Nano.

—Me llamo Ignacio, no *Nachito*—bufó el otro con desagrado.

Max, que estaba sentado a la izquierda de Nano, se llevó la botellita de cerveza a los labios y puso los ojos en blanco. El chico nunca le había caído del todo bien. No era solo por su manera de comportarse o su forma de hablar, que en más de una ocasión le recordaban que realmente no pertenecía a aquel mundo, sino algo más. Algo en él que nunca le había terminado de cerrar, algo que no le inspiraba el mismo tipo de confianza que les tenía a Lucas o a Ignacio.

Max abandonó rápidamente sus pensamientos cuando, a lo lejos, vio salir de la casa a Celeste y sus dos amigas. La hermana de su mejor amigo le gustaba desde hacía años. Fue por ella, de hecho, que había comenzado a acercarse a Lucas. Aunque nunca se animó a hacer nada con esos sentimientos, por respeto a su amigo y porque estaba seguro de que la rubia ni siquiera lo registraba. Lo que había sucedido en la fiesta, sin embargo, le había dado esperanzas.

—Espero que estés mirando a Florencia o a Johanna... —La mano de Lucas sobre su hombro lo hizo dar un saltito en su asiento—. Porque mi hermana está *off-limits*, ¿no?

Lucas, que se había apartado un par de metros para atender una llamada de su padre, había regresado bajo la sombra del gazebo con tanto sigilo que ninguno de sus tres amigos lo oyó llegar. Quitó la mano del hombro de Max y se dejó caer en el sillón, a su derecha. Llevaba el cabello rubio desordenado y los primeros botones de su camisa azul desprendidos. Tomó la botellita de cerveza que descansaba en la mesa frente a él y se la llevó a los labios con una media sonrisa.

—¿Qué decís? Nada que ver —Max frunció el ceño y se hizo el desentendido. Negó con la cabeza e intentó ocultarse tras un nuevo trago de cerveza. Junto a él, Nano e Ignacio discutían algo sobre el próximo clásico de fútbol.

—No es por vos, Max. Si alguno de mis amigos es lo suficientemente bueno para mi hermana, ese sos vos —aclaró Lucas, mientras se acomodaba mejor en el sillón—. Pero el tema es que Celeste...

Los ojos de Lucas se desviaron en dirección a su hermana, que acababa de soltar una carcajada mientras acomodaba las reposeras a un costado del jardín y se disponía a tomar algo de sol junto a sus amigas. «Celeste no es lo suficientemente buena para vos» eran las palabras que, quizá, estuviera pensando en aquel momento. Porque Lucas conocía a su melliza mejor que nadie y, si bien la quería de forma incondicional, eso no significaba que no supiera quién era. Max era un muy buen chico como para dejarse arrastrar por el drama de Celeste.

—Igual jamás haría nada. Por respeto a vos —agregó Max, serio.

Lucas soltó una carcajada.

—¿Te creés que yo sería igual si vos tuvieras una hermana? —Aquel comentario sirvió un poco para relajar el ambiente—. En serio, te convienen más Florencia o Johanna —añadió, tras darle un nuevo sorbo a su cerveza.

—Me contó Matías Andrade que Florencia es bien gauchita en la cama —se rio Nano, mientras hacía un gesto obsceno con la mano—. La pinta la tiene.

Ignacio se mordió la lengua y puso los ojos en blanco, exasperado.

—Joy está mucho más buena, igual —volvió a opinar Nano, mientras desviaba la mirada en dirección a las tres chicas.

—Joy está muerta con el nuevo de Lenguas. Agustín algo —recordó Max.

—¿Y? Ese tiene pinta de ser más puto... —Se produjo un silencio incómodo que sirvió para que Mariano se diera cuenta de lo que acababa de decir. Se giró en dirección a Ignacio—. No es que eso tenga nada de malo, ¿no? O sea, si se la come es cosa suya, yo solo digo...

El hermano mayor de Ignacio, Jeremías Llardén, que ahora estaba en segundo año de abogacía, había salido del clóset públicamente durante su último año en el William Shakespeare. Había sido un *pequeño* escándalo, más que nada por cómo lo había hecho: durante el discurso de fin de año en el que le entregaba la bandera a su sucesor. Durante semanas, el colegio entero no había hecho otra cosa que hablar al respecto. Pese a que en un principio se había sentido ligeramente avergonzado, Ignacio había aprendido a sentirse orgulloso de su hermano, razón por la que nunca toleraba ningún tipo de comentarios homofóbicos en su presencia. Por suerte, nunca había tenido ese tipo de problemas con sus amigos. Al menos hasta la llegada de Nano.

—Capaz es mejor si cerrás la boca, ¿no? —intervino Lucas, antes de que Nano dijera algo que no haría otra cosa que seguir embarrando la cancha.

—No, pero en serio, no quiero que quede como que…

Lucas hizo una mueca de fastidio mientras Mariano intentaba justificarse ante Ignacio, quien no parecía tener muchas ganas de escucharlo.

—Nunca sabe cuándo callarse, ¿no? —deslizó Maximiliano por lo bajo.

El teléfono de Lucas vibró dentro del bolsillo delantero de sus pantalones.

—¿Tu viejo otra vez? —preguntó Max, cuando el chico observó la pantalla con el ceño fruncido.

—No… No es mi viejo.

Tras un momento de duda, Lucas se puso de pie.

—¿Jimena? —aventuró Max.

Jimena, la joven con la que Lucas había tenido sexo la mañana de la fiesta, había intentado comunicarse con él más temprano para exigirle respuestas. Aparentemente, su pequeña hazaña en el depósito del local había llegado a oídos de su supervisora. La mujer había decidido despedirla sin siquiera darle derecho a réplica, preocupada con que tener una empleada de moral suelta fuese a afectar la imagen de Heaven.

Lucas no tenía idea de cómo podría haberse enterado. Quizá él hubiera hecho un par de comentarios sobre su última conquista pasajera la noche de la fiesta, pero ¿cómo iba a saber que aquella historia llegaría a oídos de la supervisora de Jimena? Había intentado explicarle a la chica que, si la habían despedido, no era problema suyo. Ella había tomado una decisión, plenamente consciente de las posibles consecuencias.

—Ya vuelvo —murmuró Lucas, sin responder a la última pregunta de su amigo.

Una vez más, bajó del gazebo mientras se llevaba el aparato al oído, dispuesto a atender. Se alejó varios pasos, los pies descalzos sobre el césped bien cortado, y observó una última vez por sobre sus hombros para asegurarse de que estaba lo suficientemente lejos. Max acababa de levantarse, quizá en busca de más botellas de cerveza en el interior de la casa, y Nano e Ignacio seguían enfrascados en una charla un tanto acalorada. Por lo visto, Ignacio quería meter algo de sentido común y educación en la cabeza de alguien incapaz de asimilar aquellos conceptos.

—*Al fin me atendés,* princeso.

La voz grave que se oyó al otro lado de la línea estaba cargada de sarcasmo.

—¿Qué pasa?

—*Perdón, cuando te llamé esta mañana seguramente estabas en el cole, ¿no?* —El hombre soltó una carcajada—. *A veces me olvido de que no estoy tratando con un hombre de palabra sino con un pendejo de mierda.*

—Soy un hombre de palabra, Ortiz. —Pese a que intentó sonar convencido, la voz le tembló un poco y Lucas se odió por ello.

—*Cerrá el orto, pendejo. Si lo fueras, nos habrías traído la guita cuando correspondía. ¿Qué pasó el domingo?*

Me morí. O más bien, me mataron. Pero Lucas era lo suficientemente inteligente como para no usar mi muerte como excusa. La gente con la que trataba no sabía de excusas, solo entendía de promesas, deudas, compromisos y dinero. Sobre todo, de dinero. Se remojó los labios y se desordenó el cabello dorado, nervioso. Sabía que no debería haberse metido en un problema como aquel, pero no era algo que hubiese podido evitar. O quizá, simplemente, no era algo que hubiese querido evitar.

—Van a tener su plata, Ortiz. Esta noche a más tardar. Te doy mi palabra.

—*Más te vale*, princeso. *O la próxima vez que te vea, vas a tener un dedo menos.*

Lucas se quedó unos segundos de pie en su lugar, inmóvil, con el teléfono todavía junto al oído. Necesitaba inventarse una excusa para extraer el dinero de su cuenta esa noche y realizar el pago. Si bien tanto él como su hermana tenían tarjetas de crédito y una cuenta bancaria para realizar extracciones constantes, su padre siempre se metía si veía movimientos de sumas sospechosas. Podía no prestarles atención en el día a día, pero era mucho más meticuloso cuando de dinero se trataba.

—¿Todo bien?

Se sobresaltó un poco al oír la voz de Max, que se había acercado hasta él con una cerveza bien helada en la mano. La reacción de su amigo provocó que enarcara un poco las cejas con curiosidad.

—Todo en orden. Era Jimena otra vez —mintió Lucas, mientras guardaba el teléfono—. Me sigue hinchando con el tema de su despido, como si a mí me importara —bufó, antes de tomar la botella de cerveza que el chico le tendía y darle un sorbo largo.

Si su amigo no le creyó, decidió guardarse sus dudas.

Mientras regresaban al gazebo, Lucas no pudo evitar pensar en una de las últimas cosas que le dije cuando todavía estaba viva: «No es solo un juego, Lucas. Alguien puede salir lastimado. Y no necesariamente vas a ser vos».

V

Celeste observó la pantalla de su teléfono celular con una mezcla de fastidio y satisfacción culpable. Como ya no atendía las llamadas de Dante desde la noche de la fiesta, el hombre había procedido a enviarle mensajes. Se había detenido por un par de días, después de que se conociera la noticia de mi muerte; pero, tras su encuentro con Celeste en la clase de Geografía, había vuelto a hacerlo.

En parte, quería saber si acaso Florencia sospechaba algo. Después de todo, la chica los había encontrado en una situación comprometedora que no se podía explicar naturalmente con la excusa que Celeste había ofrecido. Ella le habría respondido de buena gana que no tenía nada de qué preocuparse, solo para que dejara de molestarla, si hubiese estado segura de ello. Pero no tenía manera de saberlo. Florencia podía ser una caja de sorpresas. Todo lo contrario de Johanna.

Sin embargo, no era aquella la única razón por la que Dante le escribía, por supuesto. Seguía insistiendo en que quería verla, en que hablaran sobre su futuro. Pero Celeste sabía a la perfección que no tenían ninguno, no mientras él siguiera casado. Y eso no cambiaría a corto plazo, mucho menos ahora que Melisa estaba embarazada. Aun así, por momentos, la idea de seguir siendo la amante de Dante le atraía. Nunca había tenido tan buen sexo como con él. Además, lo quería. ¿A quién estaba intentando engañar? Incluso pese a la diferencia de edad, lo quería.

Cerró la conversación que mantenía con Dante antes de abrir la aplicación de música que pretendía conectar con los parlantes de la sala. Después de que el sol se hubiera escondido por completo, Celeste y sus dos amigas habían decidido regresar al interior de la casa en lugar de pasar el rato junto a su hermano y sus amigos, que después de varias botellas de cerveza ya estaban más que un poco *alegres*.

Eligió una *playlist* de Ariana Grande y se aseguró de que el volumen no les impidiese poder charlar. Entonces fue a ocupar su lugar en uno de los sillones de la sala que, casualmente, estaba enfrentado a las puertas corredizas de vidrio que daban al patio trasero. A lo lejos podía contemplar a Lucas y sus tres amigos en el gazebo, bebiendo y riendo. Habían llevado un miniparlante con ellos para poner algo de música que acompañara su creciente estado de ebriedad.

—Como le contaba a Flor, Agustín es perfecto —sonrió Joy mientras aceptaba el trago que le ofrecía su amiga, que había regresado de la cocina con tres destornilladores. Bebió un sorbo y se abrazó a uno de los almohadones—. Vivía en el sur hasta que sus padres se divorciaron y él se vino con la madre. Parece que el padre le metió los cuernos. Eso no me lo contó él, obviamente, pero es lo que se comenta. Cuando pueda voy a averiguar un poco más al respecto.

»*Anyway*, en su otro colegio estaba en la orientación de Artes Visuales, porque le encanta pintar y todo eso, pero acá tuvo que conformarse con Lenguas. Odia los números y Ciencias Naturales tampoco le llama la atención. Me dijo que algún día me va a mostrar una de sus pinturas —agregó, antes de darle un nuevo sorbo a su bebida, contenta con la información que acababa de compartir.

—¿Y no averiguaste nada más? —indagó Florencia—. ¿Si está soltero, si tiene novia, si le gusta algo más que agarrar una brocha...?

—Si le hace ese tipo de preguntas a los dos días de conocerlo va a quedar un poquito desesperada, ¿no te parece? —intervino Celeste, que jugaba con el sorbete de su trago, la vista fija en uno de los cubitos de hielo. Alzó la mirada—. Y obviamente esa no es la idea, ¿no, Joy?

—Exacto —asintió la chica, antes de dirigirle una mirada de reproche a Florencia y acomodarse el flequillo—. La idea es primero acercarme a él, hacerme la amiga. Después averiguar un poco más sobre su vida personal. Y que eventualmente se dé cuenta de que soy el amor de su vida —concluyó, mientras se dejaba caer sobre el respaldar del sillón y fantaseaba un poco sobre su futuro con Agustín.

Johanna era así, enamoradiza por naturaleza. Idealizaba chicos y relaciones. Era capaz de armar en su cabeza historias de amor perfectas que, la mayoría de las veces, no llegaban a buen puerto. Lejos de padecer la desilusión, la joven nunca pasaba más de tres días de luto por una decepción amorosa. Era rápida a la hora de pasar de página y encontrar al siguiente objeto de sus deseos y sueños despiertos. Antes de la aparición de Agustín, era Max de quien había estado *enamorada*. Antes de él, Ignacio, con quien hasta alcanzó a compartir un par de salidas. Incluso le había llegado a gustar el hermano de Ignacio. Antes de que se supiera públicamente para qué equipo jugaba, por supuesto.

A veces, Celeste envidiaba un poco a su amiga. Ojalá a ella le fuese tan fácil pasar de página, olvidarse de las personas que le habían robado el corazón. Pero nunca tuvo esa facilidad. Su primer enamoramiento le había durado varios años, aunque por aquel entonces había sido demasiado niña y demasiado cobarde como para siquiera pensar en decir algo. ¿Por qué arruinar una bonita amistad, además?

Su siguiente enamoramiento fue Dante. De los que realmente contaban, al menos. Algunos días se preguntaba cómo había terminado viéndose envuelta en semejante situación. Nunca había puesto un ojo en un hombre mayor hasta el día en que se acercó a él para consultarle por una tutoría, por lo que al principio estuvo bastante contrariada. Se había sentido ligeramente atraída hacia chicos mayores, sí: uno, dos, tres años cuando mucho. Su primer y único novio, de hecho, había sido dos años más grande que ella. Pero jamás como Dante.

Recuerdo cuando me enteré de aquel romance prohibido. Porque no, no fue mi buena amiga Celeste la que decidió compartir conmigo ese detalle de su vida.

Estábamos en Paraíso, un viernes por la tarde, comprando ropa. Celeste entró al probador y dejó su celular afuera. Vi el mensaje subido de tono que le llegó y reconocí al hombre en la diminuta fotografía.

«*Someone is being naughty*», fueron las palabras con las que la recibí antes de mostrarle el teléfono en el aire. Definitivamente, alguien se estaba portando mal y, por una vez, no era yo. Sonreí.

Había logrado desbloquear el teléfono sin demasiados problemas y me había puesto a leer la conversación. Respetar la privacidad ajena nunca había sido mi fuerte. La cara que puso Celeste en ese momento fue para el recuerdo. Nunca la había visto tan desconcertada, avergonzada y furiosa al mismo tiempo. Aquel incidente puso a prueba nuestra amistad.

Aunque nada se comparará jamás con lo de Rebeca, por supuesto.

—¿Distraída?

Celeste parpadeó un par de veces antes de girar el rostro en dirección a Florencia. La chica la observó con curiosidad y una media sonrisa en el rostro. Joy no estaba en su lugar, pero su trago vacío descansaba sobre un posavasos encima de la mesita de vidrio. Probablemente estaba en el baño. La retención de líquidos era uno de sus puntos débiles, sobre todo cuando había alcohol de por medio.

—Estaba pensando.

—¿En quién?

—En nadie. Solo pensando.

—¿En Maximiliano, quizá? —aventuró, con una sonrisa maliciosa.

—Para nada. —Forzó una risa y frunció el ceño antes de darle un sorbo a su trago.

No estaba segura de a qué se debía la pregunta de Florencia. Quizá tuviera que ver con que la había pescado observando más allá de la puerta corrediza de vidrio, en dirección al gazebo. Pero Celeste no observaba a Max. Ni a nadie. Solo había dejado que la mirada se le perdiera más allá de aquella sala, mientras ella navegaba pensamientos conflictivos.

Aunque cabía la posibilidad de que su amiga hiciera referencia a lo que había sucedido la noche de la fiesta, algo en lo que Celeste no quería pensar porque, extrañamente, le provocaba algo de culpa. No se suponía que sintiera culpa, por supuesto. Había terminado su relación con Dante más temprano ese mismo día. No le debía fidelidad de ningún tipo, mucho menos a él. Sin embargo, una cosa era racionalizarlo y otra, totalmente diferente, era hacérselo entender a su corazón.

—No sé qué película te inventaste, pero estás equivocadísima. —Trató de restarle importancia al tema.

—¿En serio? No sé, yo pensé que te gustaba. —Florencia se encogió de hombros y le dio un último trago a su bebida. Entonces clavó sus lentes de contacto celestes en su interlocutora—. ¿O te gustan mayores, como el profesor Blas?

Así que eso era de lo que realmente quería hablar. ¿Había estado esperando el momento perfecto para sacar el tema a colación? ¿Era su amiga capaz de hacer un ataque premeditado? ¿O solo había aprovechado la oportunidad de meter un comentario incisivo? Celeste creía conocer a Florencia lo suficiente, que le preguntara por Dante no representaba una verdadera sorpresa. Lo que la había dejado ligeramente descolocada había sido la manera.

Durante unos pocos segundos, Celeste se quedó sin saber qué hacer o qué decir, todavía calculando en su mente cuál era el mejor movimiento. Como si aquello fuese un juego de ajedrez y una mala movida pudiese significar quedar en jaque. Aunque de ajedrez eso era todo lo que ella sabía. Le dirigió a Florencia una enorme sonrisa, falsa por donde se la mirase, antes de decidirse a hablar.

—Nuevamente, Flor, no sé qué película te estás inventando. —Soltó una risa que sonó un poco forzada—. Si es por lo de ayer, en serio, te estás armando una historia que nada que ver.

—Ay, dale, Celeste. No nací ayer. ¿Te esperás que me crea esa excusa barata que te inventaste? Le estabas criticando la ropa y ¿qué? ¿De repente se sintió tan ofendido que te agarró así del brazo para advertirte que no le faltaras el respeto o algo por el estilo? —Cuestionó, con evidente molestia, lo que era una clara mentira.

—Básicamente —sentenció Celeste, antes de ponerse de pie.

—Me estás tomando por estúpida. —No era una pregunta, pero tampoco una afirmación. No precisamente. Era una acusación.

Celeste se giró para observar a Florencia, que la miraba con una ceja enarcada y la cabeza inclinada hacia un costado. Su amiga no iba a dejar el tema, de ninguna manera. De la misma manera que tampoco lo había hecho yo en su momento.

—No, Flor. De hecho, creo que sos lo suficientemente inteligente como para saber cuándo dar un tema por acabado. Lo que sea que estés pensando que pasa entre el profesor Blas y yo es producto de tu imaginación. Quizá deberías ver si te podés acostar con alguien, para variar. A ver si así se acaban tus fantasías sin sentido.

Las palabras de Celeste fueron contundentes y la reacción de Florencia, predecible. Se llevó una mano al pecho, fingiendo sentirse ofendida.

—Ups... ¿Pasa algo?

El tono tentativo de Johanna, que había regresado del baño, y la manera en que pasaba su mirada de una de sus amigas a la otra dejaba en claro que había logrado escuchar lo suficiente de aquella conversación como para armarse su propia historia. A diferencia de Florencia, sin embargo, Joy era una experta a la hora de saber cuándo debía mantener la boca cerrada. Podía hablar mucho sobre nimiedades y, en ocasiones, resultar un poco pesada. Pero cuando las cosas se ponían serias, era una amiga ideal.

—Nada, Joy.

Celeste puso los ojos en blanco, aflojó el tono y puso su mejor sonrisa.

—A Flor se le metió en la cabeza que me pasa algo con Blas, ¿podés creer? Primero, es mi profesor. Segundo, me lleva como diez años o más. Tercero, está casado. Cuarto, está esperando un hijo.

Aquel último dato causó cierta sorpresa en las otras dos chicas, que no estaban al tanto de ese detalle en particular.

—¡Ay, no! Obvio. No tiene sentido —se rio Johanna.

Florencia forzó una sonrisa, sin mostrar los dientes.

—Supongo que no, no tiene sentido.

Pero lo tenía. Y las tres lo sabían.

VI

Nico se puso la camiseta de manga corta gris, se desacomodó un poco el cabello frente al espejo y luego observó la hora en su teléfono celular. Aún corría con algunos minutos de ventaja, aunque no estaba seguro de por qué se preocupaba por llegar a horario. Generalmente era el primero y le tocaba esperar a sus amigos, algo que siempre lo exasperaba. La solución habría sido comenzar a llegar más tarde él también, pero nunca se le había dado bien la tardanza intencionada.

Se dirigió a su armario para buscar un par de zapatillas que combinara con el resto de su atuendo y entonces escuchó los dos golpecitos en la puerta. Pese a que estaba abierta, su hermano se había detenido en el umbral y había tenido la decencia de golpear, algo a lo que no estaba acostumbrado. Si tuviera cien pesos por cada vez que Sebastián había entrado a su cuarto sin golpear ni preguntar...

—Me dijo mamá que te llevás el auto.

—Sí, me junto en la cafetería con mis amigos. ¿Por?

—No, nada. —Sebastián se encogió de hombros—. Lo necesito más tarde. —Observó brevemente el interior del cuarto de su hermano. Sus ojos se detuvieron en la fotografía que tenía con los mellizos Torres y conmigo. Hizo una breve pausa y se volteó nuevamente a ver a Nico—. ¿Vas a volver muy tarde?

—No creo. Igual, si lo necesitás, pasá por la cafetería más tarde y te doy las llaves. Después me pasás a buscar o vemos.

—Dale. Cualquier cosa te aviso.

Sebastián dudó unos segundos, como si quisiera decir algo más, pero entonces giró sobre sus talones, dispuesto a marcharse. Nico se terminó de poner las zapatillas y se puso de pie.

—Seba, ¿todo bien?

Su relación fraternal siempre había sido un tanto... extraña. Nico no tenía idea de qué le impedía a Sebastián congeniar con él. ¿Celos? Sonaba ridículo. Después de todo, su hermano mayor no solo era más atractivo, sino que era incluso más sociable y, durante el último año, se había vuelto un excelente estudiante. En Medicina le estaba yendo mucho mejor de lo que cualquiera hubiera creído. Además, le gustaban los deportes y, de los tres, era el que más cosas en común tenía con su padre.

—¿Ah? Sí, sí. Todo bien. Nada más me preocupa un poco la nota del último final. Con todo lo que pasó, estuve bastante distraído en el examen. Eso, nada más. Ni te preocupes por lo del auto, Nico. Yo me las arreglo.

Su hermano le dedicó una última sonrisa antes de marcharse. Si hubieran tenido una relación más unida, Nico no se habría quedado conforme con esa respuesta. Pero el panorama era diferente y, sin darse cuenta, comenzaba a estar muy sobre la hora para la juntada con sus amigos. Tomó el celular y bajó las escaleras con prisa. Saludó a su madre a lo lejos (su padre seguía en la oficina), agarró las llaves de uno de los autos, que descansaban en la bandeja negra de la entrada, y se puso los lentes de sol antes de salir.

El centro comercial de Campos de Edén no estaba tan lejos de su casa como para forzarlo a ir en auto; pero, a diferencia del día anterior, ese jueves por la tarde hacía demasiado calor. Evidentemente, al verano todavía le quedaban algunos días y a nadie le gustaba caminar bajo el sol abrasador de fines de febrero. Además, Nico estaba convencido de que, si no practicaba, acabaría olvidándose de cómo era manejar un auto.

Acababa de estacionar cuando sintió que su teléfono celular vibraba.

¿Ya están viniendo?

La pregunta de Constanza apareció en el chat grupal que tenían con Martín. No pudo evitar sonreír, ligeramente divertido ante la idea de que, por una vez, fuese ella quien tuviese que esperar al resto. Se bajó del auto y se aseguró de poner la alarma antes de dirigirse rumbo a la cafetería. El sol pegaba tan fuerte que no se quitó los lentes oscuros hasta que estuvo en el umbral de la puerta del local.

—Ni que nos hubiéramos puesto de acuerdo —le dijo una voz conocida mientras le palmeaba el hombro.

Martín se había acercado sin que lo viera llegar, con sus rulos desordenados y la enorme sonrisa que lo caracterizaba. Pese al calor, llevaba una camisa a cuadros abierta por encima de la camiseta roja, siempre fiel a su estilo.

Los dos amigos ingresaron a la cafetería y buscaron con la mirada a Constanza. La encontraron casi al final del local, al lado de la vidriera. Estaba enfrascada en su teléfono, tecleando con furia. Frente a ella tenía una taza de té helado a medio beber.

—¿Nos demoramos cinco minutos y no podés esperarnos ni para pedir? —sonrió Nico, mientras tomaba asiento frente a la chica y Martín se ubicaba junto a ella.

Coti apartó la mirada de su teléfono.

—Ay, bueno. Tenía ganas de tomar algo. Igual ahora pedimos bien. —Bajó nuevamente la mirada para terminar de componer su mensaje. Martín intentó espiar de reojo—. ¿No viniste con Caro?

La pregunta lo tomó por sorpresa. En vez de soltar un comentario sarcástico, como que a menos que su novia se hubiera vuelto invisible era evidente que no había venido con ella, Nico decidió ser un poco más sincero, pero no por eso menos ácido.

—No sabía que tenía que traerla.

Su amiga por fin abandonó su teléfono. Martín se enderezó de repente para disimular, aunque era obvio que había estado espiando. Sin embargo, no había descubierto nada interesante: Constanza estaba intentando ponerse de acuerdo con sus hermanos en el regalo que le harían a su madre por su cumpleaños número cincuenta. Era la menor de cinco, todos varones menos ella. Como tal, era la responsable de que su madre recibiera un regalo que pudiese disfrutar y no otro electrodoméstico o utensilio para la cocina.

—Nadie dice que tenías que *traerla*, Nico. Ni que fuera una mascota. —Puso los ojos en blanco—. Decía, porque desde que volviste de Londres parece que no se quiere despegar de vos. Pensé que quizá estarían juntos esta tarde y, no sé, tal vez la invitaras. —Se encogió de hombros.

A decir verdad, Carolina, a la salida del colegio, le había propuesto tomar algo esa tarde. Pero Nico se había excusado con que ya tenía planes, por lo que tendrían que dejarlo para otro día. Sabía que, en parte, estaba evitando a su novia. Sin embargo, necesitaba poner un poco de distancia, al menos hasta que aclarara un poco sus ideas. Y sus sentimientos. La pregunta que debía hacerse, sin embargo, era si podría lograrlo.

—Caro siempre fue una novia… *cariñosa* —sonrió Nico, como si aquello le causara gracia y no incomodidad.

—*Pesada* —tosió Martín, con un puño sobre los labios, para amortiguar la palabra. Su amigo le dirigió una mirada de reproche.

—Pero tiene que entender que yo necesito… —continuó—. No sé, mi espacio. Y estar con mis amigos. Que a veces salgamos todos no significa que cada vez que yo me junte con ustedes tenga que estar ella, ¿no?

—No, obvio. Hacé de cuenta que ni pregunté.

—Lo que sí deberías haber preguntado, Coti —interrumpió Martín—, es qué vamos a querer pedir.

Una vez se pusieron de acuerdo, Martín se ofreció a ir hasta la caja a hacer el pedido, lo que les dio a los otros dos algunos minutos a solas. Constanza los aprovechó para traer a colación un tema del que no habían vuelto a hablar desde el día de mi muerte.

—¿Cómo están las cosas en tu casa?

—Bien. Bueno… —Se detuvo—. Si por *bien* entendemos que ni hablo con mi padre y que cada vez que veo a mi madre a los ojos siento que la estoy traicionando.

—Sí, me imagino… —Le dio un último sorbo a su té—. ¿Y tu mamá no sospecha nada? ¿Tus hermanos?

—Lo dudo. Si algo hay que reconocerle a mi padre es que tiene un talento nato para mantener las apariencias. Y para vender la historia que él quiere que compres. Por algo es tan talentoso en lo que hace —admitió con cierto dejo de tristeza y resignación. Soltó un suspiro mientras apartaba la mirada—. Sebastián estuvo un poco raro estos días, aunque dudo mucho de que sea por algo relacionado a todo esto.

—Te diría que le preguntes, pero este es un asunto delicado.

—Prefiero no hacerlo. Mi hermano sería hasta capaz de justificarlo.

Coti abrió la boca para decirle a su amigo que dudaba que alguien pudiera justificar la infidelidad de Ricardo Anderson, cuando un murmullo los distrajo. Un grupo de señoras, entre las que se contaba Betina Ocampo, le había pedido a Mónica que subiera el volumen de uno de los televisores que se encontraban colgados a un costado.

Pronto, los dos amigos supieron por qué lo habían pedido. En la pantalla se podía ver a la conductora de un programa de espectáculos que a veces tocaba temas de actualidad referirse al caso que conmocionaba a la ciudad esa semana: el asesinato de Daniela Castillo. Una tragedia que había cambiado para siempre la vida de los residentes del tranquilo barrio privado Campos de Edén. La policía aún estaba investigando; pero, de momento, no había avances. Los principales sospechosos habían sido descartados y ahora estaban buscando pruebas que apuntaran a algún romance que pudiera haber acabado mal.

Mientras observaba la pantalla, Nico recordó otros casos de femicidios de los últimos años. Siempre los había visto en la televisión o leído al respecto en los diarios o páginas web de noticias. Nunca tuvo que vivir uno tan de cerca. Pensó que en no todos aquellos casos la policía solía encontrar al culpable. A veces tardaban más, a veces tardaban menos. A veces el caso se convertía en un callejón sin salida.

¿Qué sucedería con el mío? Solo el tiempo lo diría.

—No puedo creer que la policía todavía no sepa nada —comentó Martín al cabo de un rato, luego de que en el programa de espectáculos pasaran a hablar de la parejita del momento y ellos tres ya tuvieran su pedido servido.

—Dijeron que esperaban encontrar el teléfono de Daniela pronto, que quizá eso les daba más pistas —murmuró Constanza.

—Pero ¿qué planean encontrar? ¿Un mensaje de texto en el que el asesino le esté avisando a Daniela que va a ir a su casa a volarle los sesos?

Martín soltó un quejido cuando sintió el codo de su amiga incrustarse en sus costillas. No se había dado cuenta de lo crudas que sonaron sus palabras. No había sido su intención incomodar a su amigo; pero él siempre había sido así, un poco descuidado a la hora de tratar temas sensibles. Intercambió una mirada de preocupación con Constanza, sin saber muy bien si acaso debía disculparse con él o no.

—Nico... —comenzó la chica.

—Ya vengo, voy al baño —se disculpó él.

El chico se levantó sin más preámbulo e hizo de cuenta que no oía cómo su amiga le recriminaba a Martín su falta de tacto. Se pasó una mano por el cabello y apuró el paso de camino al baño. Ni siquiera se atrevió a alzar la mirada para ver de reojo la pantalla del televisor, por si acaso volvía a ver mi nombre en ella, pese a que en el programa ya estaban hablando de algo más.

Abrió la puerta del baño con brusquedad y se paró frente a uno de los espejos. Observó su reflejo en él y apretó los dientes. ¿Eso era lo que había tardado en realmente afectarlo mi muerte? ¿Cinco días? Porque sí, se había sentido abatido cuando se había enterado de que alguien me había disparado en el patio de mi casa, pero aquella era la primera vez que realmente se permitía sentir, con todas las letras. Y la sensación no era agradable en lo absoluto.

Abrió el agua fría para mojarse un poco el rostro. Llevábamos tiempo sin compartir experiencias como solíamos hacerlo de pequeños. Nuestras conversaciones se habían vuelto cada vez más superficiales e insignificantes. Lo de Rebeca fue el cuchillo que cortó el último hilo del que pendía nuestra amistad. Nico era consciente de ello. Y yo también. Pero nada de eso significaba que perderme le doliera menos.

Se aferró a los bordes del lavamanos y cerró los ojos durante unos segundos en los que intentó recuperar la compostura. Sabía que ni Constanza ni Martín pensarían menos de él por mostrar algo de debilidad con un tema como ese, pero no por eso quería hacerlo, mostrarse débil. Respiró hondo y abrió los ojos. El espejo ya no solo devolvía su reflejo, sino el de alguien más.

—Perdoname, Nico. Te vi venir para el baño y pensé... No sé, no te noté bien.

Parpadeó varias veces, un tanto sorprendido por la repentina aparición de Agustín. El chico parecía genuinamente preocupado. Nico trató de ofrecerle una sonrisa. Antes de que se le ocurriera preguntarle qué hacía allí, notó la camisa a cuadros verde y negra con el logo de Heaven sobre el pecho. No tardó en darse cuenta de que, tras el despido de Jimena (las razones eran de público conocimiento entre los adolescentes de Campos de Edén), el lugar había tenido que contratar a alguien más.

—No pasa nada, estoy bien —dijo Nico, mientras giraba sobre sus talones.

Agustín dudó.

—¿Seguro? —insistió. Nico bajó la mirada y se mantuvo en silencio—. Es por lo de las noticias, ¿no? Lo de la chica que mataron...

—Daniela.

—Daniela. Perdón.

—Éramos amigos —suspiró—. Lo fuimos durante un tiempo, al menos. —Se pasó una mano por el cabello, incómodo—. Ver su nombre en la pantalla y escuchar hablar del caso... No sé, supongo que me removió todo.

—Debe ser terrible. No me puedo ni imaginar por lo que estás pasando.

Durante un segundo a Nico le pareció que Agustín se iba a acercar a él. ¿Para ofrecerle un abrazo? ¿Un apretón de manos? ¿Una palmada en el hombro, quizá? Sin embargo, el chico se quedó en su lugar y Nico se movió hacia un costado para frotarse las manos bajo el aire caliente del secador eléctrico.

—Es... No importa. Ya se me va a pasar, supongo.

—Dicen que el chocolate ayuda a levantar el ánimo. —Nico lo observó con curiosidad por sobre el hombro—. No puedo hacer mucho más que ofrecerte un *brownie on the house*.

—No hace falta, Agustín. En serio —rio Nico.

—Insisto. No me cuesta nada.

Los dos chicos se miraron en silencio durante un par de segundos.

—En ese caso, gracias. Mejor vuelvo con mis amigos —agregó, señalando con un dedo la puerta del baño—. Si me tardo más, Coti lo va a mandar a Martín a ver qué pasa, si es que no entra ella a buscarme primero.

—No te robo más tiempo —le sonrió Agustín.

VII

La primera vez que pesqué a Nico observando a un chico de una manera sospechosa había sido poco más de un año atrás. Yo apenas tenía quince y él, todavía catorce. Por aquel entonces yo estaba de novia con un chico dos años mayor que yo, exquisito a la mirada. Estábamos en el patio trasero de mi casa, tomando sol junto a la piscina.

Recuerdo perfectamente la manera en que Nico lo miró salir del agua y sacudirse el cabello, como hacen los chicos lindos en las películas. También recuerdo lo que le dije en ese momento, «Tenés suerte de que no sea celosa», y cómo él se puso colorado desde los pies hasta la cabeza.

La segunda vez que lo pesqué mirando a alguien de esa forma fue a Agustín, la noche de la fiesta.

—Lo que sea que estés insinuando, Dani... estás muy equivocada —murmuró, antes de darle un trago a su cerveza y apartar la mirada de Agustín y Joy.

—*Darling*, yo nunca me equivoco. Además, harían muy linda pareja, mirá.

Desbloqueé mi teléfono para abrir la galería y mostrarle una de las tantas fotos que había tomado esa noche. En ella, Nico se inclinaba muy cerca sobre Agustín para decirle algo al oído, quizá porque el volumen de la música no les permitía comunicarse efectivamente. Era una imagen inocente, incapaz de levantar sospechas ante una mirada distraída. Pero yo sabía a la perfección que la inseguridad de Nico lo pondría nervioso. Y así fue.

—No importa, igual —continué, mientras guardaba mi teléfono—. Soy perfectamente capaz de guardar secretos. Seguro que vos también.

Los dos sabíamos muy bien a lo que me refería, aunque Nico prefirió hacerse el desentendido. Debería haber sabido, en ese momento, que lo mejor era no presionar con el tema, pero él no era el único que se estaba pasando de copas esa noche.

—Acá no hay ningún secreto que guardar —balbuceó, incómodo.

Hizo ademán de marcharse. Yo me interpuse en su camino. No lo dejaría escapar tan fácilmente. Jimena, una chica que trabajaba en Heaven, pasó junto a nosotros y nos miró con curiosidad. No le devolví la mirada. Tampoco estaba segura de qué hacía una chica de su clase en una fiesta como aquella.

—Sí que lo hay. —Pese a que sonreía, como si estuviéramos manteniendo una simple charla de amigos, mi tono insinuaba algo más—. Yo no voy a decir nada, siempre y cuando vos mantengas la boca cerrada respecto a lo de Rebeca.

—¿Me estás amenazando? —preguntó con una nota de incredulidad en su voz.

—Para nada, Nico. Solo digo que sería una lástima que... no sé, alguien le muestre esta foto a tu novia. Aunque Caro no se haría la cabeza con algo que nada que ver. ¿O sí?

—No te puedo creer...

—Obviamente, eso no va a pasar. Como te dije, sé guardar secretos. —Hice una breve pausa—. ¿Y vos, Nico? ¿Sos capaz de mantener la boca cerrada?

Aquellas, definitivamente, no eran las palabras que mi *amigo* quería escuchar.
—Andate bien a la mierda, Daniela.
Y me hizo a un lado de un empujón.

I

Un *remix* de Rihanna sonaba a todo volumen. La canción era un tanto vieja para la ocasión, pero Celeste Torres siempre había sentido debilidad por ese tipo de música pop. Si alguien la encontraba inadecuada, no lo dijo. Dentro de la sala principal de la casa, todo el mundo se movía al ritmo de la música mientras las luces de colores creaban destellos psicodélicos sobre las cabezas de adolescentes embebidos en alcohol y otras sustancias.

Fruncí el ceño con fastidio cuando un grupito se puso a saltar sin control y casi me tira un vaso de cerveza encima. Me aparté un poco del tumulto y fue entonces cuando observé que, cerca de las escaleras, Nico le quitaba a su novia un vaso de la mano. Por un segundo creí que solo lo hacía porque él también quería beber un poco, pese a que ya había bebido suficiente, pero entonces lo vi dejar el vaso a un costado y obligar a la chica a ponerse de pie. Carolina no se veía en muy buenas condiciones.

Aquella era la oportunidad perfecta para redimirme con Nicolás o, al menos, probar otro enfoque. Iba a acercarme a ellos cuando sentí el celular vibrar en mi mano.

¿No tenés ganas de divertirte un poco?

Con la lengua entre los dientes y media sonrisa en el rostro, me aparté un poco más para responder de la única manera en que sabía hacerlo:

> ¿Cuándo no tengo ganas de divertirme?

Lo siguiente que recibí fue una fotografía recién tomada del bulto que se escondía bajo los pantalones de aquel chico. Escribí otra respuesta, calculada hasta el más mínimo detalle. A los pocos segundos recibí una segunda imagen bastante más reveladora que la primera.

Me mordí el labio y alcé la mirada. Nico y Carolina se habían ido. Por un momento consideré olvidarme del chico que me estaba mandando fotos *hot* y que, claramente, quería tener sexo esa noche. No lo hice. Con el celular todavía en mano, me abrí paso entre la gente hasta salir al jardín delantero de los Torres. Cuando el sonido ensordecedor de la música se apagó un poco, lo llamé.

—¿Se puede saber qué hacés despierto a esta hora?

Oí un estallido de carcajadas a un par de metros de donde me encontraba. Un chico se acababa de caer sobre uno de los arbustos y sus amigos no paraban de reírse de él.

—*Estaba estudiando, pero me aburrí. Entonces se me ocurrió que hay otra forma en la que podría repasar Anatomía...*

—No podrías ser más cliché.

—*Un poco.* —Se rio—. *¿Qué decís? ¿Nos vemos? ¿O todavía estás en la fiesta de los Torres?*

—Todavía estoy en la fiesta, pero veámonos. Ya le saqué todo el provecho que le podía sacar, de todos modos. Además, si no te ayudo a repasar, ¿cómo vas a aprobar después?

Los dos nos reímos.

—*¿Querés venir a casa? Mis viejos duermen.*

—Y los míos no están. Además, tengo el *jacuzzi*. —Me mordí el labio, divertida.

II

Mi entierro tuvo lugar el siguiente sábado. Mi padre tuvo que hacer uso de algunos de sus contactos para lograr que liberaran mi cuerpo lo antes posible. La autopsia no había arrojado ningún dato revelador y los interrogatorios tampoco habían sido de gran ayuda.

¿Quién podría tener motivos para meterle un balazo en la cabeza a una chica de dieciséis años?

Más de una persona, en mi caso.

Lloviznaba tenuemente esa mañana en las afueras de la ciudad. Al entierro asistió prácticamente todo Campos de Edén. Tanto los que guardaban algún tipo de cariño por mí, aunque fuese mínimo, como quienes me odiaban desde lo más profundo de su ser. Después de todo, lo más importante era mantener las apariencias. Demostrar tristeza y compasión, aunque por dentro pensaran que me lo tenía merecido solo por vivir mi vida según mis propias reglas, según mis propios estándares.

—No puedo creer que Daniela esté muerta —le murmuró Constanza a Nico.

Había ido al funeral junto a su familia, pero terminó escabulléndose para estar junto a su amigo. Constanza sabía que, pese a la distancia que se había instalado entre nosotros durante el último año, Nicolás alguna vez fue mi amigo. A ella yo nunca le había agradado; así que, pese a sentir algo de pena, mi muerte no la afectaba. No realmente. Sin embargo, no podía ni comenzar a imaginarse lo que Nico sentía en ese momento. Debía estar devastado. Bastaba con recordar el día en la cafetería.

—Yo sigo sin entender quién pudo haber hecho algo así —agregó Martín, que cada tanto se ponía a jugar con el *piercing* que tenía en la lengua—. Nunca fue una persona muy agradable que digamos... ¡Auch! —Constanza acababa de propinarle un codazo—. ¿Qué? Es la verdad. Eso no quita que lo que le pasó es horrible, pero una cosa es una cosa...

La chica puso los ojos en blanco, irritada, antes de voltearse a observar cómo aquella declaración había afectado a Nicolás. Él no se mostró escandalizado por las palabras de Martín, no esa vez. Después de todo, Nico mejor que nadie sabía que el chico tenía razón.

—Seguro van a atrapar al asesino.

—Sí... seguro —suspiró Nico, tras observar de reojo a su amiga, que le había dado un apretoncito fraternal en el hombro—. Deberíamos ir yendo.

La pequeña ceremonia había terminado y la mayoría de los asistentes le estaban ofreciendo sus condolencias a mi familia. Algunos en verdad se sentían apenados por semejante tragedia, otros se limitaban a escupir palabras vacías, carentes de cualquier sentimiento. Pero mis padres no estaban en condiciones de distinguir un gesto de otro; ambos estaban destrozados. Mi madre había llorado tanto desde la madrugada en la que recibió aquel terrible llamado que ya no tenía lágrimas que derramar. Mi padre, que siempre había sido un hombre de rostro alegre, parecía haberse olvidado por completo de cómo sonreír.

Tras acercarse a saludar brevemente a mi familia, Nico y sus dos amigos comenzaron a alejarse en dirección al estacionamiento, ubicado a varios metros de distancia del enorme campo verde donde se encontraban las tumbas. Poco a poco la llovizna había cesado, por lo que ya no necesitaban protegerse debajo de los paraguas. Caminaron en silencio, cada uno preguntándose algo diferente sobre el sentido de la vida.

Fue a pocos metros de donde se encontraba el auto de su familia que Nico cruzó miradas con los mellizos. Su padre estaba apoyado en un árbol, ocupado con su celular, y ellos se hallaban de pie frente al auto, susurrando. Esperaban a su madre, que se había quedado hablando con otras de las mujeres de Campos de Edén. Eran muchas las personas que se preguntaban qué podría haber hecho yo como para tener un final semejante. Y eran también muchas las teorías.

—Che, vayan yendo —les dijo Nico a sus amigos.

—¿Seguro? —preguntó Martín, que había detectado de inmediato el intercambio de miradas.

—Vamos yendo, Tincho. —Constanza lo tironeó del brazo.

A diferencia de Martín, a ella nunca le había importado que Nico fuera amigo de los Torres. Aunque tampoco entendía cómo alguien como él podría serlo, considerando cuan diferentes eran sus personalidades. Nico era un chico inteligente, centrado, responsable, amable... y los Torres se creían los reyes del colegio. Por supuesto, ni Constanza ni Martín tenían idea de que, cuando querían, los mellizos podían ser personas totalmente diferentes. Al igual que Nico.

—Nos hablamos después, Nico. Llamame por cualquier cosa.

—Gracias, Coti.

Nicolás soltó un breve suspiro y, durante un segundo, dudó. ¿Era una buena idea volver a buscar la compañía de los mellizos después de lo sucedido? Sobre todo, si tenía en cuenta que llevaban meses sin hablarse, y no solo por sus vacaciones en Londres. Nico había dejado de hablar con Lucas y Celeste mucho antes de su viaje. Desde lo de Rebeca. Y si bien en la noche de la fiesta, él y Celeste habían limado asperezas, eso no significaba que todo hubiera vuelto a ser como antes. Nada nunca volvería a ser como antes.

Al final, avanzó en dirección a los mellizos, quienes decidieron encontrarlo a mitad de camino, seguramente para poder hablar con mayor tranquilidad, sin su padre cerca. No que Efraín les prestara demasiada atención. Su padre nunca había sido un hombre particularmente demostrativo o interesado por la vida de sus hijos. Sin embargo, sí se preocupaba por ellos. O más bien, por su reputación.

—Creo que una parte de mí todavía no cae —suspiró Nico.

—Te entiendo —asintió Celeste—. Por momentos pienso que en realidad es todo un sueño. Una pesadilla, más bien. Que voy a despertar en cualquier momento.

Lucas permaneció en silencio, con la mirada perdida.

—Anoche soñé con ella. Bueno, y con ustedes también. Éramos chicos otra vez y estábamos en las hamacas de la plaza a la que solíamos ir cuando estábamos en la primaria. ¿Se acuerdan?

—Siento que fue hace un millón de años —murmuró Celeste.

—Sí, pasó mucho tiempo.

—Y pasaron muchas cosas en el medio —intervino Lucas. Hizo una breve pausa—. La policía encontró el teléfono de Daniela. Lo estuvieron revisando.

Nico se hizo el confundido ante el repentino cambio de dirección en la charla. Observó a quien alguna vez había sido su mejor amigo con curiosidad, como si no comprendiera realmente a qué apuntaba. Pero lo sabía a la perfección. Mi celular podía contener información sensible y problemática, sobre todo para ellos tres. Ese es el problema con los secretos en esta nueva era de la tecnología. Cuando una se muere, los secretos no siempre se mueren con una...

—¿Pensás que...? —inquirió Nico.

—No lo sé. Puede ser. —Su amigo se encogió de hombros.

—No podés tirar una bomba así y decirme «Puede ser» —se quejó—. ¿Vos sabés algo, Lucas?

—Incluso si Daniela llegase a tener algo sobre lo de Rebeca en su teléfono —se metió Celeste, con cuidado de mantener un tono de voz bajo—, no importa, ¿no? Siempre y cuando nos apeguemos a la historia que contamos en su momento.

Nico se pasó la lengua por los labios, un poco nervioso. Mentir sobre lo que había ocurrido esa noche llevaba pesándole en la conciencia durante los últimos meses. Las primeras semanas se había despertado a mitad de la noche, cubierto en sudor frío tras una horrible pesadilla que lo había dejado con una sensación de angustia insoportable en la garganta. En el fondo sabía que la única forma de deshacerse de la culpa era confesar. Pero no podía. Ya era demasiado tarde. Hay decisiones de las que uno simplemente no se puede arrepentir.

Además, ese no era el único secreto que preocupaba a Nicolás. Algo más había sucedido entre nosotros la noche de la fiesta.

—Supongo que tenés razón —murmuró. Se pasó una mano por el cuello desnudo. En aquella ocasión se había atado el cabello en un rodete.

—Sé que no querés mentir sobre lo que pasó esa noche, Nico. —El chico alzó la mirada para observar a Lucas a los ojos—. Pero ¿realmente tenemos opción?

Quiso decirle que sí, que por supuesto tenían otra opción. O que al menos la habían tenido en su momento. Podrían haber dicho la verdad y aceptado las consecuencias. Pero ese tren ya había partido hacía meses. Ya no podían echarse atrás.

Se le escapó un bufido que casi podría haberse confundido con una risa. Nico no pudo evitar pensar en la ironía de la situación. Por intentar proteger un secreto había terminado encubriendo uno mucho peor.

Soltó un suspiro y alzó la cabeza. Clavó sus ojos en las esponjosas nubes grises que daban vueltas sobre ellos. Una vez más, la fotografía que tenía en su mesa de noche cobró vida en su mente. Había sido un hermoso día de verano, con un sol dorado y brillante cuya luz aprovecharon hasta el último segundo. Habían reído todo el día y habían terminado exhaustos. Su única preocupación en aquel momento habían sido los dedos arrugados de las manos y los pies. ¿En qué momento pasaron de eso a...?

—*Fuck*. —El improperio de Celeste interrumpió sus pensamientos—. *Fuck, fuck, fuck*.

Nico no supo qué que había provocado aquella reacción en su amiga hasta que giró sobre sus talones y observó, a lo lejos, un vehículo policial atravesar las verjas del cementerio privado y detenerse en el estacionamiento. No fueron los tres amigos los únicos que repararon en la inoportuna llegada. Poco a poco, varias docenas de pares de ojos se fueron posando en los dos oficiales que descendieron del coche.

«Esto no puede estar sucediendo», se dijo Nico. Los latidos de su corazón se aceleraron cuando vio la dirección en la que se dirigían los policías: iban directo hacia el auto de su familia. Durante un par de segundos, no escuchó nada más que un zumbido, como si hubiera explotado una bomba y se hubiese quedado parcialmente sordo.

Vio a su madre acercarse a los dos oficiales y comenzar a hablar con ellos. Entonces, sin darse cuenta, comenzó a avanzar hacia ellos. Primero con paso tentativo. De repente, empezó a correr. En su mente no dejaba de preguntarse si acaso su destino quedaría marcado de ahí en más por lo que la policía había encontrado en mi celular sobre lo de Rebeca o sobre la noche de la fiesta.

Angelina, al ver que su hijo menor se dirigía hacia ellos a toda prisa, se apartó de los oficiales de policía para detenerlo. Su rostro lucía sereno, pero Nico pudo ver el brillo de preocupación en su mirada. Sintió las manos de su madre en sus hombros y oyó, a sus espaldas, los pasos de los mellizos Torres. El resto de la gente que observaba la escena no se animaba a acercarse aún. Aquello era un accidente a punto de ocurrir y todos querían contemplar desde lejos el momento del choque.

—Mamá, ¿qué está pasando?

—Nico, va a estar todo bien. Vos no te preocupes, ¿sí? Yo me voy a encargar de aclarar la situación.

Nicolás sintió que las rodillas se le aflojaban.

Entonces observó una imagen que lo desconcertó por completo cuando inclinó la cabeza para ver más allá de la escena que, quizá inconscientemente, su madre estaba tratando de cubrir. Vio a uno de los oficiales acercarse a donde estaba el resto de su familia. Vio a su padre sacar el teléfono y comenzar a marcar un número con nerviosismo. Vio a Valeria llevarse las manos al rostro para cubrirse la boca. Y vio a Sebastián avanzar, custodiado por un oficial, en dirección al patrullero.

¿Qué demonios acababa de ocurrir?

III

—¿No vas a desayunar?

—No tengo hambre.

Valeria se quedó observando a su hermano menor, preocupada. Ser la mayor nunca había encajado realmente con su personalidad. Siempre le había resultado imposible ocupar ese espacio de hermana responsable o de sentar el ejemplo. Pero, en momentos como ese, sus instintos cobraban vida por sí solos. Aquella mañana se había levantado temprano para preparar el desayuno y se había encontrado con que Nico ya estaba despierto. No parecía que hubiera dormido en lo absoluto, de hecho.

En silencio, Valeria puso agua en la pava eléctrica, buscó dos tazas, dos saquitos del mejor té inglés y sacó de la alacena un paquete de galletas de chocolate que puso en un plato. Lo colocó todo sobre el desayunador de la cocina y tomó asiento en una banqueta frente a su hermano. Nico tenía una carpeta delante de él y fingía leer lo que estaba escrito en aquellas hojas.

Alcanzó a ver que se trataba de sus notas de Francés. Supuso que la profesora Matilde St. Pierre seguía con su política de tomar su infame evaluación diagnóstica. St. Pierre era descendiente de franceses y se tomaba muy en serio su materia. Aquella primera evaluación, sin embargo, se había convertido en un indicador de quiénes aprobarían o reprobarían la materia en ese ciclo lectivo. Cualquiera que desaprobara entraba a la lista negra de St. Pierre. Salir de ella no era una tarea fácil.

—Siempre odié Francés, aunque te puedo ayudar, si querés. Algo me acuerdo. —Ofreció como excusa para entablar una conversación. La verdad era que recordaba muy poco.

—Gracias, pero no me hace falta.

Por supuesto que no le hacía falta. Incluso en la peor de las situaciones, Nico se las ingeniaba siempre para obtener una buena nota. Era de los mejores estudiantes de su clase. Aquello era algo que, muy en secreto, yo siempre le había envidiado. No tanto las notas en sí, sino la facilidad que tenía para el estudio. Ya hubiese querido yo no tener que esforzarme para que me fuese bien en alguna materia. Mis notas no eran precisamente por lo que me recordarían en el William Shakespeare. Ni por todas las otras sartas de estupideces que la directora había mencionado en el discurso de la semana anterior.

Valeria soltó un suspiro y se bajó de la banqueta. Apagó la pava y sirvió las dos tazas de té. Usó azúcar en el de su hermano y edulcorante en el suyo. Cuando regresó al desayunador con las infusiones, Nico seguía estancado en la misma página. Pero señalarle aquel detalle no serviría en lo más mínimo, Valeria era plenamente consciente de ello. Así que, en lugar de dar vueltas, decidió ir directo al grano.

—Sebastián va a estar bien, Nico. Sabés perfectamente la clase de abogada que es mamá. Lo lleva en la sangre. El abuelo, la tía... Este malentendido se va a aclarar en un abrir y cerrar de ojos.

La chica se acomodó el cabello negro hacia un costado y le dio un sorbo a su taza de té antes de decidir que estaba demasiado caliente. Observó con duda las galletas que estaban en el plato y, tras un momento de vacilación, optó por tomar una. Podía romper la dieta un domingo, sobre todo teniendo en cuenta todo lo que había atravesado su familia en las últimas veinticuatro horas.

Su madre se había marchado junto a su hermano para ocuparse de aquel asunto y ellos se habían quedado con su padre. Pasado el momento de sorpresa inicial, Ricardo Anderson llamó a cuanto contacto conocía para averiguar con precisión de qué se trataba todo ese circo. Nico no recordaba haberlo escuchado tan fuera de sí alguna vez. El hombre que casi había perdido la compostura el día que Nico regresó de Londres parecía un cachorrito comparado con aquel otro.

Ricardo estaba indignado y así se lo hizo saber a un alto funcionario del gobierno local con quien había compartido sus años de secundario y con quien todavía mantenía contacto. No podía creer que la policía hubiese llegado a mi funeral de esa manera, con toda la intención de montar una escena. Se encontraban tan estancados con el caso que pretendían publicitar cualquier cosa que pudiera semejarse a un avance. ¿Y qué mejor lugar que el entierro de la víctima?

Pero no habían detenido a Sebastián por mi asesinato. Así lo informó Angelina cuando regresó con su hijo a la casa, un par de horas después. La policía solo pretendía interrogarlo y, dadas las circunstancias, no habían podido esperar hasta el lunes. Las excusas que le habían ofrecido fueron muy pobres. Angelina también estaba indignada, por supuesto. Era consciente de que la forma en la que las autoridades se habían comportado tenía mucho que ver con lo que provocaba no solo el apellido Anderson, sino también el apellido Machado. Después de todo, su padre siempre se había dedicado a defender a los peores criminales. No precisamente el camino que ella había elegido durante los últimos años.

—No es eso. Es que... —Nicolás hizo una pausa, como si estuviera tratando de reformular sus palabras—. ¿Vos sabías que Sebastián tenía algo con Daniela?

—Sabía que estaba saliendo con alguien, no sabía que era Daniela.

Nico removió su té en un acto reflejo antes de agregar algo más.

—Jamás me lo hubiera imaginado.

—Yo tampoco, Nico. Aunque visto y considerando...

Valeria lo pensó dos veces y decidió que era mejor callarse. Pero era obvia la manera en que continuaba aquella frase: «Aunque visto y considerando lo zorra que era...». Sebastián, después de todo, no era la única persona con la que yo me acostaba. Había otros nombres dando vueltas, mucho más públicos que el hijo del medio de los Anderson. Todos habían sido interrogados. Todos tenían una coartada.

Nico se quedó en silencio durante un rato, pensativo. Decidió darle un sorbo al té que le había preparado su hermana y apartar una galleta, incluso aunque no la fuese a comer. De repente, la actitud de Sebastián durante la última semana cobraba algo de sentido. Mi muerte lo había afectado más de lo que Nico podía haberse imaginado y ahora sabía con exactitud por qué.

—Me hubiese gustado que confiara en nosotros —murmuró.

—¿Vos nos contás todos los detalles de tu vida amorosa, Nico? ¿A Sebastián o a mí? —Su hermana enarcó una ceja.

No le estaba recriminando nada, solo intentaba darle algo de contexto a las decisiones de su hermano.

El silencio de Nico fue toda la respuesta que Valeria necesitó. No, por supuesto que no les contaba todos los detalles de su vida amorosa. Apenas si su familia sabía que estaba saliendo con Carolina, solo porque la chica solía aparecerse por la casa de los Anderson de vez en cuando para recordárselo. Pero él jamás había discutido con ninguno de sus dos hermanos los detalles de su relación con la chica, como el hecho de que no se habían acostado todavía, y no precisamente porque ella no quisiera...

De las dudas respecto a su sexualidad, ni hablar.

Aunque para Nico era diferente. Saber que Sebastián salía conmigo no habría cambiado en absoluto la opinión que tenía de él.

—Solo espero que mamá sea capaz de aclarar todo. Sebastián jamás sería capaz de hacer una cosa así.

No, su hermano era capaz de muchas cosas, pero jamás haría algo semejante. Su conciencia no lo hubiera dejado vivir con ello.

El sonido del timbre provocó un breve sobresalto en los dos hermanos.

—¿Quién podrá ser? —se preguntó Valeria en voz alta, con el ceño fruncido, antes de ponerse de pie y dirigirse hacia la entrada.

Nico oyó murmullos, pero no les prestó demasiada atención. Le dio otro sorbo a su té antes de enfocar su atención en la carpeta de Francés con todos sus apuntes del año anterior. Seguía mirando renglón por renglón sin realmente entender nada. Por más que intentara concentrarse, le resultaba imposible. La aparición de la policía el día anterior lo había afectado mucho más de lo que dejaba entrever, que ya era bastante. Y no solo por el destino de su hermano o la posición en la que había quedado su familia. Cuando había visto a los oficiales había pensado que lo buscaban a él, que lo de Rebeca finalmente saldría a la luz.

—Buenos días, amor.

Alzó la cabeza, sorprendido, al oír la voz de Carolina. Se encontró con la figura de su novia de pie en el umbral de la cocina. Lo observaba con una mezcla de preocupación, curiosidad y pena que a Nico lo hizo sentir increíblemente incómodo. Valeria no apareció detrás de la chica, ni siquiera para ir a recoger su taza de té a medio beber. Quizá quería darles privacidad, ante la idea errónea de que un momento a solas con su novia le haría bien a su hermanito menor.

—Caro... ¿qué hacés acá?

—Pensé que te iba a hacer bien la compañía... teniendo en cuenta lo que pasó ayer. No te escribí antes porque no quería atosigarte y hoy, bueno, decidí que era mejor pasar a ver cómo estabas.

Nico abrió la boca para decir algo, pero no encontró palabras. Cerró la carpeta de Francés y le ofreció a Carolina una sonrisa tentativa. Aunque el gesto era muy dulce, no era lo que él necesitaba en ese momento. Tampoco estaba seguro de qué necesitaba. Solo sabía que no era la compañía de su novia. No podía decirlo, por supuesto. No sin entrar en otro tipo de discusiones; no sin ahondar en un tema que no estaba listo para afrontar.

—¿Eso es Francés? *Je peux vous aider avec ça* —se ofreció a ayudarlo, mientras se acercaba y se sentaba a su lado.

—Sí, es Francés. Pensé que me ayudaría a despejarme, pero la verdad es que no me está sirviendo de mucho —suspiró Nico. Una manera gentil de rechazar la ayuda que su novia le estaba ofreciendo.

—Entonces decime cómo te puedo ayudar, Nico. Lo que sea.

Carolina lo tomó del brazo y apoyó la cabeza sobre el hombro del chico. Olía a flores y vainilla.

—Podemos ver una película. —Era la única forma que se le ocurría de pasar tiempo junto a su novia sin tener que hablar sobre sus sentimientos, ya fuese respecto a lo de su hermano o a cualquier otra cosa—. Nos podemos tirar en el sillón de la sala y ver algo, si no te molesta.

—Para nada —le sonrió ella, antes de darle un beso en la mejilla.

Nico se terminó lo que le quedaba de té antes de preguntarle a ella si acaso no quería algo de beber. Agradeció mentalmente que Carolina no propusiera que subieran a su cuarto para mayor privacidad. Dudaba que su novia fuese a intentar que su relación pasara al siguiente nivel físico, sobre todo teniendo en cuenta las circunstancias, pero prefería no tentar a la suerte. Incluso antes de irse a Londres y de que sus dudas se acrecentaran, quedarse a solas con ella en su habitación le había resultado conflictivo.

Sin mucha más charla de por medio, la parejita agarró algunos suministros de la cocina y se mudó hacia la sala. Carolina parecía conforme con el simple hecho de ofrecer su compañía, ante la creencia de que eso ayudaría a Nico a sentirse mejor. Él, por otro lado, se pasó la mitad de la primera película preguntándose durante cuánto tiempo más podía mantener a aquella farsa. Y no se refería únicamente a su noviazgo con Carolina.

IV

La posible implicación de Sebastián Anderson en mi asesinato estuvo en boca de todo Campos de Edén a lo largo de la siguiente semana. Pese a que tanto Angelina como Ricardo se encargaron de aclarar en sus círculos sociales que su hijo no había sido acusado de nada, solo interrogado debido a la relación que mantenía conmigo, todo el mundo sabía que aquella sería una mancha difícil de limpiar.

Era una suerte que Sebastián ya hubiese terminado el colegio secundario y estuviera en la facultad, donde solo algunos de sus compañeros estaban al tanto de lo sucedido. Porque en el William Shakespeare no se hablaba de otra cosa. A donde fuera que uno dirigiese la mirada parecía encontrarse con dos estudiantes cuchicheando sobre el tema.

Nicolás no la estaba pasando bien. Por suerte, tenía a sus amigos más cercanos y a su novia para protegerlo de los susurros o desviar su atención de ellos. E incluso tenía viejos amigos dispuestos a poner un punto final a cualquier chisme sobre su hermano, aunque él no estuviera al tanto de ello.

—¿Quieren cerrar el pico? —Celeste formuló su pregunta como una orden tajante, acompañada de una ceja enarcada y una mirada de advertencia. Quería dejar en claro que no le agradaba en lo más mínimo que estuvieran criticando en voz baja al hermano de Nicolás.

Florencia, que era quien había insistido con el tema, pareció experimentar un segundo de contradicción.

A su lado, Felicitas González se mordió el labio inferior con algo de arrepentimiento. La joven, a diferencia de su amiga, no tenía un ápice de maldad en sus huesos, pero su problema era que se dejaba llevar muy fácilmente por lo que decían los demás, en particular su novio, Guillermo. El chico se había convertido en uno de los principales detractores de Sebastián, probablemente por los rumores de que Ricardo Anderson había sido el responsable del despido de su padre. Aldo Gándara solía trabajar en el área de Marketing de la misma empresa que Ricardo.

—Perdón, pero que Nicolás sea tu amigo no significa que tengamos que pasar por alto lo que hizo su hermano —murmuró Florencia por lo bajo. No había logrado quedarse callada.

—No seas ridícula, Florencia. ¿Realmente creés que Sebastián sería capaz de algo así? Por favor —bufó con exasperación.

—No es lo que yo creo, es lo que la policía...

—La policía no levantó cargos. Lo citaron a declarar, nada más.

Florencia abrió la boca, pero Felicitas se encargó de intervenir.

—Chicas, la profesora viene para acá.

Estaban en la clase de Economía y la profesora les había asignado un trabajo en grupo. Debían leer una sección del segundo capítulo del libro de texto y contestar algunas preguntas. En lugar de recluirse detrás de su escritorio y observar a los estudiantes desde la distancia, la mujer decidió monitorearlos de cerca para asegurarse de que estuvieran trabajando.

Celeste le pidió a Felicitas que releyera el último párrafo mientras hacía algunas anotaciones en lo que la profesora pasaba detrás de ella. Observó de reojo a Florencia, que parecía avanzar por su cuenta, y no pudo evitar pensar en lo mucho que las actitudes de la chica le molestaban últimamente.

Florencia era como una pequeña piedra en su zapato de la que no era capaz de librarse, sobre todo desde que se había animado a preguntarle por Dante. Celeste creyó que el tema había quedado zanjado aquella tarde, después de señalarle la ridiculez de sus palabras. Sin embargo, no fue ese el caso. El sábado, de camino al funeral, Florencia había vuelto a hacer un comentario mordaz al respecto. Y el lunes, durante uno de los recreos, la escena se había repetido.

Pero Celeste no supo qué tan lejos estaba dispuesta a llegar Florencia para probar su romance con Dante Blas hasta la clase de Geografía de aquel jueves. Todo había marchado con normalidad, al menos al principio. Celeste se obligó a concentrarse en el contenido de la clase y no en la persona que la impartía. Esa mañana, Dante lucía incluso más atractivo que de costumbre. El chaleco le ajustaba el torso y la camisa dejaba ver que, a diferencia de muchos otros miembros del cuerpo docente, el hombre se ejercitaba de manera constante.

—Silencio, por favor —pidió a la clase—. El cuestionario que les acabo de compartir es para que lo lean y empiecen a trabajar en silencio, no para que se pongan a charlar con el compañero de al lado. Si tienen alguna pregunta, se acercan a mi escritorio.

Celeste hizo doble clic en la carpeta compartida y copió el archivo al escritorio de su *notebook*. Lo abrió y vio las doce preguntas que Dante había confeccionado para sus estudiantes; el primer trabajo práctico del año, que deberían entregar en un plazo de una semana y media. Notó que eran bastante sencillas y, seguramente, estaban más destinadas a medir el compromiso de los alumnos que a otra cosa. Eso no evitó que Florencia se pusiera de pie y se acercara al escritorio del profesor.

Fue la risita fingida de su amiga lo que le llamó la atención. Celeste apartó la vista de su pantalla para observar a la chica, que se había parado a un costado del escritorio de Dante e inclinado un poco, con la excusa de ver más de cerca el monitor de su computadora. La pose era claramente seductora. Florencia incluso se había quitado el *blazer* y llevaba desprendido los primeros botones de la camisa de manera *casual*. Sus intenciones eran tan obvias que incluso algunos de sus compañeros comenzaron a murmurar entre ellos.

—Dije silencio —insistió Dante.

O estaba ciego o disfrutaba del coqueteo de la alumna. Cualquiera fuese la opción correcta, sirvió para que Celeste comenzara a experimentar un calor interior que nada tenía que ver con la vergüenza. No, era otro el sentimiento que la invadía en ese momento, y no era bueno en lo absoluto. De haber tenido un lápiz en la mano, probablemente lo hubiese partido a la mitad.

—¿Pasa algo, Ce? —preguntó Florencia con total falsedad al regresar a su banco, sonriente tras haber aclarado todas sus *dudas*.

En lugar de demostrar un ápice de la ira que la habitaba en ese momento, Celeste recuperó la compostura y se limitó a devolverle a su *amiga* la sonrisa.

—Para nada, Flor.

Si Florencia quería jugar a ese jueguito, entonces le daría el gusto. Y ya sabía exactamente cuál sería su próximo movimiento. Lo que fuera con tal de alejar a la chica de ese camino de sospechas que se había empeñado en seguir. Si, además, en el proceso lograba despertar celos en Dante y que ni siquiera se le cruzara por la cabeza mirar a Florencia o cualquier otra estudiante con otros ojos, pues mucho mejor.

En cuanto sonó el timbre que indicaba el fin de la clase, en lugar de recoger sus cosas, Celeste se dirigió hacia el banco de su hermano. Lucas, que siempre guardaba todo con anticipación, ya estaba de pie, listo para salir. No fue con él con quien se detuvo a hablar, sino que aprovechó el asiento que su mellizo había dejado libre. Su objetivo era Maximiliano Tobal.

—Te espero en el auto, Ce —le dijo Lucas a su hermana. No era muy difícil para él adivinar sus intenciones.

Ella se despidió antes de centrar su atención nuevamente en su objetivo.

—Max, *darling*, necesito tu ayuda.

Aquellas palabras parecieron sorprender a Maximiliano, que enarcó las cejas y se rascó el puente de la nariz en un acto reflejo, ligeramente confundido.

—¿Mi ayuda? ¿Por? O sea, ¿con qué?

—Nada, con este trabajo que nos asignó Blas. Geografía no es precisamente mi fuerte y a vos no te va nada mal. Pensé que quizá podríamos reunirnos a hacerlo juntos.

Max no era el mejor de la clase. Tenía buenas notas en algunas asignaturas, como Geografía, pero en realidad era un estudiante promedio. Trataba de esforzarse en mantener buenas calificaciones porque sus padres eran bastante exigentes: le habían dicho que, a menos que tuviera un buen desempeño académico, no lo dejarían participar del equipo de natación. Y aquella era su verdadera pasión: el agua.

—Eh… Sí, supongo que sí. O sea, sí, claro. Seguro. —El desconcierto inicial dio paso a una pequeña sonrisa de satisfacción que el chico intentó reprimir.

Incluso aunque no hubiese tenido buenas notas, a Max jamás se le habría ocurrido negarse a un pedido de Celeste. La hermana de su mejor amigo siempre lo había ignorado un poco (al igual que a todos los amigos de Lucas), a excepción de la noche de la fiesta. Y pese a que sabía perfectamente que aquello había sido producto del alcohol, la música y las hormonas, en el fondo no había dejado de aferrarse a la posibilidad, aunque pequeña, de que quizá para Celeste ya no fuese uno más del montón.

—¡Ay, gracias! Sos un divino, Max. —Sonrió, mientras le ponía una mano en el hombro—. Te prometo que de alguna manera te lo voy a recompensar —agregó, antes de inclinarse sobre él y darle un beso en la mejilla.

Inmediatamente, el rostro del chico adquirió un ligero tinte rosado. Le ofreció a Celeste una sonrisa, pero se quedó sin palabras. Sin lugar a duda, no se esperaba aquel gesto. A ella, su reacción, lejos de parecerle patética, se le antojó un tanto tierna. Max era un chico muy bien parecido, alto, con un físico perfecto y un rostro agraciado. Y tampoco era como si le faltara confianza… a menos que se tratara de ella, por supuesto.

—Te dejo, que Lucas me debe estar esperando. Después te escribo para ver cuándo nos juntamos, ¿dale?

Sin decir más, Celeste le dirigió al chico una última sonrisa antes de apartarse del banco de su hermano y regresar al suyo, donde todavía tenía que reunir sus cosas. Trató de no prestarle demasiada atención a Florencia, que ya estaba a punto de marcharse y la observaba con curiosidad. No era estúpida y una simple actuación no la convencería tan fácilmente de que no le interesaba su profesor, pero aquella era solo la primera etapa de su plan. Porque cuando Celeste se comprometía con algo, siempre llegaba hasta el final.

Mientras guardaba su carpeta y sus libros en su bolso, Celeste tampoco le prestó atención a la figura de Dante Blas, que siempre aguardaba en su escritorio a que el último estudiante abandonara el aula. Sí advirtió, sin embargo, que cuando Max se marchó y se despidió con un «Nos vemos, profe», el hombre ni siquiera le devolvió el saludo. De espaldas a él, Celeste sonrió. Era increíble cómo un plan tan simple podía resultar tan efectivo.

Aunque Celeste debería haber sabido que hasta los planes más simples pueden traer consigo las peores complicaciones.

V

Al comienzo de la segunda semana de marzo, la posible implicación de Sebastián Anderson en mi asesinato había comenzado a perder relevancia. El fiscal no había presentado cargos contra el chico y la policía seguía investigando el caso. Los Anderson se mostraban tranquilos y, si alguien todavía pensaba que Sebastián era culpable, nadie se animaba a decirles nada a sus padres. Después de todo, Ricardo y Angelina Anderson siempre habían sido muy respetados en Campos de Edén.

En el William Shakespeare, los estudiantes también comenzaron a perder el interés. A falta de novedades, mi caso dejó de ser tema relevante en las conversaciones.

Para Nicolás, por supuesto, aquello fue un completo alivio. Estaba cansado de que sus compañeros susurraran a sus espaldas o lo observaran de reojo mientras cuchicheaban. La semana anterior había tenido que hacer uso de todo su autocontrol para no meterse en problemas. Pese a que nunca había sido un chico violento, había estado a punto de saltar sobre uno de sus compañeros tras oír un comentario desagradable sobre su hermano.

El miércoles por la mañana, después de la clase de Matemática, a 5.º C le tocó bajar al taller de Pintura. La profesora que impartía aquella asignatura, Mariela Villarreal, era una mujer bajita de cabello castaño, graciosa y amigable, con muchísimo talento. Había expuesto sus obras en galerías de Europa y Asia, y todos sus alumnos la admiraban profundamente. Su clase era una de las pocas en las que los estudiantes no tenían permitido usar las *notebooks* que el colegio les había asignado, por lo que se impartía en el taller de la planta baja.

En el camino, Nicolás aprovechó para pasar por el baño. Rara vez Villarreal llegaba en hora y, de todos modos, dudaba de que fuese a molestarle que él se retrasara unos minutos. Al fin y al cabo, siempre había sido el alumno modelo en el que todos los profesores confiaban y de quien tenían un muy buen concepto. Aunque no por eso planeaba abusar de esa confianza.

Fue por salir apurado que acabó tropezándose con Mónica, una chica de 5.º B, la división de Ciencias Naturales.

—¡Uy, perdoname!

Sabía que la chica era la editora del periódico escolar y que trabajaba en Heaven. Más allá de eso, nunca habían intercambiado demasiadas palabras.

—No, está bien, Nicolás. Yo tampoco me fijé por dónde iba —dijo Mónica con una sonrisa tímida, mientras se acomodaba las gafas y se agachaba para recoger los libros que se le habían caído.

Nico se inclinó para ayudarla y sus manos dieron con una fotografía que llamó mucho su atención. En ella se veía a Mónica en el centro de la sala de reuniones del periódico escolar, junto con el resto de los estudiantes que formaban parte de aquel reducido grupo. A un costado, con cara de no pertenecer mucho a ese ambiente, me encontraba yo. Nico se quedó observando la imagen. No tenía idea de que alguna vez formé parte del periódico escolar. Mi participación, de todos modos, había sido más bien fugaz.

—Es horrible lo que pasó, ¿no? —comentó Mónica en voz baja. Ya se había puesto de pie y tenía todos sus libros ordenados—. Tenía tanto por delante, tantas buenas ideas... —Se calló—. ¿No se te hace tarde?

Nicolás, que se había quedado pensando en la fotografía, se la devolvió a su dueña y asintió. Se despidió rápidamente de Mónica y apresuró el paso. Cuando llegó al taller, ya todo el mundo ocupaba un lugar. Aquello no hubiera significado ningún problema de no haber sido porque el lugar que generalmente ocupaba junto a Constanza estaba ocupado por alguien más.

—Les he pedido a sus compañeros que se ubiquen en los bancos por orden alfabético. —La voz de la profesora Villarreal lo obligó a girarse. La mujer estaba sentada en su escritorio, separando una pila de fotocopias—. He decidido hacer un pequeño experimento y ustedes son mis conejillos de Indias —anunció, con una sonrisa simpática, antes de señalarle a Nico hacia su derecha.

Cuando Nico advirtió junto a quién le tocaba sentarse, no pudo evitar abrir los ojos con algo de sorpresa: Agustín Alessio.

Agustín lo saludó con una sonrisa encantadora a la que Nico correspondió de inmediato. Tuvo que recordarse, sin embargo, que su novia estaba apenas un par de bancos más atrás. Extrajo de su mochila la carpeta y la cartuchera, todavía un poco aturdido, mientras la profesora Villarreal comenzaba con la lección del día.

Durante aquella clase, la mujer se encargó de continuar con un poco de historia del arte. Pese a que Nico se dispuso a anotar frenéticamente cada palabra que la profesora decía, no pudo evitar distraerse con la presencia de Agustín a su izquierda. Incluso le dirigió un par de miradas disimuladas.

Era la primera vez que lo tenía tan cerca desde que se habían cruzado camino al aula el primer día de clases. Durante los últimos días lo había observado de lejos, cuando creía que nadie se daba cuenta, pero no se había animado a acercarse. No después de lo que yo le dije la noche de la fiesta.

Mientras Villarreal pasaba diapositivas, Agustín decidió sacarse el *blazer* y arremangarse un poco la camisa. Era fácil advertir que tenía brazos fuertes y bien formados. Probablemente iba al gimnasio. Además, el flequillo castaño le caía sobre el rostro, inclinado como estaba sobre el banco para escribir. Cada tanto se lo apartaba un poco.

Nico experimentó un ligero cosquilleo en la boca del estómago y el impulso casi irrefrenable de quedarse observándolo. Quizá hasta pudiera hacerlo sin que Agustín se diera cuenta. Si bien no estaba tomando apuntes, parecía más que concentrado en los garabatos que dibujaba en los márgenes de las hojas. Pero que Agustín estuviera distraído no significaba que el resto de la clase también. Era demasiado riesgoso.

Un par de minutos antes de que acabara la hora, la profesora les reveló la razón del cambio de bancos. Había decidido modificar un poco la dinámica de la clase y sacudir otro tanto la estructura social del curso. Su idea era que, desde ese día hasta el final del año, los estudiantes mantuvieran las parejas que se habían armado en esa ocasión para realizar los trabajos de la clase. El primero versaría sobre las distintas corrientes artísticas de la Edad Moderna. Cada grupo recibiría un tema aleatorio y tendría una semana para elaborar un informe. Luego realizarían la correspondiente presentación.

—Bueno, nos toca trabajar juntos —le sonrió Agustín, cuando comenzaron a recoger sus cosas antes de dirigirse a la siguiente clase.

—Eso parece.

—Te aviso que yo con las cosas teóricas no soy muy bueno que digamos, igual.

—Sí, veo. —Nico señaló los inexistentes apuntes del chico, esbozando una ligera sonrisa.

Agustín simplemente se encogió de hombros.

—Me distraigo fácil —se excusó, mientras metía las cosas dentro de la mochila con lentitud. Nico ya había guardado lo suyo—. Entonces, después arreglamos para juntarnos y hacer el trabajo, ¿te parece? Mejor si es el fin de semana.

Villarreal pasó a dejarles una tarjeta azul que decía «Barroco».

—El sábado estaría bien —asintió Nico. Suponía que, como en la semana Agustín trabajaba en la cafetería, sábados y domingos serían sus únicos días libres—. Y ya tenemos tema —agregó, tras mostrarle la tarjeta.

—Amor, se nos hace tarde. —La voz de Carolina interrumpió lo que fuera que Agustín estaba por decir a continuación.

La chica se le había colgado a Nico del cuello tras plantarle un beso en la mejilla. Entre los dos chicos no quedó mucho más que decir. Nicolás se dirigió hacia la siguiente clase acompañado de Carolina, justo detrás de Martín y Brenda, a quienes les había tocado trabajar juntos. Constanza, que no estaba para nada conforme con su pareja, se les había adelantado.

La última clase del día fue Informática, con la profesora Marisa Estévez. A la mayor parte de los alumnos le caía muy bien porque en su hora pocas veces hacían algo. Era una mujer fácilmente manipulable, que se iba por las ramas y se ponía a hablar de cómo había pasado su fin de semana antes que impartir algún conocimiento útil. Nico era uno de los pocos que no la soportaba.

Fue mientras compartía una de sus anécdotas que Agustín se levantó de su banco, con total impunidad, y se acercó hasta Nicolás para pedirle su número de teléfono, de manera que pudieran acordar más fácilmente cuándo juntarse a hacer el trabajo de Pintura. Estévez ni siquiera se inmutó, estaba muy ocupada hablando con Johanna sobre la vez que había viajado a París. No mucho después, Agustín compartió con Nico su dirección y quedaron en juntarse el sábado a las cinco de la tarde.

Los días siguientes transcurrieron con una velocidad inverosímil y, en un abrir y cerrar de ojos, Nicolás se encontró de pie frente al espejo de su habitación, preguntándose qué tan bien se veía. Inmediatamente se obligó a reprocharse a sí mismo su comportamiento. No se trataba de una cita, no tenía por qué preocuparse por su aspecto. Era solo un trabajo práctico del colegio, nada más. Agustín era solo un compañero.

Abandonó su casa con un par de libros viejos sobre arte en su mochila, a pesar de que bien podían conseguir la información que necesitaban de Internet. Pero a él todavía le gustaba darles uso de vez en cuando. Además, sabía que Villarreal era partidaria de recurrir a los libros de texto en lugar de a la web, siempre que pudieran hacerlo.

La casa de los Alessio se encontraba a tan solo dos cuadras de la iglesia Nuestra Señora de Fátima. Al llegar, se encontró con la madre de Agustín en el jardín, con guantes, sombrero y una tijera de podar en las manos. Estaba concentrada en el cuidado de sus rosas. No advirtió la presencia del chico hasta que se acercó a ella y carraspeó audiblemente.

—Disculpame, querido. Siempre me distraigo mucho con el jardín. —Le sonrió con amabilidad. Tenía el cabello rubio platinado corto hasta los hombros y un rostro sumamente delgado—. Soy Blanca, la madre de Agustín. Vos debés ser Nicolás, ¿no?

Él se limitó a asentir, también con una sonrisa. Blanca Alessio le indicó que su hijo estaba en su cuarto, esperándolo. El interior de la casa relucía como si acabaran de limpiarlo. Nico oyó un ruido proveniente de la cocina y luego vio pasar a una mucama con un plumero en la mano. La saludó brevemente y subió las escaleras, tal como Blanca le había indicado.

Al pasillo lo invadía una melodía pesada, de rock, que provenía de la habitación de Agustín, la última a la derecha. Nico avanzó con paso dudoso. La puerta estaba entreabierta. Golpeó un par de veces, pero nadie respondió. Con un suspiro decidió empujarla un poco, aunque le daba algo de vergüenza invadir el cuarto del chico de aquella manera.

Entonces se encontró con Agustín, de espaldas a él, sin remera. Estaba muy concentrado, trazando largas pinceladas en un lienzo, sobre un caballete negro. Tenía varias manchas de pintura en los brazos y un par en el rostro, según Nicolás pudo observar cuando el chico se dio la vuelta, quizás al sentir que alguien lo observaba.

—Toqué la puerta, pero no me escuchaste... —intentó excusarse.

Agustín se apresuró a cubrir lo que estaba pintando y a dejarlo en un costado de la habitación, pero lo recibió con una amplia sonrisa.

—Sí, sí, no hay problema. Pasá... —indicó, mientras se inclinaba sobre su equipo de música para bajar un poco el volumen.

—Estabas pintando —señaló Nico, mientras observaba con curiosidad el lienzo. Tenía que hacer uso de todo su autocontrol para no observar el torso desnudo del chico, que le llamaba poderosamente la atención.

—Ah, sí, pero recién empiezo, todavía me falta mucho —respondió Agustín, mientras tomaba del respaldar de una de las sillas su musculosa blanca. No se vistió de inmediato—. Che, sentate, voy a buscar algo para tomar.

Nicolás tomó asiento frente al escritorio de Agustín una vez que el chico abandonó la habitación. Había un par de cómics apilados junto a la pantalla de la computadora apagada. A la derecha, se ubicaba una cama de dos plazas con sábanas negras, aparentemente recién hecha. Junto a ella, una mesita de luz con cosas del colegio amontonadas y una lámpara que amenazaba con caerse en cualquier momento.

Las paredes estaban pintadas de un azul claro que hacía juego con las cortinas de la única ventana del cuarto, que se enfrentaba casi directamente con una de las ventanas de la casa vecina. En la pared contraria había un enorme armario de roble con una de las puertas entreabierta. También tenía televisor propio, sobre una mesita de cristal. Debajo de él, una PlayStation.

Agustín regresó al cabo de unos minutos, con el torso ya cubierto, sosteniendo una botella de gaseosa en una mano y dos vasos de vidrio en la otra. Se sentó junto a Nico, bastante cerca, y prendió la pantalla de su computadora. Mientras leían las consignas y buscaban información en los libros, comenzaron a charlar un poco sobre el colegio y los profesores, otro poco sobre sus vidas personales. Fue así como Nico descubrió que, pese a que no necesitaba el dinero, a Agustín le gustaba trabajar en la cafetería de Paraíso. Desde pequeño, sus padres le habían inculcado el valor del trabajo y el esfuerzo.

Comenzaba a anochecer cuando Agustín propuso que se tomaran un pequeño descanso. Bajó a la cocina para buscar algo de comer y regresó con un paquete de galletas. Se sentaron en la cama y prendieron el televisor. Estaban pasando una vieja comedia norteamericana sobre un grupo de amigos que vivían en Nueva York. Nico adoraba esa serie, así que Agustín la dejó. Entonces aprovechó la propaganda para decirle algo sobre lo que había tenido ganas de hablar toda la tarde.

—Fue cualquiera como la policía actuó con tu hermano...

Nico se sintió sorprendido e incómodo en partes iguales.

—Fue muy raro todo. Por suerte, mi madre fue capaz de aclarar el malentendido.

—Entonces, ¿tu hermano y Daniela no...?

—Sí, pero nada más.

—No, no. Obvio. No estoy sugiriendo otra cosa. —Se produjo un silencio incómodo. En el televisor, el capítulo de la serie siguió su curso—. Perdón, no quería pecar de entrometido. Daniela era tu amiga, Sebastián es tu hermano... Debe ser todo muy horrible para vos.

—No pasa nada, en serio.

Pronto pusieron nuevamente manos a la obra. Cerca de las nueve y media, el trabajo de Pintura estuvo acabado. Nicolás se disponía a marcharse, pero Agustín lo invitó a cenar. Blanca Alessio se iba a la casa de unos amigos y él no tenía muchas ganas de quedarse solo. Así que Nico, tras un momento de duda, acabó por aceptar. Le mandó un mensaje de texto a su madre y, mientras aguardaban a que llegara la pizza que Agustín acababa de pedir, se pusieron a jugar al *Mortal Kombat* en la PlayStation luego de abrir la ventana para que entrara algo de aire.

Después de comer (y de perder seis veces seguidas en el juego), Agustín le exigió a Nico la revancha. Parecía que perder en los videojuegos era una de las cosas que más detestaba en el mundo, pero se lo estaba tomando bastante bien. Ayudaba que Nico no fuera de los que refregaban su victoria en la cara del perdedor.

—Tengo que decir que sos una de las personas más copadas que conocí desde que me mudé a Campos de Edén —soltó de repente Agustín. Una ráfaga de viento le desacomodó un poco el cabello.

Nicolás se olvidó unos segundos del juego y giró el rostro en dirección al chico. El corazón le latía a mil por hora. ¿Por qué había dicho eso? No era nada del otro mundo, en realidad; pero, a veces, Nico tendía a sobreanalizar las cosas. Entonces Agustín le puso pausa al juego y giró también el rostro. Estaban sentados en la cama junto a la ventana, muy cerca el uno del otro.

Nico se quedó embelesado con los ojos del chico. Nunca se había fijado en cómo no eran realmente castaños, sino que tenían algunas motas verdes. Dejó el *joystick* a un lado, con las manos temblorosas y una extraña sensación en la boca del estómago, algo que nunca había sentido con Carolina.

Agustín se inclinó hacia él y, a diferencia de cuando había estado con Shawn, Nico no se apartó. Los labios de Agustín rozaron los suyos, al principio con duda, luego con una certeza arrolladora. Nico se dejó llevar. El vello de la nuca se le erizó. Y no fue esa la única parte de su cuerpo que reaccionó. Cuando fue consciente de ello, se separó de golpe.

—Ehm... Perdón. Perdón, Agustín. Me tengo que ir —tartamudeó mientras se levantaba de golpe y buscaba sus cosas.

No le dio al chico lugar a réplica.

VI

Lucas apagó el auto y se quedó unos segundos sentado en el asiento del conductor, contemplando las luces de los locales del centro comercial de Campos de Edén. Tamborileó con los dedos sobre el volante antes de desviar su mirada hacia el asiento del acompañante. Dos enormes fajos de billetes descansaban sobre el tapizado, protegidos por los vidrios polarizados del vehículo de posibles miradas curiosas.

Tras unos segundos de duda, Lucas se inclinó, tomó los dos fajos y los metió en la guantera. Todavía sentía la adrenalina recorrer cada centímetro de su cuerpo. Era por la única razón por la que lo hacía, la adrenalina. No necesitaba el dinero.

Aquello era algo que yo jamás comprendí. ¿Qué tenía de emocionante ganar dinero cuando ni siquiera te hacía falta?

Se bajó del auto con la campera de cuero negro puesta. Al verano todavía le quedaban un par de días, pero esa noche el clima había refrescado bastante. El cielo estaba cubierto de nubes y soplaba una brisa que, de tanto en tanto, hacía rodar los envoltorios de caramelo o las colillas que algún desconsiderado había decidido no tirar en el tacho de basura.

Como se había perdido la cena con sus padres y su hermana, decidió pasar por el local de sushi de Paraíso y pedirse un par de piezas para llevar. Mientras esperaba fuera, con el celular en la mano, deslizándose por decenas de cuentas de Instagram que no despertaban su interés, Lucas no pudo evitar pensar en lo bien que se sentía volver al ruedo. Se había tomado un pequeño descanso después de pagar el dinero que debía por una simple cuestión práctica, pero no hubo un solo día en que los dedos no le picaran con ansiedad. Esa noche había tenido suerte, eso sí. Mucha más de la que había tenido durante los últimos meses.

Se tronó el cuello hacia un costado tras guardar su teléfono y observó en dirección a la cafetería que solía frecuentar con sus amigos. Ya estaban cerrando, a juzgar por cómo se apagaban algunas de las luces. Se preguntó si Jimena todavía querría su cabeza en un plato. Después de que su supervisora la echara, la chica había pretendido que Lucas hiciera algo al respecto. Pero no era su responsabilidad.

Ese era el problema con Lucas. A veces no sentía empatía alguna por las personas a su alrededor y no medía en absoluto las consecuencias de sus actos. Se hacía cargo solamente de la parte que creía que le correspondía y no veía más allá de aquel límite que él mismo trazaba. A menos, claro, que se tratara de alguien que realmente le importara. Por su hermana o sus amigos más cercanos, Lucas era capaz de hacer lo que fuera. Lo sucedido con Rebeca era una clara prueba de ello.

Mientras ingresaba al local de sushi para preguntar por su pedido, un Mercedes negro estacionó cerca. Del auto de los Anderson se bajó Sebastián. Aquella era una de las primeras veces que pasaba por el centro comercial desde mi funeral. Pese a que no era culpable, había decidido mantener un perfil bajo. Creía que era mejor no sobresalir, al menos por un tiempo, y dejar que la gente se olvidara de lo sucedido.

Acababa de cerrar la puerta del auto cuando sonó su celular. Sebastián se apresuró a atender a su hermana, que quería asegurarse de que no pidiera palitos, porque hacía poco habían comprado unos de cerámica. También quería recordarle que le comprara una gaseosa sin azúcar. Como sus padres tenían una cena y Nico había avisado que se quedaba a comer en lo de su compañero, Sebastián y Valeria habían decidido cenar sushi. Valeria estaba mucho más pendiente de su hermano desde lo sucedido en mi funeral.

—Sí, Valeria, ya te dije que sí. No me voy a olvidar —se quejó, ligeramente molesto.

—*Bueno, nene. Yo te hago acordar, nada más, por las dudas. Esperá, esperá. No me cortes* —se apresuró a agregar, antes de que Sebastián la dejara hablando sola—. *Nico me avisó recién que ya está viniendo. Le dije que vos justo ibas a buscar nuestra comida, así que esperalo. Seguro pasa por ahí.*

Tras volver a asegurarle a su hermana que no se olvidaría de nada y que no se marcharía hasta que apareciera su hermano menor, Sebastián cortó. Guardó el teléfono en su bolsillo delantero y se dirigió hacia el local. Lucas estaba saliendo. Podrían haberse limitado a saludarse en silencio, como acostumbraban, pero Lucas tuvo la asombrosa idea de hacer un comentario que debería haberse guardado.

—Así que te estabas cogiendo a Daniela...

Sebastián se quedó de piedra. La expresión en el rostro de Lucas no dejaba entrever la verdadera intención detrás de aquellas palabras.

—No es asunto tuyo, Torres.

—Y... un poco sí. Es asunto mío y de la otra media docena de chabones con los que Daniela garchaba.

—¿Te hacés el gracioso? —Sebastián parecía desconcertado.

Si yo hubiese estado presente, también me habría sentido de la misma manera. ¿Qué era realmente lo que intentaba hacer Lucas?

—Vamos, Sebastián. No pensarás que eras el único, ¿o sí?

—Mirá, flaco. Lo que estás haciendo es de muy mal gusto —le advirtió, mientras daba un paso adelante para enfrentar al chico. Eran más o menos de la misma altura. Lucas no se amedrentó ni un poco—. Estás hablando mierda de una persona que no está para defenderse. Estás hablando mierda de alguien que se suponía que era tu amiga.

—No te equivoques. Daniela era mi amiga. Pero que esté muerta no significa que de repente se haya convertido en una santa. Si a vos te vendió esa imagen... Peor, si vos te la creíste, sos mucho más inocente de lo que imaginaba.

—Cortala, Torres.

—¿Que corte qué? No estoy diciendo nada que no sea cierto. Así como Daniela cogía con vos, cogía conmigo, cogía con cuanto...

Sebastián lo interrumpió con un empujón. Con la lengua a un costado, entre los dientes, Lucas esbozó una sonrisa de incredulidad. Sus sospechas eran ciertas. Sebastián se había enamorado de mí. Era una lástima que no hubiera podido preguntarme cómo me sentía yo al respecto, porque nunca había sido mi intención que eso sucediera. Para mí siempre fue solo sexo. La única persona con la que había compartido algo más que eso había sido Lucas. Aunque tampoco había sido amor. Siempre me creí incapaz de amar. Suponía que esa era la razón por la que mi camino y el de Lucas se habían terminado cruzando de esa manera.

—Ojo con lo que decís, pelotudo.

Sebastián lo señaló con un dedo. Temblaba.

—¿O qué? ¿Me vas a cagar a trompadas? Los dos sabemos que llevás las de perder, Sebastián...

El chico lo volvió a empujar. A Lucas se le cayó la caja de sushi que llevaba consigo.

—Si no querés que te rompa la cara a golpes, cerrá el pico —bramó Sebastián.

—No te preocupes, que mi cara bonita no era precisamente por lo que me buscaba Daniela —le sonrió Lucas, provocativo, antes de agarrarse la entrepierna.

Sebastián se le fue encima. Le propinó otro empujón que amenazó con desestabilizarlo. Antes de que pudiera darle un puñetazo en el rostro, Lucas fue capaz de usar el peso de su oponente en su contra y aprisionarlo en una llave. Con el brazo en la espalda, Sebastián quedó en una posición poco favorable. Hubiera sido capaz de liberarse sin problemas y continuar la pelea de no ser porque el grito de una voz conocida logró que Lucas lo soltara de inmediato.

—¡EH! ¡¿Qué mierda les pasa?!

Era Nico, que se acercó corriendo a toda velocidad para separarlos, aunque ya no hacía falta. Lucas alzó levemente las manos en señal de que no planeaba continuar con el enfrentamiento. Sebastián, por otro lado, no se quedó tranquilo con tanta rapidez. Amenazó con abalanzarse otra vez sobre Lucas, pero su hermano menor se interpuso.

Fue una suerte que Nico lograra identificar a su hermano y a Lucas a la distancia. Había llegado hasta el centro comercial con la mochila a cuestas y la cabeza en otro universo. Pero entonces vio, cerca del local de sushi, el Mercedes de su familia y reconoció la cabellera rubia de Lucas a la distancia, incluso por la noche.

—Preguntale a tu amiguito qué pasa.

Sebastián se soltó del agarre de su hermano en un gesto brusco. Nico se giró en dirección a Lucas para buscar explicaciones, pero el chico acababa de recoger la caja del suelo y se disponía a marcharse.

—Lucas. —Nico intentó detenerlo—. Lucas. ¿No vas a decir nada?

—¿Qué querés que te diga, Nico? Tu hermano y yo tuvimos un... —se encogió de hombros— intercambio de opiniones. Nada más. Nos vemos en el colegio. —Y se marchó como si nada.

Nicolás lo observó dirigirse hacia su auto, atónito, mientras escuchaba a sus espaldas que su hermano gruñía y le propinaba una patada a algo. Un par de miradas curiosas se habían asomado desde los locales que permanecían abiertos. Una chica que estaba esperando su pedido escribía frenética en su teléfono. Nico la reconoció como una de sus compañeras de colegio, de la división de Ciencias Naturales. La hija de Betina Ocampo, una mocosa tan chusma como su madre. El lunes habría una nueva sarta de rumores sobre el enfrentamiento entre Lucas y su hermano.

—¿Me querés explicar qué pasó, Sebastián?

—Nada, Nico. Nada. Voy a retirar el pedido.

Sin decir más, Sebastián se apresuró a ingresar al local de sushi. Nico se quedó de pie en el estacionamiento, preguntándose qué demonios podría haber ocurrido entre su hermano y el hijo de los Torres. Algo le decía, sin embargo, que el motivo de la discusión tenía nombre y apellido: Daniela

Castillo. Nico nunca supo qué tanto mi amistad con Lucas se extendía puertas adentro, entre las sábanas, pero mentiría si no dijera que había tenido sus sospechas.

    No dijo nada más, aunque se quedó rumiando la idea de que Lucas le ocultaba algo importante. Al igual que su hermano. No fue sino hasta más tarde esa noche, tirado en la cama después de una ducha, mientras observaba fijamente el techo de su cuarto, que notó lo mucho que aquel altercado le había quitado sus otras preocupaciones de la mente, unas que también tenían nombre y apellido.

VII

Mi relación con Sebastián Anderson comenzó de manera inesperada. Desde chica siempre lo había considerado atractivo. ¿Cómo no hacerlo? El hermano de Nicolás no solo era bien parecido, también era encantador. Pese a que con Nico siempre chocaba, como yo solía hacer con Sabrina, con sus amigos siempre había sido de lo más agradable. Más que nada conmigo y con Celeste. En retrospectiva, supongo que esa era su manera de molestar a Nico.

Pero cuando Nico comenzó a alejarse de mí y de los Torres, cualquier contacto que mantuviera con su hermano mayor también desapareció. Al menos hasta una fría noche de invierno del año pasado, en el cumpleaños de uno de los amigos de Sabrina. Mi hermana y Sebastián cursaban Medicina juntos y, aunque no eran grandes amigos, tenían gente en común. Todavía recuerdo la sorpresa en el rostro de Sebastián al verme aparecer en aquella casa, vestida con mucha menos ropa de la que el clima aconsejaba.

—Daniela, ¿qué hacés acá?

—Sabri no pudo venir, está enferma. Así que decidí venir yo en su lugar.

—Sabés que tu hermana te va a matar, ¿no? —se rio él.

—No tiene por qué enterarse. —Alguien tambaleó y se cayó sobre uno de los muebles de la casa. Las risas estallaron. Incluso al dueño no pareció importarle el desorden—. Todos están demasiado borrachos como para acordarse de nada mañana. ¿Puedo? —agregué, antes de quitarle el vaso que sostenía en una mano.

—¿No sos un poco chica para el ron con Coca?

—Sebastián, por favor. Hay muchas cosas para las que ya no soy chica.

Esa noche tuvimos sexo en el baño de la casa. Y no fue la última vez. Había algo en la manera en la que el cuerpo de Sebastián se acoplaba al mío que me hizo querer mantener aquella relación clandestina por un buen tiempo. Jamás desarrollé sentimientos hacia él, de todos modos. Para mí siempre fue algo puramente carnal, sexual. Estaba convencida de que para él también, aunque nunca hablamos al respecto.

—*Me gusta cómo suena lo del jacuzzi. Me cambio y voy.*

—Te espero. —Sonreí antes de guardar el teléfono. Me giré para observar la casa de los Torres por última vez, aunque en aquel momento no sabía que sería la última, antes de caminar hacia la calle.

Entonces advertí, varios metros más allá, el auto que estaba estacionado cerca de la esquina. Pese a que ya había tomado bastante aquella noche, me resultó familiar. Pensé si acaso podría ser *ese* auto y decidí avanzar en su dirección.

Enarqué una ceja, incrédula, cuando estuve lo suficientemente cerca como para reconocerlo. Increíble. Con la lengua entre los dientes, me pregunté si acaso no debería simplemente seguir mi camino. Puse los ojos en blanco y solté un bufido. Sebastián tardaría en llegar, así que no lo pensé dos veces y acorté los pocos metros que me separaban del coche.

No debería haberlo hecho.

Sé guardar secretos

I

Con los ojos cerrados y la cabeza hacia atrás, Lucas soltó todo el humo de golpe. La música sonaba tan alta que apenas podía escuchar sus pensamientos. Aunque, en parte, ese era el objetivo de aquella fiesta: librarse de cualquier tipo de preocupaciones que pudieran andar dando vueltas por su mente. Abrió los ojos y se dejó impresionar por las luces de colores que iban y venían sobre las cabezas de los adolescentes aglomerados en aquella sala.

Le dio una nueva calada al cigarro, que no era de tabaco, y se lo pasó a uno de sus amigos. Aguantó el humo durante unos segundos antes de intentar largarlo en forma de O, hazaña que le resultó imposible. Se llevó a los labios la botella de cerveza que aferraba como si su vida dependiera de ello y la encontró vacía. No tardó mucho en abrirse paso entre la gente con la intención de dirigirse hacia la cocina en busca de más alcohol.

Pasó junto a Jimena, que no había dejado de mirarlo en toda la noche, y la ignoró olímpicamente. Fue al regresar de la cocina, botellita helada en mano, que me vio hablando con Nicolás cerca de las escaleras. Se detuvo a mitad de camino y se limitó a observarnos en silencio. Había visto a Nico compartir un par de tragos y una charla con su hermana un par de horas antes. Ahora que lo veía hablando conmigo, Lucas comenzó a preguntarse si eso significaba que pronto sería su turno. ¿Estaba Nico tratando de reconstruir los lazos que había dejado olvidados durante los últimos meses?

Mi charla con Nico, sin embargo, tuvo un giro inesperado. El chico acabó apartándome de un empujón antes de perderse entre la multitud. Lo observé marcharse, consciente de que había metido la pata hasta el fondo. En silencio y sin demasiada prisa, Lucas se acercó a mí. No me di cuenta de que lo tenía a mis espaldas hasta que sentí su aliento sobre mi oído.

—¿No tiene ni veinticuatro horas en el país y vos ya lo estás encabronando?

Giré sobre mis talones y lo descubrí observándome con una sonrisa y genuina curiosidad. Le dio un trago a su botella de cerveza y luego me la ofreció, pero me negué. Mi veneno esa noche era algo mucho más potente. Prefería no mezclar.

—Diferencia de opiniones —sonreí.

—Diferencia de opiniones. ¿Dónde habré escuchado eso antes? —Se produjo un breve silencio en el que Lucas le dio otro trago a su cerveza; yo lo observé, expectante—. ¿Hablaban sobre lo de Rebeca?

—Lucas —lo reprendí, con una mirada elocuente.

—¿Qué? ¿Te pensás que alguien nos está escuchando?

—Uno nunca puede estar seguro de cuándo está siendo escuchado u observado, ni siquiera en una fiesta como esta. *Sobre todo,* en una fiesta como esta.

Que le preguntaran a Nico. Minutos atrás lo había vivido en carne propia.

—En ese caso... —murmuró, antes de rozarme la cadera con los dedos en un gesto fugaz—. Quizá deberíamos ir a hablar a un lugar más privado. ¿No te parece?

II

El lunes, los rumores sobre la posible razón detrás de la discusión entre Lucas Torres y Sebastián Anderson se extendieron por los pasillos del William Shakespeare. Nadie sabía con seguridad qué se habían dicho los dos chicos el sábado por la noche, pero muchos tenían sus sospechas. Y yo estaba en el centro de ellas, por supuesto.

A Lucas, sin embargo, lo que la gente tuviera para decir sobre él le importaba muy poco. Siempre había tenido esa actitud despreocupada ante la vida y nunca le habían importado demasiado los rumores que pudieran andar dando vueltas. La que solía preocuparse más por las apariencias y el qué dirán siempre había sido Celeste. Él, por su lado, solo se limitaba a vivir su vida. Claro que había aspectos de ella que guardaba celosamente, pero su relación conmigo o su discusión con Sebastián no entraban en dicha categoría.

Sin embargo, por más que Lucas se mostrara despreocupado, más allá del bien y del mal, tenía sus propias inquietudes. Y se ocupaba de ellas de la única manera en que sabía hacerlo: disfrutando de los placeres carnales de la vida. Por eso no resultó extraño que, llegado el viernes por la noche, ya se encontrara dando vueltas en la cama de alguien más.

Clara Müller soltó un gemido y le clavó las uñas en la espalda. Lucas aumentó el ritmo de sus embestidas mientras mordisqueaba el cuello de su acompañante de aquella noche.

La chica lo tomó de la nuca con brusquedad y lo obligó a besarla. No era la primera vez que Lucas y Clara estaban juntos; tampoco sería la última. La chica, que era un año y medio más grande que él y había empezado a estudiar Traductorado de inglés ese año, era una de las pocas personas a la que Lucas le concedía algún que otro beso.

Clara puso una mano en el pecho de Lucas para detenerlo y cambiar de posición. Lo empujó sobre la cama y se sentó encima de él. Lucas la tomó de la cintura y se deleitó con la visión de sus pechos desnudos. Clara se soltó el cabello rubio y comenzó a moverse a su propio ritmo. Pasó sus uñas por el pecho del chico, consciente de lo mucho que a Lucas le gustaba aquello.

El juego de poderes duró varios minutos más, hasta que ambos se abandonaron finalmente a un estallido de éxtasis. Clara fue la primera en dejar la cama. Buscó la bata de seda rosa que tenía colgada a un costado y se cubrió con ella, como si de repente le diera vergüenza su cuerpo desnudo. Lucas se quedó echado unos segundos más, con los ojos cerrados, disfrutando de las sensaciones remanentes de aquel orgasmo compartido.

—Ni se te ocurra dormirte, Lucas. Mis viejos y mi hermana van a volver en cualquier momento —le advirtió Clara, que se había acercado a la ventana abierta para prender un cigarrillo.

Lucas soltó una risa por lo bajo antes de incorporarse en la cama. Se apoyó sobre los codos y observó a la chica, divertido.

—Y no queremos que la familia deje de pensar que sos la hija perfecta, ¿no?

Clara se encogió de hombros. Lucas desvió la mirada hacia la fotografía familiar que descansaba en la mesa de noche. En ella se veía a Clara junto a sus padres y su hermana menor, Paulina. Quedaba a la vista que Clara era la que había sacado la lotería genética en la familia. Tenía los mejores rasgos tanto de su padre como de su madre, aunque sin parecerse demasiado a ninguno de los dos. Paulina, sin embargo, era un calco exacto de su madre: cabello color miel, ojos verdes avellanados, nariz prominente y rostro regordete. Lucas había interactuado pocas veces con ella, pese a que iban al mismo año.

En silencio, Lucas se giró hacia un costado y se sentó en el borde de la cama. Encontró su ropa interior debajo de la camisa de Clara. Apenas comenzaba a ponerse el *jean* cuando su celular, que estaba tirado junto a sus zapatillas, comenzó a sonar. No le prestó atención la primera vez, pero decidió agacharse y recogerlo cuando sonó por segunda vez. Enarcó una ceja al descubrir que era su padre quien lo llamaba.

Atendió mientras Clara abandonaba la habitación en dirección al baño.

—*¿Dónde estás?* —Sonaba serio. Irritado, quizá.

—En casa de una amiga. ¿Por? —Lucas frunció el ceño.

Se terminó de poner las zapatillas y empezó a buscar su camiseta.

—*Venite a casa. Ahora.*

—¿Por qué? ¿Qué pasa? —insistió.

Su padre no sonaba alterado, pero había algo en su tono de voz que no le agradaba en lo más mínimo.

—*A casa. Ahora, Lucas.*

No siguió intentando obtener algún tipo de explicación, sabía que no surtiría efecto. Se guardó el teléfono en el bolsillo del pantalón y tuvo que rechazar la tentadora oferta de Clara sobre ducharse juntos, ya que sus padres le habían avisado que cenarían en el centro y se tardarían más de lo planeado.

De camino a su hogar el corazón le latía con fuerza. ¿Qué podría haber sucedido para que Efraín Torres requiriera la presencia de su hijo de una manera tan tajante? No le había dado lugar a réplica ni ofrecido explicaciones. Solo había exigido su presencia. Lucas tenía varias hipótesis dándole vueltas en la cabeza, ninguna de ellas satisfactoria. Lo que menos quería era que su padre se enterara de sus asuntos privados.

Nada lo hubiera preparado para la escena con la que se encontró al ingresar a su casa. Su padre estaba de pie junto al bar, con un vaso de *whisky* sin hielo, todavía de traje. No lucía preocupado, pero algo no estaba bien. Su madre se servía la que parecía su segunda copa de vino blanco, sentada a la mesa. Ella sí se veía mucho más intranquila. No lo saludó en cuanto lo vio, sino que se limitó a llevarse la copa a los labios.

Había alguien más en la sala, sentada en uno de los sillones, alguien que Lucas jamás hubiese esperado ver allí. La mujer vestía una camisa blanca, un saco rosa palo y un pantalón de vestir negro. De no haber sido porque llevaba el cabello teñido de un rubio oscuro, fácilmente podría haberla confundido con Angelina.

—Lucas —sonrió la mujer—. Soy Aldana...

—Machado, sí. La tía de Nico —murmuró, con el ceño ligeramente fruncido. Habían pasado años desde la última vez que la había visto, aunque la recordaba. Buscó a su padre con la mirada, pero el hombre no dijo nada—. ¿Qué estás haciendo acá?

Aldana mantuvo la sonrisa.

—Va a ser mejor que te sientes.

Él, sin embargo, no le hizo caso. Sus ojos se desviaron hacia la carpeta que Aldana tenía frente a ella, sobre la mesa ratona de cristal.

—¿Qué está pasando?

Se produjo un silencio profundo en la sala. Tras un breve suspiro, Efraín tomó la palabra.

—Recibí noticias de uno de mis amigos en la jefatura, Lucas. Están considerando tu posible implicación en el caso de la chica Castillo.

Lucas abrió los ojos con sorpresa.

—A ver, no nos adelantemos a los hechos. —Aldana se puso de pie con las manos en el aire a la altura del pecho, como si quisiera calmar las aguas. Se dirigió hacia Lucas, que no parecía ser capaz de centrar su atención en ella—. La policía recibió información anónima relacionada al caso. —Hizo una breve pausa—. Tengo entendido que recientemente tuviste una discusión un tanto acalorada con Sebastián, mi sobrino. ¿Estabas al tanto de que él mantenía una relación con Daniela?

—Daniela se acostaba con mucha gente. En algún momento perdí la cuenta.

—¿Qué hay de vos y Daniela? ¿Tuvieron sexo alguna vez? ¿Mantenían algún tipo de relación? —Aldana lo interrogó con la mirada. Lucas se mantuvo en silencio—. Cuando te tomaron la declaración inicial, dijiste que eran solo amigos. Pero eran algo más que eso, ¿no?

—¿Qué es esto? ¿Un interrogatorio? —Se rio. Aunque no le causaba gracia alguna.

—No te entra en la cabeza la gravedad del asunto, ¿no? —cuestionó su padre.

Su madre se puso de pie y abandonó la sala.

—Efraín —pidió Aldana antes de volver a centrar su atención en Lucas—. A tu padre le llegó la información de que una testigo te vio salir de una de las habitaciones en compañía de Daniela la noche de la fiesta. No es evidencia suficiente para levantar ningún cargo, pero sí para que quieran indagar un poco más respecto a tu relación con ella. Si mentiste en tu primera declaración… No se va a ver bien, Lucas.

—Porque eso es lo más importante, cómo se ven las cosas, ¿no?

Era un reclamo directo hacia su padre. ¿Era eso entonces lo que le preocupaba? ¿Que su apellido se viera involucrado en aquel caso?

—A Daniela la mataron alrededor de las cuatro de la mañana. ¿Te acordás dónde estabas a esa hora?

Lucas frunció el ceño. La respuesta era obvia.

—En la fiesta, con todo el mundo. Borracho. Fumado.

Efraín lo observó con desaprobación.

—¿Estás seguro? —quiso corroborar Aldana. El gesto en su rostro daba a entender que no le creía—. Tu padre se puso en contacto conmigo ayer. En menos de veinticuatro horas pude recorrer las cuentas de Instagram de todos tus amigos y de otras personas que estuvieron en la fiesta. Aparecés en un *post* en tu propia cuenta, a las 3:27. No volvés a salir en ninguna fotografía hasta las 4:15, en la última imagen que subió Maximiliano Tobal esa noche. Hay fotografías de tus amigos en ese lapso, pero en ninguna estás vos. Sé que es algo completamente circunstancial y no es prueba de nada, pero si tuviéramos manera de comprobar tu paradero en esos cuarenta minutos… ¿Quizá en alguna historia que haya quedado perdida?

—Yo no la maté. —Rechinó los dientes.

—Y yo no estoy diciendo eso, Lucas. —Aldana se llevó una mano al pecho y trató de mostrarse empática—. Solo me pongo en la piel de la fiscalía. Se están tardando muchísimo con este caso. Gerardo Castillo presiona. Lo último que tu padre quiere es que seas víctima de un numerito como lo fue mi sobrino. Solo estamos tomando precauciones.

La tensión se podía cortar con un cuchillo.

—Tenés que decirnos dónde estabas Lucas. Con quién estabas —exigió su padre.

Lucas se pasó la lengua por los dientes. Jamás se había imaginado encontrarse en esa situación.

—¿Quién le llevó a la policía esta teoría de mierda?

—Como te dije, el informante es anónimo.

Apartó la mirada con una sonrisa de incredulidad. Un único nombre se le venía a la mente: Jimena. Esa zorra se había quedado caliente porque no se la quiso coger otra vez la noche de la fiesta. Como después, encima, la habían echado del trabajo por su pequeño encuentro en el depósito... Sí, tenía que ser ella. Lucas apretó los puños. Si no supiera que acabaría pareciendo todavía más sospechoso, iría a hacerle una visita a la casa en ese mismo momento.

—Necesitamos situarte en la fiesta al momento del asesinato. Eso es todo —insistió Aldana.

—¿De verdad creés que soy capaz de algo así? —le preguntó a su padre.

No aguardó una respuesta. Dio media vuelta y se dirigió hacia las escaleras, rumbo a su cuarto. En el camino le dio un puñetazo a uno de los cuadros que colgaban de la pared. La pintura cayó al suelo y el vidrio que la protegía se resquebrajó.

III

—¿Así que vas a salir con Max?

La pregunta de Florencia no la tomó por sorpresa. Celeste se tomó su tiempo para guardar las cosas dentro de su bolso antes de girarse en dirección a la chica con una sonrisa falsa. El timbre que anunciaba el final de la jornada había sonado hacía apenas algunos segundos, pero muchos de sus compañeros ya se precipitaban hacia la salida.

—¿Por qué te sorprende?

Durante el fin de semana se había reunido con Max en la casa de los Tobal para que el chico la ayudara con Geografía. Charlaron más de lo que estudiaron. Celeste se cuidó de mostrar el suficiente interés en el chico para animarlo, pero sin resultar demasiado obvia. Al final, dio resultado. La estrella del equipo de natación del colegio la había invitado a ir al cine ese mismo viernes.

Celeste tenía que admitir que Max no estaba para nada mal. Más allá de su evidente atractivo físico, era un buen chico. Demasiado, quizá. Era justamente ese detalle el que más conflicto le producía. Eso no significaba que fuera a arrepentirse, por supuesto. Necesitaba salir con él. Y necesitaba que todo luciese real, más que nada porque sabía que Florencia observaba todos y cada uno de sus pasos.

No era la única.

Con una chaqueta de *tweed* blanca sobre una blusa a rayas, unos pantalones negros y unos zapatos de taco que la dejaban casi a la misma altura que Max, Celeste llegó al cine minutos después de las nueve. Pese a que el chico estaba acostumbrado a verla con atuendos despampanantes, no pudo evitar sonreír cuando la vio acercarse. No solo porque lucía preciosa, sino porque le gustaba pensar que, en aquella ocasión, se había vestido así para él.

—Guau. Te ves hermosa.

—Gracias. Vos tampoco estás nada mal —le sonrió, tras saludarlo con un breve beso en la mejilla.

Max, que lucía una camisa a cuadros sobre una camiseta blanca ceñida al cuerpo y unos pantalones de *jean*, no creía verse nada especial esa noche. No perdió el tiempo halagando a su cita, era consciente de lo fácil que se podía aburrir la joven con ese tipo de actitudes. A la hermana de su mejor amigo le gustaba que los chicos estuvieran pendientes de ella, pero solo hasta cierto punto. Demasiada atención podía llegar a asfixiarla.

Decidieron ver una película de suspenso que les llamó la atención, pero que ninguno de los dos llegó a comprender del todo. A fin de cuentas, Max estaba mucho más acostumbrado a películas con explosiones y persecuciones a máxima velocidad y Celeste, a las comedias románticas con las que simplemente podía pasar un buen rato.

Maximiliano decidió compensar el mal trago con una cena. En el mismo centro comercial en el que se hallaba el cine había una gran variedad de restaurantes. Algunos eran de primera línea y otros, no tanto. El joven eligió uno italiano de excelencia, decorado exquisitamente con cientos de pequeñas lámparas que pendían del techo, intercaladas con diminutas macetas de helechos colgantes. La pared del fondo era completamente de vidrio y proveía una vista inmaculada de las luces de la ciudad.

—¿Estás bien? —le preguntó, a mitad del plato de lasaña—. Estás... No sé, un poco distraída. La peli fue mala, pero no sé si para tanto —sonrió.

Ella le devolvió la sonrisa. La verdad era que, pese a que su cita era increíblemente amable y no lo estaba pasando para nada mal, algo no estaba bien. Era una extraña sensación en el pecho que no sabía de dónde provenía. Temía que fuese miedo. Miedo a estar compartiendo una cena con un chico que, tal vez, le pudiese a llegar a gustar.

—Perdón, estaba pensando en cualquier cosa.

Metió la mano en su cartera para buscar su teléfono, que había apagado al entrar a la sala de cine y no había vuelto a prender.

—¿Esperás un mensaje de alguien? ¿Una amiga que te libere de una cita horrible?

El tono del chico era bromista, pero Celeste olió sus inseguridades. Decidió dejar el teléfono apagado.

—No, Max, para nada. Lo estoy pasando bien, en serio.

—Si vos lo decís...

Fue entonces que Celeste vio un rostro conocido ingresar al restaurante. No supo si el destino se le estaba riendo en la cara o en realidad estaba de su lado. Después de todo, ¿qué posibilidades había de que Dante y su esposa salieran a cenar el mismo día al mismo lugar?

Siguió a la parejita con la mirada, Melisa pegada al brazo de Dante como una babosa, como si temiera que el hombre se le fuera a escapar. Trató de no mostrarse afectada por la imagen, una que ella y Dante jamás podrían recrear. ¿Cenar junto a un hombre que casi le doblaba la edad? Imposible.

Regresó su atención a Max.

—De verdad —insistió. Se apresuró a tomar la mano del chico por encima de la mesa antes de que él girara el rostro para ver hacia dónde había estado observando ella segundos atrás—. La película fue mala, pero la compañía no podría haber sido mejor. Si antes no te tomé en serio fue porque... bueno, ya sabés. Sos el amigo de mi hermano. *But who cares*. Finalmente me dije que no iba a dejar pasar la oportunidad de salir con un chico tan excepcional solo por mi hermano.

Con la lengua entre los dientes, Max sonrió, sin palabras. Dos semanas atrás, Celeste había estado completamente fuera de su alcance. Pero ese día parecían más juntos que nunca. Debería haber sospechado que algo no andaba del todo bien, sobre todo cuando la chica tomó una servilleta, se inclinó hacia adelante y se la pasó por la comisura de los labios, en un gesto totalmente impropio de ella.

—Perdón, tenías un poco de salsa en el labio —sonrió, divertida.

Lo que Max no vio fue que, en aquel momento exacto, mientras ocupaba una mesa varios metros más allá, Dante había detectado la presencia de Celeste en el restaurante. De haber sido por ella, hubiera besado a Max en ese preciso instante, pero una acción tan impulsiva la habría dejado en evidencia por completo. Además, habría tenido que ponerse de pie e inclinarse por completo encima de la mesa y correr el riesgo de manchar con salsa su chaqueta de *tweed* blanca.

No fue sino hasta que llegaron al estacionamiento que, por fin, Max encontró el coraje para besarla. La acompañó hasta su auto, pues cada uno había llegado al centro comercial en su vehículo, y decidió capturar sus labios con delicadeza antes de despedirla. Celeste no pudo evitar comparar aquel beso con los de Dante. Cerró los ojos y hasta pudo sentir el perfume del hombre, cuyo aroma se sabía de memoria. Procuró, sin embargo, no mostrarse tensa ni reticente. Max tenía que seguir pensando que estaba dispuesta a tener algo con él.

Sentada en el asiento del conductor, Celeste se tomó unos segundos para observarse en el espejo retrovisor. ¿Era una persona horrible por usar a Max de aquella manera? Probablemente. ¿Le importaba? No estaba segura. Quería creer que era capaz de hacer lo que fuera con tal de conseguir lo que quería, pero no siempre era así. Celeste tenía escrúpulos, aunque fuese algo difícil de creer. Sobre todo, teniendo en cuenta que estaba dispuesta a hacer cosas peores, como encubrir lo que en verdad había sucedido con Rebeca.

Soltó un suspiro. Se acordó de prender su teléfono antes de poner el auto en marcha. Se sorprendió cuando el aparato comenzó a vibrar como loco con todas las llamadas perdidas y los mensajes. Se sorprendió aún más al ver que, en casi todos los casos, el autor era su padre. Intentó ponerse en contacto con él, pero no recibió respuesta. Decidió llamar a su hermano.

—Lucas, tengo como diez llamadas perdidas de papá. ¿Qué pasó?

—*Nada.*

—¿Nada? Papá no me llama dos veces a menos que haya pasado *algo.*

—*No te preocupes. ¿Ya terminaste de jugar con mi amigo?*

Celeste se dio cuenta perfectamente de que ese «jugar con» en realidad significaba «usar a». Si no le dijo que se fuera a la mierda o que no se metiera en su vida fue porque notó que el tono de voz de su mellizo no era el usual. Algo no estaba bien, por más que Lucas se empeñara en decirle otra cosa.

—Te das cuenta de que voy a estar en casa en veinte minutos y me vas a tener que contar lo que pasó de todos modos, ¿no? —presionó—. Probablemente me lo cuente papá. O mamá, incluso.

—*Dudo que mamá pueda articular palabra después de la sexta copa de vino.* —Soltó una risita sarcástica.

—*¿Tan* grave es? —Se hizo una breve pausa—. Lucas, ¿a quién dejaste embarazada?

Era lo único que se le ocurría que podía causar semejante disturbio en su casa. Su padre odiaba los escándalos de ese tipo y lo último que deseaba era tener que darle su apellido a un bastardo. Quizás ya estuviese planeando otorgarle a la chica en cuestión una generosa suma de dinero, con tal de que abortara a la criatura, porque no se conformaría con que simplemente desapareciera de sus vidas. Pero ¿y si ella se negaba?

—*No te preocupes, no vas a ser tía, al menos de momento.*

—¿Entonces?

Un nuevo silencio. Esta vez más largo, más tenso. Celeste vio salir un auto delante de ella y observó a su alrededor; el estacionamiento cada vez más vacío.

—*Papá cree que maté a Daniela.*

Durante unos segundos, Celeste no supo qué decir. Lucas permaneció callado al otro lado de la línea.

—¿Por qué?

—*¿No me vas a preguntar si lo hice?*

—¿Debería?

Conocía lo suficiente a su hermano como para saber que no era capaz de algo así, sobre todo porque estaba al tanto de la relación que lo unía a mí. Si bien nunca habían hablado al respecto, cuando de su mellizo se trataba, Celeste era bastante perceptiva. No solo sabía que Lucas y yo teníamos sexo con frecuencia, sino que sabía que para Lucas era algo más, aunque él lo negara. No creía que estuviera enamorado, pero me quería. Ella se daba cuenta. Se daba cuenta de muchas más cosas de las que su hermano tenía idea.

—*Contrató a una abogada. La tía de Nico, de hecho.* —Se rio.

Aquello tenía sentido, considerando que Enrique Machado solía manejar los asuntos legales de su padre antes de abocarse a defender criminales. Otro tipo de criminales.

—*Alguien señaló que quizá con Daniela éramos más que amigos. Y que no hay pruebas tangibles de que estuve en la fiesta al momento de su muerte.*

—Supongo que el que te hayas querido agarrar a trompadas con Sebastián tampoco ayuda... —suspiró con pesar.

—*Como si me hubiese agarrado un ataque de celos al descubrir que cogían y hubiera ido a buscarlo para vengarme.*

—¿Dónde estabas cuando mataron a Daniela? —Lucas sabía que aquello no era una acusación. Así y todo, no contestó de inmediato. Estaba a punto de decir algo, cuando Celeste agregó—: ¿Querés que mienta? ¿Querés que diga que estabas conmigo?

No se acordaba exactamente qué había hecho ella a esa hora, con todo lo que había tomado, pero bien podía decir que había visto a su hermano. ¿Sería suficiente?

—*No hice nada, Ce. No necesito que mientas por mí.*

—Ya sé. Pero podría hacerlo. Haría lo que fuera por vos, Lu. Lo que fuera.

IV

—¿Entonces así va a ser ahora? ¿No vamos a hablar más? —le susurró Agustín cuando acabó la hora de Pintura del miércoles, mientras Nicolás guardaba sus cosas en la mochila.

Después del beso, y por la forma en la que el chico había reaccionado, Agustín había optado por guardar un poco las distancias. Tanto el lunes como el martes decidió no acercarse demasiado, darle su espacio. Pero cuando el miércoles, en la clase de Pintura, Nico ni siquiera le dirigió la mirada al sentarse a su lado, Agustín pensó que era momento de dar un paso al frente y pedir una explicación

—Me está esperando mi novia, Agustín —respondió Nicolás con fingido desinterés, mientras ajustaba el cierre de su mochila. Carolina, efectivamente, estaba de pie en la puerta del aula, charlando con Brenda, esperándolo.

Agustín, que ya se había colgado la mochila al hombro, se adelantó unos pasos para ubicarse delante de su compañero. Llevaba el cabello castaño peinado hacia atrás y la camisa blanca arremangada. Al *blazer* lo había guardado con el resto de sus cosas. Parecía ser su prenda menos favorita del uniforme.

—Te das cuenta de que tenemos que trabajar juntos en esta materia hasta fin de año, ¿no?

—Permiso. —Fue la única respuesta que le ofreció Nico, antes de rodearlo y dirigirse hacia la salida.

Nicolás evitó todo contacto con Agustín durante el resto de la semana. Aquello hubiera pasado desapercibido de no ser porque, para sus amigos, era obvio que algo en él había cambiado. Estaba más callado de lo normal, más distante. Carolina creía que tenía que ver con la discusión entre Sebastián y Lucas Torres.

Constanza, que era mucho más observadora que la novia de su mejor amigo, era consciente de que a Nico le sucedía algo más. Aunque parecía ser la única que lo notaba. Martín estaba sumergido en su propio mundo por aquellos días y pronto supo por qué: Brenda Soriano. Lo que había comenzado como un estúpido grupo de Pintura iba camino a convertirse en algo más. Resultaba obvio que Brenda sentía algún tipo de interés por Martín. Quizá no fuera mutuo aún, pero, sin lugar a duda, su amigo estaba disfrutando de la atención.

Aquel viernes, a la salida del colegio, Constanza se encontró observando a Martín con cierto grado de exasperación. Mientras ella y Nicolás aguardaban en la entrada, cerca del estacionamiento, él permanecía en el interior del edificio. Estaba parado a mitad del pasillo, apoyado casualmente contra una de las ventanas. Cada tanto se pasaba una mano por los rizos dorados y sonreía, mientras Brenda jugueteaba con un mechón de su cabello castaño. Era una escena de coqueteo tan patética que en cualquier momento le causaría náuseas.

—Si se cree que lo vamos a esperar toda la vida, está muy equivocado —se quejó Constanza, mientras se acomodaba un mechón de cabello castaño rojizo detrás de la oreja. Hizo una breve pausa, pero Nicolás se mantuvo en silencio—. ¿Acaso no se da cuenta de que estamos acá afuera?

Ese viernes habían quedado en almorzar juntos en el centro comercial a la salida del colegio para distraerse un poco. Sin embargo, Martín parecía haberse olvidado del compromiso y ella comenzaba a perder la paciencia.

En otro momento, Nicolás se hubiera ofrecido a acercarse a su amigo y recordarle que tenían que marcharse, siempre procurando no interrumpir una conversación importante o quedar como un entrometido. Constanza no hubiera tenido la misma delicadeza. Pero a Nico ni siquiera se le ocurrió ofrecerse. Se distrajo observando a otro par que se había quedado charlando en el estacionamiento: Agustín y Johanna. A esas alturas, ya era bastante obvio para todo el mundo que a Johanna Ponce de León le gustaba Agustín Alessio. Nico incluso había escuchado a Maximiliano preguntarle a Agustín si Johanna le parecía atractiva. Habían estado cambiándose en los vestuarios en aquella ocasión, antes de la clase de natación. Nico había abandonado el lugar para no escuchar la respuesta.

Sabía que era estúpido sentir celos de Johanna.

Él, después de todo, no quería absolutamente nada con Agustín.

¡Tenía novia, por todos los santos! Tenía novia y, además, no era gay...

Pero, por más miedo que tuviera a dejar que Agustín se acercara a él, no podía dejar de pensar en el beso que habían compartido el sábado por la noche. Incluso se había encontrado recordando el momento exacto en el que sus labios se rozaron mientras se duchaba, dos noches atrás. Pese a que una parte de él le decía que aquello no era correcto, se había dejado llevar y había comenzado a tocarse...

—Nicolás, te estoy hablando.

El chico dio un respingo al escuchar el tono molesto de su amiga.

—Perdón, Coti. ¿Qué decías?

En lugar de repetir su descargo, la chica decidió enfocarse en algo más.

—¿Vos estás bien? Te noto rarísimo estos días.

Nico la vio observar en dirección al estacionamiento, allí donde él había estado mirando, y el corazón comenzó a latirle más rápido.

—¿Tiene que ver con los Torres? —preguntó ella con cautela.

Cuando giró el rostro, Nico descubrió que Agustín se había marchado. A Johanna se le habían sumado Lucas, Celeste y Maximiliano.

—No, no. Nada que ver.

—¿Entonces? Soy tu amiga, Nico. Me podés contar lo que sea.

Durante un segundo, Nico dudó. ¿Realmente podía contarle a Constanza lo que fuera? Sabía que su amiga tenía un buen corazón y nunca la había escuchado hacer ningún tipo de comentario homofóbico. Pero era la única mujer entre cinco hermanos, todos y cada uno de ellos una publicidad andante de masculinidad. ¿Y si era incapaz de entender lo que a él le estaba pasando? No podía arriesgarse. Tampoco podía quedarse en completo silencio durante mucho más tiempo. No era sano.

Abrió la boca para decir algo, pero la voz de Martín, a lo lejos, lo obligó a cerrarla. Su amigo se acercaba corriendo, disculpándose a la distancia por la demora. Coti se limitó a poner los ojos en blanco y a ponerse en marcha antes de que Martín pudiera decir algo más. Pronto, los tres se encontraron comiendo hamburguesas en uno de los locales de comida rápida de Paraíso. Nico supo que el momento de hablar con su amiga había pasado.

O al menos eso creyó. No se imaginó en ese momento que, al día siguiente, por la tarde, Coti aparecería en su casa con *brownies* recién horneados y un pote de helado de vainilla. Estaba haciendo la tarea de Inglés en el estudio de su padre cuando el timbre sonó y Valeria le anunció que su amiga lo esperaba en la sala. Le resultó extraño, sobre todo porque la de las visitas sorpresas solía ser su novia, no su amiga; pero no cuestionó el gesto, sobre todo porque, al menos durante la primera hora y media, se dedicaron a hablar sobre tonterías mientras comían y veían los últimos capítulos de una nueva serie en Netflix.

—Entonces… ¿Hoy sí me vas a decir qué es lo que te anda pasando?

Nico casi se atraganta con la porción de *brownie* que tenía en la boca. Tras acabar la serie, Coti se había adueñado del control remoto y se había puesto a buscar alguna película. Nada parecía convencerla, pero en realidad estaba haciendo tiempo, buscando el momento de deslizar aquella pregunta. Nico tragó a duras penas y guardó silencio durante unos segundos. Constanza se detuvo en una película de suspenso.

—Vamos a mi cuarto.

Su amiga no cuestionó el pedido. Tomó el pote de helado, al que solo le quedaban algunas cucharadas, y lo siguió por las escaleras. Si bien en la casa solo estaba Angelina, repasando algunos informes sentada a la mesada de la cocina, Nico prefirió no arriesgarse.

Una vez arriba, no cerró la puerta por completo, sino que la dejó entreabierta. Su madre tenía una regla de «al menos 15 cm» que aplicaba para todas las visitas del sexo opuesto que sus hijos tuvieran, sin importar día, horario o cantidad de personas en la casa. Prendió el televisor y subió el volumen lo suficiente como para que cualquiera que pasara por el pasillo escuchase las risas de los actores de aquella *sitcom* y no su charla privada.

—¿Tanto secretismo? —preguntó la chica, mientras se sentaba en la cama de Nico.

Él se acomodó un mechón de cabello detrás de la oreja. Lo llevaba suelto en aquella ocasión.

—La verdad es que no sé cómo empezar, Coti —murmuró, mientras apartaba la mirada. La ventana del cuarto estaba abierta y las cortinas blancas ondeaban con la brisa.

—Por donde te sientas más cómodo. Sabés que a mí me podés contar lo que sea.

En un intento de reforzar la confianza que debería existir entre ambos, tomó la mano de Nico y le dio un suave apretón. Él se limitó a sonreírle. La chica estaba equivocada. No le podía contar cualquier cosa. Quizá pudiera compartir con ella las dudas sobre su sexualidad, lo sucedido en Londres, el beso con Agustín… Pero había otras que ni siquiera podía mencionar. Lo sucedido con Rebeca era una de ellas. Constanza jamás lo comprendería.

—Hace un tiempo que me siento… diferente —aventuró.

Se pasó una mano por el cuello. Sin importar cómo intentara acomodar las palabras en su mente, sentía que nada de lo que fuera a decir tenía sentido.

—¿Diferente de qué forma? —Intentó ayudarlo ella, sin querer sonar demasiado ansiosa.

—Es... No sé. —Soltó una risita, nervioso—. Creo que en parte siempre intenté negármelo a mí mismo. O restarle importancia. Como si cuando miraba a otro chico lo estuviera comparando conmigo, en realidad. Pero ya no puedo seguir haciendo eso. No puedo seguir haciéndome eso. Creo que me gustan los chicos, Coti...

En ningún momento Nico se animó a mirar a su amiga al rostro. De haberlo hecho, se habría dado cuenta de lo ligeramente ofendida que se sentía. Parecía la confesión de algún crimen y ella creía que no tenía por qué sonar así. Aquello era algo que Nico ni siquiera tenía que *confesar*. Pero decidió ser ultracuidadosa con sus próximas palabras, consciente de la importancia que su mejor amigo le daba al asunto:

—¿Y eso es un problema porque...?

—Porque estoy de novio con Carolina.

Nico se sintió acalorado de repente y, por primera vez en varios minutos, hizo contacto visual con su amiga.

—Que estés de novio con Carolina no significa que no te puedas fijar en alguien más, Nico. Sea hombre o mujer.

Como su amigo no le había especificado que era gay, ella prefirió no asumir nada.

—No es eso. Es...

Tragó saliva y entonces le contó todo lo sucedido a partir de su viaje a Londres. Le contó sobre Shawn, el amigo de su prima, y cómo se había sentido en aquella ocasión. Le contó sobre Agustín, sobre cómo le pareció increíblemente atractivo desde la primera vez que lo vio y cómo se había acercado a él. Le contó sobre sus charlas y la noche del beso, sobre cómo nunca se había sentido de esa manera.

Pero también discutió con ella sus dudas y sus miedos. No estaba seguro de si era gay. No necesariamente, al menos. Todavía quería a Carolina, o eso creía, y lo último que deseaba era lastimarla. No estaba preparado, además, para dejar a la chica y comenzar a vivir su nueva *verdad*. No sabía qué hacer con lo que le estaba sucediendo. No sabía qué hacer con el beso que le había dado Agustín y todo lo que el chico le hacía sentir.

—Nico, no estás obligado a hacer o decir nada. Te gustan los chicos. *Big deal*. Eso no significa que de repente tengas que salir ondeando la bandera arcoíris en la marcha del orgullo. —Constanza hizo una pausa—. Sí creo que deberías definir qué te pasa con Carolina antes de pensar en cualquier otra cosa. No te digo que tengas que decirle nada sobre tus preferencias. Pero no creo que... —Dudó. Era un tema delicado—. No creo que se merezca que andes besando gente a sus espaldas, ¿no? Por más que sea solo un beso...

—Sí, lo sé.

Bajó la cabeza, avergonzado. Había sido solo un beso, pero aun así...

El sonido de la puerta de un auto al cerrarse interrumpió la conversación. No lo habrían oído de no ser porque la serie ya iba por los créditos. Nico se levantó, apagó el televisor y se asomó por la ventana. No reconoció el auto blanco, pero sí a la mujer que bajó de él y que se dirigía por el jardín hacia la puerta de su casa.

Era su tía Aldana, la hermana menor de su madre. Aquello no podía significar nada bueno. Aldana rara vez se acercaba a visitarlos, mucho menos sin previo aviso. Además...

Su madre y su tía se odiaban.

V

Para Angelina Machado, su hermana menor era una pesadilla. Nunca se habían llevado bien. Incluso desde pequeñas, Angelina había sentido que Aldana buscaba imitarla en todos los ámbitos posibles. Juguete que Angelina eligiera, Aldana quería. Si se le ocurría tomar una clase de danza, entonces su hermana se sumaba. Hasta acabaron estudiando la misma carrera al terminar el secundario y ambas empezaron a trabajar en el bufete de su padre casi al mismo tiempo.

Algunos hubieran tomado las acciones de Aldana como una muestra de admiración hacia su hermana mayor, pero Angelina no. El resentimiento había crecido con el paso del tiempo y, cuarenta años después, todo lo que Aldana hiciera la exasperaba. Por eso no fue de extrañar, al menos para Nico, que su madre estuviera de un humor de perros por aquellos días. Sobre todo, teniendo en cuenta que su padre no tuvo mejor idea que invitar a su cuñada a quedarse con ellos. ¿Por qué pagaría un hotel si ellos tenían un cuarto de huéspedes?

—Te juro que en cualquier momento la mata —le comentó Nico a su novia el miércoles por la mañana, de camino a la clase de Pintura—. Incluso aunque mi tía tenga la mejor de las intenciones, hasta cuando prepara café en el desayuno a mi madre parece que le va a dar un ataque. Las cosas están medio raras en mi casa estos días...

—No importa. Podés venir a casa el sábado. Te quedás a ver una peli —propuso con un tono sugestivo que Nico no alcanzó a captar.

Dudó. Había decidido no terminar su relación con Carolina, al menos hasta asegurarse de qué le ocurría exactamente. Después de todo, lo de Agustín había sido solo un beso. Era la primera vez que besaba a un chico, así que era normal que todo se sintiera nuevo, diferente, más excitante. Pero no significaba que quisiera menos a Carolina. Lo último que deseaba era lastimarla.

—¿A tu papá no le va a importar?

—No, para nada. Siempre y cuando nos quedemos en la sala, con las luces prendidas. A lo sumo va a estar haciendo guardia —bromeó.

Nico rio con cierto nerviosismo ante la *broma* de su novia, porque sabía que había una gran cuota de verdad en aquellas palabras. Todos en Campos de Edén sabían que el señor Dos Santos guardaba una amplia colección de armas. Era un fanático. De vez en cuando se lo solía ver en el campo de tiro. Sus vecinos sentían hacia él cierto temor debido a su particular pasatiempo. Carolina a menudo decía que su padre era inofensivo, que era incapaz de matar ni a una mosca. Nico le creía. Cuando no se alteraba sin razón aparente, el señor Dos Santos era una persona realmente agradable.

Porque, además, Reynaldo Dos Santos era conocido en Campos de Edén por su carácter irascible. Había tenido un par de episodios algo violentos, una vez con un cajero del supermercado que le había contestado de mala gana y, otra, con una mucama a la que le gritó hasta hacerla llorar. No era en absoluto el tipo de hombre con cuya hija uno quisiera intentar propasarse... o romperle el corazón.

—¿Esta semana tampoco me vas a hablar?

Tras ingresar a la clase de Pintura y luego de que Carolina se ubicara en su lugar, Nico había tomado asiento junto a Agustín. Lo primero que notó fue la intensidad del perfume que llevaba puesto. Solo aquel aroma logró acelerar los latidos de su corazón. Y fue entonces cuando se dio cuenta de que quizá estaba mucho más jodido de lo que quería admitir.

—Acá no, Agustín —murmuró, sin mirarlo, mientras acomodaba las cosas sobre su banco.

—¿Entonces dónde? —exigió él, todavía en voz baja—. Estás todo el tiempo con tus amigos. O con tu novia. Si te cruzo solo, tardás un parpadeo en esfumarte.

—No sé. —Nico se giró para observarlo. Se pasó la lengua por los labios. Agustín no pudo evitar pensar en lo mucho que le gustaba el chico cuando llevaba el cabello recogido—. No sé, pero acá no.

No pudieron continuar la charla porque la profesora Villarreal los llamó al silencio. Le gustaba que toda la clase le prestara atención cuando explicaba algo en el pizarrón. Nico soltó un suspiro y volteó hacia adelante. Intentó no concentrarse en la ansiedad que le causaba una posible charla con Agustín. ¿Realmente necesitaban hablar? ¿No podía ser solo un beso y nada más? Lo inquietaba pensar en que, para su compañero, aquello no hubiera sido solo un beso. Que esperara más.

Como acostumbraba últimamente, una vez acabada la hora de Pintura, Nico recogió sus cosas lo más rápido que pudo y huyó como el cobarde que se sentía en ese momento. Una vez más, hizo todo lo posible para ignorar a Agustín los días siguientes. Muy a su pesar, sin embargo, no pudo sacárselo de la cabeza. Ni siquiera el sábado por la noche, cuando se encontró en la sala de la casa de los Dos Santos, viendo una película junto a su novia. Aunque en lo último en lo que parecía interesada Carolina era en la película.

—Esperá, Caro. Puede bajar tu papá en cualquier momento.

Era la manera más sutil que tenía Nico de sacársela de encima. Se habían perdido buena parte de la trama entre las risas, los susurros al oído y los besos robados. A lo último, Carolina jugó todas sus cartas y se sentó a horcajadas de su novio, con los brazos por encima de sus hombros. Los besos se volvieron más apasionados, más exigentes. Demandantes.

El cuerpo de Nico reaccionó debajo de sus pantalones por el simple roce del cuerpo de la chica. Carolina tomó aquello como una invitación a profundizar los besos, pero él se sentía diferente. Agustín ni siquiera le había tenido que rozar la pierna con los dedos para que su cuerpo entero reaccionara. «Quizá sí soy gay, después de todo», pensó Nico, mientras su novia se empeñaba en meterle la lengua en la garganta.

Consciente de que Carolina no se detendría en ningún futuro cercano, Nico se dejó llevar por el beso. Estaba por acariciar los pechos de su novia cuando oyeron que alguien bajaba por las escaleras. De inmediato, Carolina se hizo a un lado y se tapó con una de las frazadas que había en el sillón.

—Hola, pa.

—¿Todavía están acá?

Nico sabía muy bien que la verdadera pregunta era qué hacía él todavía allí, ya eran pasadas las doce de la noche.

—De hecho, yo ya me iba —murmuró Nico. Hizo ademán de ponerse de pie, pero se dio cuenta de un detalle muy importante y se quedó sentado—. En quince minutos, cuando termine la película —agregó, mientras sentía que las mejillas se le ponían rojas.

Tiró de la frazada con la que Carolina se tapaba. Ella ahogó una risita. A lo lejos escucharon que Reynaldo Dos Santos se dirigía hacia la cocina en busca de agua. Nico dejó caer la cabeza hacia atrás y se concentró en la enorme lámpara con espirales de cristal y más de quince luces que pendía del techo de la sala, como si eso fuera a ayudarlo a bajar la temperatura. Carolina se mordió el labio inferior mientras observaba a su novio en silencio. Sin lugar a duda estaba contenta de haber logrado aquella reacción en él.

A pocos minutos de finalizada la película, y con Reynaldo Dos Santos de regreso en su cuarto, Nico se puso de pie, ya más calmado, dispuesto a marcharse. Su novia intentó convencerlo de quedarse un rato más, pero él le señaló el tono de voz poco feliz que había empleado su padre minutos atrás. No le hacía gracia que su hija se quedara a solas con su novio hasta tan tarde. Y lo que menos deseaba Nico era que el hombre lo echara a escopetazos.

Caminar a solas bajo la luz de la luna, con las manos en los bolsillos, de regreso a su casa, le sirvió para pensar un poco. Recordó la noche de la fiesta y nuestro primer intercambio de palabras. Se detuvo en las palabras que escaparon de mi boca en aquel momento: «Harían muy linda pareja, mirá». Estaban en pleno siglo veintiuno, en una etapa de la humanidad en la que las nuevas generaciones aceptaban, cada vez con mayor naturalidad, el amor en todas sus formas. Pero que el resto del mundo lo hiciera no significaba que su familia estuviera lista para aceptarlo. Por momentos, ni siquiera él mismo lo hacía.

Soltó un largo suspiro mientras recorría el camino de piedra que llevaba al porche de su casa. Todas las luces estaban apagadas, así que supuso que tanto sus padres como su tía dormían. Sus hermanos, probablemente, habían salido a bailar a algún lado. Metió la llave en la cerradura y la giró con cuidado, en sumo silencio. No quería despertar a nadie.

Fue mientras cerraba la puerta que oyó voces.

—¿...y creés que Lucas Torres tuvo algo que ver?

Era su padre.

—No estoy segura, Ric. Su padre parece confiar menos en él que yo, pero no hay testigos que hayan visto salir a nadie del patio de los Castillo. No hay cámaras. No hay registro de visitantes. No hay arma homicida. Todos los testimonios que tenemos, de los chicos de la fiesta...

A Nico se le deslizó el picaporte de entre los dedos. La puerta se cerró de golpe. Se prendieron las luces de la cocina y, al cabo de unos segundos, apareció su padre, en pijama.

—Nicolás. Volviste.

Su tía Aldana no tardó mucho en mostrarse detrás de su cuñado, envuelta en una bata y con cara de preocupación.

—No sabía que estaban despiertos —murmuró—. Me voy a dormir, estoy cansadísimo. Buenas noches.

—Nico... —intentó detenerlo su tía, pero él pasó corriendo escaleras arriba.

Estaban hablando de mi asesinato. Y todo parecía indicar que consideraban a Lucas culpable, aunque Nico no entendía por qué. Comenzaba a comprender con mayor claridad, sin embargo, los motivos de la visita de su tía. Antes de cambiarse, tomó su teléfono y le mandó un mensaje a Celeste:

> Tenemos que hablar.

VI

—Sí, es verdad. Mi papá llamó a tu tía... No sé si porque piensa que Lucas realmente es culpable y quiere que tenga una buena defensa o porque quiere que todo desaparezca antes de que los medios se enteren...

Nicolás chasqueó la lengua, indignado, mientras apartaba momentáneamente la mirada. Que se hubiera distanciado de Lucas durante el último tiempo no significaba que se hubiera olvidado de la clase de persona que era. Podía ser molesto, superficial, engreído y un millón de cosas más, pero no era un asesino. Lucas era incapaz de hacer algo así; que Efraín Torres creyera lo contrario lo llenaba de rabia.

—Pero Lucas estaba en la fiesta, ¿no? Seguro hay una docena de personas que pueden testificar eso.

Celeste se quedó en silencio durante unos breves segundos.

—A menos que vos hayas estado con Lucas en ese momento...

Esa vez fue el turno de Nico de quedarse callado. Se pasó una mano por el cabello, que llevaba suelto en aquella ocasión, y soltó un largo suspiro. Primero su hermano, ahora su mejor amigo. Incluso después de muerta, me seguía metiendo donde no me correspondía. Volvió a girar el rostro en dirección a Celeste, con la intención de preguntarle si podían juntarse los tres en algún momento, cuando alguien los interrumpió.

—¿Pasa algo?

Maximiliano Tobal se había acercado a ver por qué, pese a que había sonado el timbre que indicaba el inicio de la primera clase del día, ellos seguían charlando en el estacionamiento. Después del beso compartido con Celeste tras aquella primera cita, se sentía con un poco de derecho a celarla. Si bien sabía que Nico tenía novia, también sabía que ambos habían compartido un lazo muy fuerte durante muchos años. Demasiado fuerte como para poder ignorarlo.

—Nada, solo nos estábamos poniendo al día con Nico —le sonrió Celeste, mientras se aferraba a uno de los brazos del chico.

—Voy a llegar tarde. Después hablamos, Ce —se despidió Nico.

La chica lo observó alejarse antes de tirar de Max también en dirección a la entrada. Lo observó con curiosidad.

—¿Estás celoso? —La idea le causaba algo de diversión, aunque también un poco de culpa.

—Nada que ver.

Pero el ceño fruncido y la expresión de incredulidad en el rostro del chico no la engañaban ni un poquito. Celeste sonrió, mientras bajaba la mano para entrelazar sus dedos con los de Max.

Una vocecita en su cabeza le reprochó aquel gesto. Solo le estaba dando más armas para que creyera que estaban en la misma página. Lo estaba guiando por el camino equivocado y, tarde o temprano, Max se daría contra un muro de piedra. El golpe sería duro.

Otra voz, mucho menos potente que la anterior, sin embargo, se empecinaba en señalar que Max no era un mal chico. De hecho, todo lo contrario. No solo era atractivo, sino que era una buena persona. Además, parecía quererla en serio, tenía la misma edad y no contaba con la complicación de una esposa embarazada. Quizá no fuese tan mala idea hacerle creer que estaban en la misma página... porque quizá, eventualmente, Celeste acabaría dándole alcance.

Con lo que ella no contaba, sin embargo, eran los celos de Dante. Si bien la idea de salir con Max había sido tanto despistar a Florencia como recordarle a Dante lo que se perdía, no había esperado que los celos del hombre se volvieran tan evidentes. Y es que, incluso aunque tratara de disimularlo, no parecía ser capaz de hacerlo.

—¡¿Un cuatro?! —se quejó Maximiliano el miércoles en la hora de Geografía, después de que Dante le pidiera pasar al frente para una lección oral.

Era tradición en aquella asignatura, sin importar quién fuera el profesor a cargo, que los estudiantes se vieran sometidos a lecciones orales semanales. A cualquiera podía tocarle pasar en cualquier momento. Por lo general, Dante se limitaba a implementar un sistema bastante predecible que les permitía a los estudiantes estar preparados: hacía pasar al frente al estudiante cuyo número en la nómina coincidía, de alguna manera, con la fecha del día.

Aquel miércoles, sin embargo, Dante ni siquiera se fijó en la fecha y llamó a Maximiliano Tobal. A la clase le resultó evidente que el profesor no estaba de buen humor, pues las preguntas que le realizó al alumno fueron increíblemente complejas y rebuscadas. Así y todo, Max se las ingenió para responder de manera correcta la mayoría de ellas. Por eso fue una sorpresa cuando Dante Blas anunció la nota desaprobatoria en voz alta.

—¡Pero si le dije todo! —exclamó con evidente molestia.

—Tobal, los dos sabemos que no fue así. Le recomiendo que estudie un poco más para la siguiente ocasión. Ahora, tome asiento —ordenó, tajante.

—Profesor, esto es *muy* injusto. No fue para un cuatro.

—Si no quiere que pase a ser un tres, Tobal, le sugiero que tome asiento.

Furioso, Max regresó a su banco.

—Qué raro cómo se la agarró con Max, ¿no te parece? —le susurró Florencia. Celeste se limitó a tensar la mandíbula.

Era inadmisible. ¿Acaso Dante era idiota? ¿Cómo se le ocurría ser tan obvio? Quizá sus otros compañeros no alcanzaran a atar los cabos todavía, pero Florencia no era estúpida, por mucho que lo aparentara. Celeste podía hacerle creer que realmente le gustaba Maximiliano. Sin embargo, de nada servía su puesta en escena si Dante hacía sus celos tan evidentes. Era todo lo que Florencia necesitaba para confirmar sus sospechas: entre Dante Blas y Celeste Torres había sucedido algo.

—No sé. No lo estará atendiendo bien la esposa.

—Capaz —rio la chica—. O por ahí le está faltando la atención de la amante...

—No seas ridícula, Florencia, por favor. — A Celeste le estaba costando controlar el tono.

—¿Ridícula? ¿Yo? —preguntó con tono fingido de incredulidad. Se acercó un poco más a su amiga y agregó, en voz baja—: No soy yo la que está fingiendo una relación para poner celoso a su ex y después lo niega...

Celeste se giró hacia Florencia, sorprendida e irritada en partes iguales por el coraje de la chica al afirmar algo semejante. Aquello fue todo lo que necesitó para decidir encarar a Dante más tarde. Conocía a Florencia lo suficiente como para saber que no iba a dejar el tema en paz, sin importar lo que ella le dijera. Así que necesitaba instar a Dante a calmarse un poco y no hacer tan evidente sus patéticos arranques de celos. Lo que menos deseaba era darle más razones a Florencia para seguir husmeando.

Después de la última clase del día, Celeste dilató su salida lo más que pudo. Metió los útiles en su bolso con tranquilidad y se quedó charlando con Johanna en la entrada del colegio, junto a un enorme cantero de flores. Cuando Joy se marchó tras ver el auto de sus padres, Celeste encontró otra excusa para no correr al estacionamiento, donde Lucas la esperaba con aire exasperado. Se acercó a Paulina Müller, una de sus compañeras de curso, pero de la especialidad de Ciencias Naturales, para elogiarle su nuevo bolso de Prada.

Paulina no era una chica muy dada a la moda y ese bolso era, evidentemente, un regalo de sus padres. Caro, de marca; pero que no combinaba ni con los zapatos negros chatos ni con las dos colitas en las que había peinado su cabello color miel, que la hacían parecer salida del jardín de infantes. Era una lástima porque, pese a los kilos de más y la nariz aguileña, Paulina no era una chica desairada.

Se despidió con rapidez de su compañera cuando, por fin, vio a Dante Blas abandonar el colegio. Se precipitó hacia el estacionamiento y vio a Lucas poner los ojos en blanco, de pie junto al auto, antes de meterse adentro y cerrar la puerta de un golpe. Apresuró un poco más el paso para darle alcance a Dante antes de que llegara a su coche.

—¡Profesor Blas! —llamó con fingida inocencia, mientras se acomodaba el bolso al hombro—. ¡Profesor Blas!

La idea de encararlo en público, pero sin demasiada gente alrededor, era evitar que el hombre se acercara a ella de manera inapropiada y, al mismo tiempo, poder hablar sin problema alguno.

—Señorita Torres... —masculló él entre dientes, mientras se detenía a mitad del estacionamiento.

—Vamos a hacer de cuenta que te estoy hablando sobre algo del colegio —empezó Celeste, con una sonrisa casual en su rostro—. ¿Me querés explicar qué mierda fue lo de hoy? ¿Qué carajos te pasa con Max?

Dante tensó una sonrisa en el rostro y apartó la mirada unos segundos antes de volver a centrar su atención en Celeste, dispuesto a seguirle el jueguito de actuaciones.

—Tobal no dio una buena lección el día de hoy, señorita Torres. —A continuación, bajó la voz—: Aunque espero que haya aprendido una.

—¿Me estás cargando? —Celeste soltó una risa cargada de incredulidad—. No tenés derecho a joderle las notas, Dante, solo porque está saliendo conmigo.

—¿Realmente está saliendo con vos? —Quedaba claro que no le creía nada—. ¿O solo me querías dar celos, Celeste? Es una actitud muy inmadura de tu parte...

—Porque vos sos un ejemplo de madurez, ¿no? —Se puso más seria—. ¿Cómo anda tu esposa, por cierto?

Se produjo un breve silencio. Dante perdió algo de color y observó por sobre su hombro. Celeste continuó:

—Una de mis amigas sospecha, Dante. Y a menos que...

—No hagamos esto acá. Hablemos, como adultos.

—Ese tren ya pasó.

—Te lo digo en serio, Celeste. Juntémonos a hablar en donde siempre.

—¿Qué te hace pensar que...? —comenzó, con el ceño fruncido y una nota de incredulidad.

—Amor, se nos hace tarde.

Los dos se tensaron cuando oyeron la voz de Melisa Blas. La mujer se había bajado del auto en el que esperaba a su esposo. Llevaba el cabello oscuro suelto y un vestido floreado que acentuaba su diminuta panza de embarazada. No debía de tener más de dos meses y medio, pero hacía todo lo posible por dejar en claro que esperaba un hijo. Incluso se acarició el vientre mientras se acercaba a ellos.

—Perdoname, amor —se disculpó Dante, mientras Melisa se ubicaba junto a él y lo tomaba del brazo. Le dirigió a Celeste una sonrisa breve—. La señorita Torres, una de mis alumnas, solo me estaba pidiendo que...

—¡Celeste, por dios! —Lucas se acercó corriendo—. ¡Te dije que no molestes al profesor Blas!

Posó una mano en el hombro de Celeste y, sin que resultara demasiado obvio, apretó con fuerza a modo de reproche. A Lucas no le hacía ni un poquito de gracia participar de aquel circo, pero Celeste era su hermana y por ella haría absolutamente cualquier cosa. Así que puso su sonrisa más encantadora y dio un paso hacia adelante para estrechar la mano de Melisa, que no parecía terminar de entender qué estaba sucediendo.

—Lucas Torres. —Le sonrió a la mujer. Luego volteó en dirección a Dante—. Le dije a mi hermana que lo dejara tranquilo, profe. Si me puso un cuatro en la lección oral fue porque me lo merecía. La próxima voy a estudiar más. —Desvió su atención hacia Melisa y amplió su sonrisa—. Es muy metida, pobre. Ya no les robamos más tiempo.

Los mellizos se despidieron del profesor y su esposa y se metieron al auto. La sonrisa encantadora que había adornado el rostro de Lucas se desvaneció por completo una vez puso las manos sobre el volante. Celeste no sabía qué decir. Por un lado, estaba agradecida con su hermano por la intervención. Secretamente, sin embargo, hubiera deseado que Lucas se mantuviera al margen. Que la inoportuna aparición de Melisa sirviera para despertar sus sospechas y empujara a Dante a, finalmente, decirle la verdad.

VII

Nico se bajó del auto y se pasó una mano por el cabello antes de emprender camino hacia Heaven. Había intentado hablar con Celeste durante los últimos dos días, entre clases, sin éxito. Lo que quería discutir no era tema apto para los pasillos del William Shakespeare. Por eso, la chica había propuesto que se reunieran en la cafetería de Paraíso el sábado por la tarde. Nico solo aceptó porque sabía que Agustín no trabajaba los fines de semana. De lo contrario, habría propuesto otro lugar.

Se acomodó el cuello de la campera de *jean* antes de ingresar al local. Buscó con la mirada a los mellizos. Los encontró en una esquina iluminada por los rayos de sol que se colaban a través del vidrio templado. Celeste estaba concentrada, escribiendo en su celular, y Lucas estaba echado en el asiento de enfrente, con la cabeza apoyada sobre el cristal, mirando el techo.

Nicolás se sorprendió de ver a Lucas allí. Si bien la idea era juntarse con ambos hermanos, no había creído que el chico estuviera dispuesto a acceder a aquella reunión. Llevaban mucho tiempo sin hablar. Nico no había sabido cómo volver a acercarse. En la fiesta había resultado más fácil hacer las paces con Celeste, no solo por el alcohol, sino porque ella había dado el primer paso. Lucas, en cambio, siempre había sido mucho más terco. Y él también, tenía que admitirlo. Mi funeral no contaba precisamente como un intento de acercamiento, dadas las circunstancias de aquella charla.

—No me puedo acordar cuándo fue la última vez que vinimos juntos a tomar algo acá… —sonrió Nico.

Celeste dejó el teléfono a un costado, lo saludó con un beso en la mejilla y le hizo espacio para que se sentara junto a ella. Lucas ni siquiera se movió, todavía con la mirada perdida en el techo del local.

—Nuestro cumpleaños. —Había sido a principios de julio del año anterior, hacía casi nueve meses—. Como no ibas a ir a la fiesta que organizamos, propusiste que nos juntáramos a merendar acá.

Entre los tres se produjo un breve silencio. No habían estado solos en aquella ocasión, sino que habían compartido mesa conmigo. Por aquel entonces, Nico ya estaba distanciado de nosotros, pero el lazo permanecía. No fue sino hasta un par de meses después, cuando sucedió lo de Rebeca, que la relación se cortó del todo. Fue después de esa noche que nuestra amistad se vino en picada.

—Pensé que no ibas a venir —murmuró Nico, mientras Celeste alzaba la mano para llamar la atención de alguno de los empleados de la cafetería.

Lucas se incorporó en su asiento. Apoyó los antebrazos sobre la mesa.

—¿Por qué no iba a venir? No fui yo el que se alejó del resto.

El tono acusador en las palabras de Lucas provocó que Nico se removiera en su asiento, incómodo. Era plenamente consciente de que, de no haber sido por su decisión de dar un paso al costado, de poner distancia, su amistad seguiría intacta. De lo que él no se daba cuenta (de lo que ninguno se daba cuenta), sin embargo, era que, en el fondo, su amistad sí seguía intacta. Muchas cosas podían haber cambiado en la superficie, pero la base seguía siendo la misma. La amistad que los unía era mucho más fuerte que cualquier otra cosa.

No tardarían en darse cuenta de ello.

—Yo voy a pedir un submarino y una porción de *cheesecake* —dijo Celeste cuando uno de los empleados se acercó a tomar el pedido.

Nico se hizo con la carta que había sobre la mesa, pese a que ya sabía exactamente lo que quería.

—Un café irlandés, también con un *cheesecake* —indicó Lucas, tras un bostezo.

—Que sean tres *cheesecakes* —agregó Nico, antes de girarse para agregar—: Y un frapé de... de dulce de leche.

La voz se le trabó durante un segundo al encontrarse cara a cara con Agustín, que anotaba los pedidos en una libretita mientras lo observaba de reojo. Se sintió tentado de preguntarle por qué estaba esa tarde en la cafetería, pues se suponía que no trabajaba los fines de semana, pero se contuvo. Apartó la mirada mientras lo escuchaba repetir los pedidos. Se mantuvo en silencio mientras lo oía marcharse.

—¿No me lo vas a preguntar?

Alzó la mirada, confundido, ante el cuestionamiento de Lucas.

—¿Preguntarte qué cosa?

—Si lo hice —sonrió.

Celeste tomó la carta que Agustín no se había llevado consigo y golpeó a su hermano en el brazo un tanto escandalizada. No solo por bromear sobre ese tema, sino por no cuidar su tono. Si bien no había personas sentadas a su alrededor que pudieran oírlo, tenían que ser cuidadosos.

—No es algo que necesite preguntarte, idiota —respondió Nico, un poco más relajado.

Los tres rieron en voz baja.

Durante un momento, fue como si hubieran regresado en el tiempo. Como si yo no hubiese muerto, como si lo de Rebeca nunca hubiera sucedido, como si Nico nunca se hubiera alejado. Durante un momento, fue como si todavía fueran esos tres niños que se contaban todo, que compartían cada nimiedad de sus vidas y que, simplemente, eran felices en compañía del otro.

Mientras esperaban el pedido, Nico trató de indagar un poco en lo que su tía había discutido con Lucas. Él no solo no se había animado a preguntarle, sino que sabía que sería en vano, Aldana no revelaría nada sobre el caso. Lo que escuchó la noche en que regresaba de casa de su novia fue una mera casualidad, producto del descuido de su tía, descuido que no volvería a ocurrir. Nico la había notado un tanto mortificada por ello los días siguientes.

Lucas le explicó que no tenía más novedades. Aldana se estaba encargando de preparar una defensa sólida, lo que a él no le agradaba en lo más mínimo: era como si ya lo hubieran acusado del asesinato. Curiosamente, la policía no había actuado aún. Celeste creía que su padre tenía mucho que ver con ello. Existía la posibilidad de que Aldana arreglara con las autoridades una suerte de entrevista a puertas cerradas, en la que Lucas pudiera despejar cualquier duda sin llamar la atención de los medios.

La idea era aclarar detalles de la relación de Lucas conmigo y así evitar que lo consideraran formalmente un sospechoso.

Después de todo, como les había explicado Aldana, no existían pruebas suficientes para inculparlo.

—¿Y no hay nadie que pueda decir que estuvo con vos en ese momento? —quiso saber Nico, tras darle un par de sorbos a su frapé.

Lucas desvió momentáneamente la vista hacia el mostrador y luego se encogió de hombros.

—Estábamos todos bastante alcoholizados —intervino Celeste, mientras se acomodaba un mechón rubio detrás de la oreja—. *Anyway,* creo que tu tía tiene un punto. Es todo demasiado circunstancial, ninguna de las pruebas que tienen se sostiene por sí misma. —Volteó a ver a su hermano—. No hay suficiente evidencia como para acusarte de algo.

—Ni a vos, ni a nadie... Ni siquiera hay arma homicida.

—Solo la teoría ilusoria de Jimena de que me puse loco de celos cuando me enteré de que Daniela se acostaba con tu hermano... —bufó Lucas.

—¿Por qué se pelearon, realmente? Sebastián nunca me quiso contar.

—Dije cosas que no debía. Sabés cómo soy...

Nico le dio otro sorbo a su frapé y se mantuvo en silencio unos segundos. Su hermano y Lucas se habían acostado conmigo. Y, por lo que sabía, media docena de chicos más. Eso no significaba que alguno de ellos fuera el asesino. Pero entonces, ¿quién? ¿Y por qué, exactamente? ¿Qué motivo se podía esconder detrás de semejante atrocidad?

—¿Y estás seguro de que fue Jimena? ¿La de la data?

Discutieron sobre la joven y lo que le podría haber dicho a la policía, aunque gracias a Aldana ya lo tenían bastante claro. Que Lucas no se la hubiera vuelto a cruzar ni hubiera vuelto a oír de ella le daba pie para creer que, quizá, estuviera arrepentida de lo que había hecho. Quizá había actuado en un momento de mucho despecho. A esa altura ya no le importaba, realmente; siempre que no se volviese a meter en su vida, por supuesto.

En algún momento, el centro de la charla dejó de ser mi asesinato y las sospechas que rodeaban a Lucas y comenzaron a surgir otros temas mucho más banales. Pero hasta las anécdotas más casuales encubrían mentiras. Porque cuando Nico le preguntó a Celeste por qué de repente parecía llevarse tan mal con Florencia, la chica no mencionó su relación con Dante. Al hablar de la novia de Nico, él no mencionó nada sobre el redescubrimiento de su sexualidad. Y Lucas tampoco dijo nada sobre de dónde había sacado el dinero para los nuevos juegos de *play* que se había comprado.

Los últimos rayos de sol comenzaban a desaparecer cuando Nico se disculpó para ir al baño. Cuando regresara, pagarían la cuenta y cada cual seguiría su camino. Aunque quizá, a partir de ese día, las cosas ya no tuvieran que ser tan tensas. Quizá pudieran tomar un rumbo diferente. Nico no se dio cuenta de cuánto se aferraba a esa esperanza en ese momento. Porque él se había alejado, sí, pero eso no significaba que no los hubiera extrañado.

Agustín se estaba lavando las manos cuando Nico entró al baño. Se observaron a través del espejo, pero no se dijeron nada. Mientras el chico se secaba con el aire caliente, Nico se detuvo en uno de los mingitorios. Había evitado a Agustín la semana entera y no estaba seguro de cuánto tiempo más podía seguir haciéndolo.

—Nunca va a ser un buen momento para que hablemos, ¿no?

El chico abrió la puerta del baño, pero entonces la volvió a cerrar y giró sobre sus talones. Nico se subió el cierre del pantalón y fue a lavarse las manos. El corazón comenzó a latirle a mayor velocidad, mientras su cerebro buscaba las palabras adecuadas. Por supuesto, fue incapaz de encontrarlas.

—No sé qué querés que te diga, Agustín.

Tragó saliva, cerró el grifo y fue a secarse las manos con el aire caliente. Agustín permaneció apoyado contra la puerta del baño, dubitativo.

—Quiero que me digas que no te gustó el beso. Que no sentiste absolutamente nada ese día. Si sos capaz de decirme eso, te juro que no te jodo más.

Nico se quedó observándolo en silencio.

—Agustín, yo...

El tono dubitativo de Nico fue suficiente para infundirle a Agustín algo de coraje. Se alejó de la puerta y se acercó a Nico, hasta quedar frente a frente. Agustín era apenas un par de centímetros más alto.

—Decime que no te gustó el beso. Decime que no se te aceleró la respiración, que no se te erizó la piel. Decime que no se te paró como se me paró a mí con ese beso, Nico...

Nico abrió la boca, pero no dijo nada. No pudo decir nada. Porque negar algo de todo aquello sería mentir vilmente. Mentirle no solo a Agustín, sino mentirse a sí mismo. Porque incluso en ese momento, a solo unos centímetros de sus labios, sin siquiera rozarse, su cuerpo ganaba temperatura.

Así que Nico hizo lo único que podía hacer: acortó la escasa distancia que los separaba y lo besó. Lo tomó de la nuca y lo atrajo hacia él, sin pensar en lo que hacía o en dónde se encontraba. Recorrió los labios de Agustín como si fuera la última vez, con la certeza de que no lo sería. Le acarició el cuello, la espalda y lo empujó contra la pared con una voracidad que jamás había experimentado.

De no ser porque oyeron unas odiosas voces en el pasillo, hubieran llegado mucho más lejos.

VIII

Lucas le dio un trago largo a su vaso de cerveza mientras Nano se reía de su propio chiste. No había escuchado del todo las palabras del chico debido al volumen de la música y al murmullo general que inundaba el bar. Aquel viernes por la noche había salido junto a sus amigos a tomar algo al bar del primo de Ignacio. Ahí se aseguraban de que nadie les pidiera documento o les cuestionara la edad, siempre y cuando se mantuvieran al margen y no armaran ningún escándalo.

Observó a su alrededor, intentando identificar si había alguien que valiera la pena. Nadie le resultó lo suficientemente interesante, así que pronto volvió a posar la atención en su mesa. Miró de reojo a Max, que se concentraba más en su teléfono celular que en otra cosa.

—¿Mi hermana? —le preguntó.

Max alzó la mirada un tanto alarmado. La falta de luz no le permitió darse cuenta de si se había puesto un poco colorado o no.

—Le estaba preguntando qué pensaba hacer más tarde. A ella, a Joy y a Flor —aclaró.

Lucas hizo una breve pausa antes de darle otro sorbo a su cerveza.

—Tené cuidado, Max —le advirtió.

El chico se quedó de piedra mientras Lucas se ponía de pie para ir al baño. Max no se dio cuenta de que su amigo no le estaba diciendo que fuera cuidadoso con cómo trataba a su hermana, sino que se cuidara de ella. Conocía a Celeste mejor de lo que ella se conocía a sí misma y, pese a que su hermana insistía en que Max le gustaba, él sabía perfectamente que no era ese el caso. Quizá lo encontrara agradable, pero no le gustaba. No realmente. No como le gustaba el cretino de Dante Blas, al menos. Celeste tenía un gusto terrible cuando de hombres se trataba.

Al salir del baño, Lucas no regresó de inmediato a la mesa, sino que se apoyó en la barra. Pidió un *shot* de tequila que se tomó de una sola vez, sin siquiera usar limón o sal. El alcohol le quemó la garganta y le revolvió ligeramente el estómago. Permaneció allí, apoyado en la barra, durante algunos minutos más, observando a su alrededor.

Las luces de colores le recordaron la noche de la fiesta, lo mucho que se había divertido, nuestro breve encuentro y lo que había hecho después. Cerró los ojos durante unos segundos, tratando de quitarse aquella imagen de la mente. Recordó también cómo fue que la fiesta llegó a su fin, cuando alguien en el jardín oyó las sirenas y vio pasar una ambulancia, seguida por dos patrulleros de policía. El momento en el que todos comenzaron a salir de la casa era un borrón. Y casi no recordaba el instante en que se enteró de que me habían encontrado muerta en el patio de mi casa.

Cruzó miradas con una chica al otro lado de la barra. No debía tener más de veinte años. De cabello castaño rizado y labios rojos, resultaba bastante atractiva, al menos bajo la luz del bar. Era obvio que lo observaba a él con marcado interés, ajena a que Lucas tenía casi cuatro años menos, quizá porque no los aparentaba. Tanto él como su melliza siempre habían parecido un poco más grandes de lo que eran en realidad. Y siempre habían sabido sacarle provecho.

Regresó a la mesa donde estaban sus amigos, pero no volvió a ocupar su asiento, sino que tomó la campera de cuero que había dejado sobre el respaldar de la silla y se la puso encima.

—¿Ya te vas, rubio? —Nano lo observó con el ceño fruncido.

—Tengo asuntos de los que ocuparme.

El chico hizo un gesto obsceno con las manos. A su derecha, Ignacio puso los ojos en blanco con exasperación.

—¿Querés que te lleve, Lucas? —se ofreció Max, consciente de que su amigo había bebido demasiado como para manejar. Él, en cambio, apenas si había tomado medio vaso de cerveza.

Pero Lucas se negó. Le dio un par de palmaditas en la espalda a Max y se despidió del resto con un vago gesto de mano. La chica de los rizos castaños lo siguió con la mirada y lo vio abandonar el bar, decepcionada. Por un momento, pensó que Lucas se acercaría a hablarle. Él, sin embargo, tenía otras cosas en mente.

Estaba raro desde el miércoles y sus tres amigos lo habían notado. Solo Ignacio se animó a preguntarle, el jueves por la tarde, si necesitaba hablar de algo. Lucas, por supuesto, se cerró como una ostra. Ninguno sabía sobre el intento de la policía de implicarlo en mi caso; ni que, el lunes por la tarde, Lucas y su abogada se habían acercado a la comisaría a prestar declaración.

«Un acto de buena voluntad», lo había llamado Aldana, que hasta habló con los oficiales más que el propio Lucas. Él solo tuvo que describir brevemente su relación conmigo, cómo iba más allá de lo que se veía fuera de las habitaciones, y mencionar lo que había hecho durante la fiesta. Ninguno de los dos oficiales ahondó demasiado en el asunto. Aldana supo perfectamente cómo y cuándo desviar la atención y qué pruebas mostrar para evitar que cualquier sospecha cayera sobre su cliente.

Ese día, Lucas se enteró de que las cámaras de seguridad de la entrada de Campos de Edén llevaban dos semanas sin funcionar antes de mi muerte. Y de que la compañía de seguridad había puesto a un chico nuevo a trabajar esa noche, que ni siquiera supo tomarles los datos a las personas que ingresaron durante esa madrugada.

Aunque su visita a la jefatura no era la única razón por la que Lucas se encontraba extraño aquella noche. Lamentablemente, la única persona con la que hubiera podido hablar al respecto estaba muerta.

El aire puro y fresco del exterior presentó un increíble contraste con el aire cálido y viciado del interior del bar. Lucas pasó junto a un grupo de jóvenes, que debatían si entrar a aquel sitio o ir a algún otro lugar, y se alejó en silencio, con las manos en los bolsillos. Ni siquiera se le ocurrió detenerse cuando observó de reojo a Clara Müller, del brazo de un chico moreno y alto con pinta de no disfrutar las salidas nocturnas. En otro momento, no habría perdido la oportunidad de hacer sentir incómoda a la chica y fuera de lugar a su pareja. Pero no era una de esas noches.

Cuando llegó a su auto, Lucas se sentó frente al volante y no se movió durante varios minutos. Sacó el celular de su bolsillo y marcó un número, pero no apretó la pantalla para iniciar la llamada. Chasqueó la lengua, tiró el aparato sobre el asiento del acompañante y arrancó el vehículo. Se apegaría a su plan inicial.

A varios kilómetros del bar del primo de Ignacio, en un barrio menos transitado, había otro sitio de apariencia mucho menos atractiva. Por allí no se veían grupos de adolescentes dispuestos a pasar la mejor noche de sus vidas ni parejitas melosas que quisieran tomar algo y charlar un poco. De hecho, en aquella calle, el único lugar que parecía tener algo de vida era el bar frente al que Lucas había estacionado. Una de las letras del cartel de neón estaba apagada y los vidrios estaban sucios.

Lucas cruzó la calle e ingresó al bar sin demasiados miramientos. Se sentó a la barra y pidió un *whisky* con hielo. El chico que servía los tragos, de camiseta negra y brazos llenos de tatuajes, no tardó en alcanzarle el pedido. No era la primera vez que Lucas se aparecía por aquel lugar, aunque la verdad era que hacía mucho que no iba. No desde mi muerte, al menos. La última vez que estuvo allí había sido conmigo.

En el interior del bar se mezclaban el sonido de música *rock*, el choque de las bolas de la mesa de pool y el zumbido del aparato que una chica utilizaba para tatuar. Al igual que el barman, tenía los brazos repletos de tatuajes e incluso tenía uno en el pecho, cuyas líneas llegaban hasta la clavícula y se perdían en el cuello. Lucas recordó cuando lo desafié a hacerse un tatuaje, el que fuere. No se había animado, lo cual me resultó muy gracioso. Lucas Torres les tenía miedo a las agujas. ¿Quién lo hubiera pensado?

—Torres —le llamó la atención el chico de la barra.

Apartó su mirada de la tatuadora y posó su atención sobre las fichas que el barman había colocado sobre la barra, junto a su *whisky*.

—¿Nada más? —preguntó, mientras se metía las fichas en el bolsillo de la campera.

—Mario dice que en otros lados tuviste problemas para pagar. Te estoy haciendo un favor, creeme.

Lucas se terminó el *whisky* de un solo trago.

—Esta vez no voy a ser yo el que va a tener que pagar.

Se puso de pie y se dirigió hacia los baños. Sin embargo, no se metió en el de hombres, sino que se detuvo unos metros antes, donde había una puerta con un letrero que decía «Depósito». Pero no era el depósito. Era un pasillo largo que llevaba a otra puerta, de la que provenía una música diferente a la del bar.

Lucas golpeó dos veces y, un par de segundos después, un hombre con cara de pocos amigos lo dejó pasar a una suerte de sótano mal iluminado. Había otra mesa de pool, pero no la utilizaban para jugar. O no a eso, al menos. La rodeaban varias sillas, casi todas ocupadas por hombres de distintas edades y diferentes apariencias. Había uno, a quien Lucas no reconoció, que parecía recién salido del banco incluso a esa hora, y que estaba sudando más de la cuenta. Un novato.

—¡Pero miren quién volvió! —sonrió Mario, un hombre entrado en años y kilos, con un poblado bigote negro azabache.

Sin decir nada, Lucas tomó asiento junto al banquero y tiró dos fichas al centro de la mesa. Mientras un tipo rapado de unos treinta años repartía las cartas, una mujer se fue a sentar en la falda de Mario. El hombre clavó sus ojos en Lucas, que intentó no prestarle demasiada atención.

—Ortiz dice que no le pagaste a tiempo la última vez —reclamó con voz ronca.

—Problemas personales —se limitó a responder Lucas.

Mario y un par de hombres se rieron.

—Los problemas personales se dejan al otro lado de la puerta, pendejo —escupió—. Acá se paga en tiempo y forma. ¿Está claro?

La mujer le dio un beso en el cuello a Mario, antes de ponerse de pie y perderse en una esquina. Lucas la observó de reojo. La vio inclinarse sobre una mesita en la que seguramente habían separado un poco de cocaína. Otra mujer le acercó una copa y empezó a susurrarle algo entre risitas molestas. Lucas apartó la mirada, alzó sus cartas y les echó una ojeada.

—No soy yo el que va a tener que poner plata hoy, Mario. Quedate tranquilo.

—Se siente con suerte el pendejo —comentó el tipo de la cabeza rapada, mientras tomaba asiento y se reclinaba sobre su silla—. Y eso que no se trajo al amuleto de la suerte.

—¿Dónde está tu minita, por cierto? —preguntó Mario.

—¿No miran las noticias? —respondió Lucas con expresión neutra.

Muerta.

Su *minita* estaba muerta.

IX

Lucas me tomó de las muñecas y se apretó contra mí. Me besó con el salvajismo con el que acostumbraba y yo le correspondí de la misma manera. Me mordisqueó la piel del cuello y me dejó una marca. Emití un gemido leve que logró que a él se le calentara todavía más la sangre. Bajó una mano para acariciarme los pechos por encima del top. Sus dedos trazaron un camino sinuoso por mi vientre hasta encontrarse con el borde del pantalón. Exploraron más allá, hasta sacarme otro gemido de los labios, esta vez mucho más sentido.

Comenzaba a desabrocharse los pantalones cuando alguien irrumpió en la habitación. Se apartó de mí a regañadientes y se encontró con Nano, tambaleante, bajo los efectos del alcohol, de la marihuana y, quizá, de algún otro tipo de sustancia. El chico balbuceó algo antes de enseñarle a su amigo un pulgar en alto y cerrar la puerta de un golpe.

—¿Creés que vaya a decir algo? —pregunté, todavía agitada.

—Ni ahí. Si mañana se acuerda de cómo se llama va a ser un milagro —rio Lucas, que ya estaba listo para volver a la carga.

Yo, sin embargo, me hice a un lado.

—¿Me vas a dejar así? —Lucas se señaló la erección que se hacía notar debajo del pantalón—. No seas forra.

—Capaz más tarde, cuando no corramos el riesgo de que nos interrumpan.

Los dos sabíamos que eso se solucionaba con echarle llave a la puerta. Lucas, sin embargo, no insistió. En ese sentido, nos entendíamos. Si los dos teníamos ganas de jugar, nos dejábamos llevar sin problemas. Si no, dábamos un paso hacia atrás. Se dejó caer sobre la cama y se tapó el rostro con ambas manos. Cuando las apartó, el cuarto le daba vueltas.

—¿Por qué discutías con Nico?

Yo estaba buscando a mi alrededor un arito que se me había caído. Me agaché a recogerlo y, desde el suelo, lo miré con una ceja enarcada, sin decir nada.

—Le fuiste a hablar de lo de Rebeca, ¿no? —bufó él—. Vos y mi hermana no aprenden más.

—Tengo que admitir que mi *approach* no fue el más adecuado.

Fue el turno de Lucas de devolverme la mirada.

—Puede que la haya cagado al hablar con él —aclaré, sin entrar en detalles—. Pero lo voy a solucionar, no te preocupes.

—No me preocupo. Pero ¿a qué te referís cuando decís que lo vas a solucionar?

—Ah... Eso es secreto, corazón —me reí, mientras me ponía de pie a duras penas. Me sostuve de la pared un segundo antes de tratar de mantener el equilibrio para colocarme nuevamente el arito.

—¿No me vas a decir?

—Por supuesto que no. —Fruncí el ceño, como si la pregunta me hubiera parecido ridícula—. Sabés muy bien que sé guardar secretos. Los míos, los de Nico... los tuyos. —Le dirigí una mirada elocuente—. Sobre todo, los tuyos.

Le guiñé un ojo antes de abandonar la habitación, sin percatarme de que Jimena me observaba desde el pasillo.

Misión cumplida

I

Guillermo Gándara echó a correr sobre el césped con nada más que sus bóxers negros. Dio una vuelta en el aire y se sumergió de lleno en la piscina. Todos los que estaban en el patio en aquel momento, yo incluida, estallamos en aplausos y vítores. La mayoría de nosotros se mostraba sorprendida ante el simple hecho de que alguien que había bebido tanto como Guillermo fuera capaz de semejante acrobacia sin terminar rompiéndose la cabeza contra el borde.

Sin embargo, Felicitas, su novia, no parecía tan contenta como el resto de nosotros. Y es que Feli era una de esas chicas que casi ni bebía alcohol porque no necesitaba meterse ninguna sustancia extraña en el cuerpo para divertirse. Era una persona amable, dulce, tranquila. Aburrida de los pies a la cabeza. Seguramente, cuando tenía sexo con su novio, permanecía acostada sobre el colchón, contando las manchas del techo.

Le di un último sorbo a mi trago, algo con frutilla, y me dirigí al interior de la casa, mientras Felicitas se precipitaba hacia la piscina para advertirle a su novio que se podía enfermar. Dentro de la sala, la música me taladró los oídos nuevamente. No me importó, a esa altura de la noche era una sensación agradable. Me ayudaba a perderme en la fiesta. A disfrutar.

Y no era la única dispuesta a hacerlo.

Celeste estaba en un rincón, pegada contra Maximiliano. Abrí los ojos, sorprendida, porque nunca había notado ningún tipo de interés por parte de mi amiga hacia Max. No así a la inversa. Todos en el grupo sabíamos perfectamente que el chico moría de amor por la hermana de su mejor amigo, pero no se animaba a hacer nada por una cuestión de códigos. Todo indicaba que los códigos no jugaban esa noche. Saqué mi teléfono y les tomé una foto.

Me encontré con Celeste varios minutos después, en la cocina. Mientras yo me preparaba un trago, ella se sirvió un poco de agua fría de una botella de la heladera. Olió antes el vaso, solo para asegurarse de que realmente era agua y no alguna bebida blanca. Aunque yo creía firmemente que, en ese estado, no notaría la diferencia.

—Así que Max... —murmuré.

—Tengo todo el derecho a divertirme esta noche —declaró Celeste, tras el último trago, antes de apoyar el vaso con fuerza sobre una mesada. Un par de chicos ingresaron a la cocina en busca de cervezas, pero a ella no pareció importarle que alguien nos pudiera escuchar—. Se terminó, ¿sabés? No quiero saber nada más con él, aunque me siga llamando, me siga insistiendo... ¡Está casado! ¡Está esperando un hijo!

Celeste estaba claramente borracha.

—¿Te estuvo llamando?

—Sí, sí. Pero ya le dije que no quiero saber nada. Absolutamente nada.

—Si vos lo decís...

II

—¿A qué estás jugando, Celeste?
—¿Perdón?

No había visto aparecer a Lucas detrás de ella mientras se observaba en el espejo del baño, había estado demasiado concentrada delineándose los ojos. Pero allí se encontraba su mellizo, apoyado en el marco de la puerta, con una musculosa y unos pantalones deportivos, cruzado de brazos, juzgándola. Como si tuviera autoridad moral para juzgar cualquiera de sus actos. Celeste lo quería con toda su alma, pero su hermano no era ejemplo de nada.

—Sabés muy bien de lo que te estoy hablando...

No le prestó atención, sino que buscó un labial *nude* que tenía en su portacosméticos y comenzó a pintarse los labios con tranquilidad. Aunque si pensaba que con ignorar a su hermano desaparecería de su vista, estaba muy equivocada. Lucas se quedó allí, observándola a través del reflejo del espejo. Celeste tuvo que dejar el labial a un lado, pese a que le faltaban un par de retoques, y se giró para enfrentarlo.

—¿Te vas a quedar parado ahí todo el día?
—Max es un buen pibe. No se merece que juegues con él.
—Ja. ¿Vos te escuchás lo que me estás diciendo? —Celeste giró otra vez y tomó el labial—. ¿Vos, precisamente, me vas a venir a hablar sobre jugar con las personas, Lucas? Como si

no te conociera —bufó, antes de emparejarse los labios con el aplicador.

—Es diferente. —Lucas parecía muy convencido de sus palabras—. Yo no le hago creer a nadie que estoy enamorado...

Se produjo un breve silencio. Lucas observó a su hermana a través del espejo y sus miradas se cruzaron. Soltó un bufido, dio media vuelta y abandonó la habitación. Celeste se quedó con la mirada clavada en el punto que su hermano había ocupado. Odiaba pensar que tenía algo de razón. Cualquier chica que se acostara con él sabía que no buscaba ningún tipo de relación. Que algunas pensaran que lograrían cambiarlo y quedaran atrapadas en la red de mentiras que ellas mismas se tejían era otra cosa.

Ella, en cambio...

—Mierda, Lucas —murmuró, antes de guardar el labial con brusquedad.

La situación se le había escapado de las manos. En ningún momento había querido romperle el corazón a Max, pero en su intento de aparentar una relación normal, quizá le hubiera dado más señales de las necesarias. Estaba segura de que el chico pronto le pediría que fuera su novia formalmente o algo por el estilo. Cerró los ojos y se imaginó el momento exacto en el que tuviera que decirle que no. Por más que le agradara pasar tiempo con Max, por más que lo creyera un excelente chico y lo encontrara atractivo, no estaba enamorada de él.

Estaba enamorada de alguien más.

Abandonó el baño adjunto, terminó de vestirse y comprobó en su celular que tenía un mensaje sin leer. Era Dante. El mensaje era simple:

> ¿Sigue en pie lo de hoy?

Con algo de culpa, aunque sin un atisbo de duda, Celeste le respondió que sí. Había aceptado reunirse con el hombre en un lugar apartado, donde nadie pudiera reconocerlos. Él había insistido en que se vieran en el apartamento en el que solían encontrarse cuando estaban juntos, pero ella se había negado, consciente de cómo acabarían las cosas en ese escenario. Aunque quizá no fuese a resultar diferente, pese al cambio de lugar. Después de todo, Celeste se había dado cuenta de que seguía enamorada de él.

No había dejado de preguntarse en esas últimas dos semanas cómo podía ser que siguiera teniendo ese tipo de sentimientos hacia Dante. El hombre era mucho mayor que ella, estaba casado y esperaba un hijo. Ahora era, también, su profesor. No un profesor que trabajaba en su colegio, sino *su* profesor. Ella, además, estaba *saliendo* con Maximiliano. La situación no podría haber sido más complicada si se lo hubiera propuesto.

Celeste hizo todo lo posible para no volver a cruzarse a su hermano mientras abandonaba la casa. Lucas se había encerrado en su habitación, así que no le representó ningún problema. Un taxi la esperaba en la puerta. Había decidido no salir en el auto por precaución. Lo único que le faltaba era que, aunque fuesen a reunirse en la otra punta de la ciudad, Florencia apareciera de detrás de un árbol e identificara su vehículo.

Todo parecía indicar que, cuando de ella y Dante se trataba, el destino no estaba de su lado. ¿Por qué sería?

—*You've got to be kidding me* —murmuró cuando se percató de dónde se encontraba. Aquello tenía que ser una broma.

El edificio, todo de cristal, se alzaba varios pisos. La entrada estaba marcada por una suerte de puente que se elevaba sobre un diminuto arroyo artificial. A cada lado, enormes paneles de cristal lanzaban agua, como si de cascadas se tratara. Si se suponía que el sonido del agua debía producir una sensación calmante y acogedora, en ella no estaba surtiendo el efecto esperado.

El vestíbulo del hotel era exquisito. La iluminación era perfecta y la alfombra roja la hacía sentirse una celebridad. Pero estaba perdida. Se suponía que se reunirían en algún bar, no en un hotel. Si Dante creía que le iba a resultar tan fácil llevársela a la cama, estaba terriblemente equivocado. Quizá pudiera hacérselo notar dando media vuelta y marchándose de allí. Comenzaba a considerarlo, de hecho, cuando oyó su voz.

—Celeste.

—Dante. —Giró sobre sus talones y le dedicó una sonrisa tensa—. ¿Me querés explicar...?

—¿Tomamos algo?

Le indicó en dirección a la cafetería que se ubicaba junto al vestíbulo del hotel, con pisos y paneles de madera y un aire por demás sofisticado. Celeste dudó, pero acabó siguiéndole la corriente. No fue hasta que se sentaron que le exigió nuevamente una explicación. Dante le dijo que no se sentía cómodo en un bar o cafetería cualquiera y que, además, aquel lugar era exquisito. Lo conocía por la última conferencia a la que había asistido.

—Entonces, ¿me vas a decir que no tenés reservada una habitación a tu nombre? —Enarcó una ceja.

—Solo por si querías que tuviéramos mayor privacidad...

Celeste se inclinó sobre la mesa y bajó la voz.

—No vine acá a acostarme con vos, Dante.

Pero el perfume del hombre le nubló los sentidos y le erizó la piel. Celeste era consciente de que podía hacerse la dura solo hasta cierto punto. Dante era un experto en su juego. Sabía exactamente qué decir y qué hacer para seducirla. Cómo vestirse o qué fragancia usar, incluso. Lo vio arremangarse las mangas de la camisa y pasarse una mano por el cabello. De repente, parecía afligido. Ella todavía era incapaz de darse cuenta, pero cada movimiento, cada gesto, estaba medido con precisión milimétrica. Era todo parte de un gran acto.

—Quiero dejar a Melisa. Hablo en serio, Celeste —se precipitó, al notar que estaba a punto de interrumpirlo—. Es una pesadilla. Las cosas no están bien desde hace un buen tiempo. Me siento... atrapado. Me asfixio en mi matrimonio, Celeste. Melisa me asfixia. Me controla. Pretende saber todos y cada uno de mis pasos —se quejó, como si de repente él fuera la víctima en aquel juego—. Cuando me enteré del embarazo, creí que quedarme con ella era lo mejor que podía hacer. Pensé que era la decisión responsable, pero no necesito estar encerrado en una jaula para poder darle cariño y una buena vida a mi hijo...

Celeste dudó. Trató de observarlo directo a los ojos, de encontrar algún indicio de que le mentía, de que no era cien por ciento sincero. De que, una vez más, la estaba manipulando. Pero no pudo. O quizá solo era incapaz de verlo. Todo lo que notaba en su mirada era lo que él acababa de decirle. Con Melisa, Dante se sentía en una jaula. Con ella, sin embargo, era libre. Celeste lo había visto en el brillo de su mirada todas las veces que habían estado juntos.

—Estoy saliendo con Maximiliano, Dante...

Pero no sonaba firme. No sonaba creíble.

—¿Te hace sentir lo mismo que te hago sentir yo? ¿Sabe hacerte temblar de la misma manera?

Dante le hablaba en un susurro, como si temiera que alguien los oyera. Pero la verdad era que nadie en aquella cafetería se fijaba en ellos. Ni siquiera el mozo que se había acercado a traerles dos cafés.

—¿Esta vez en verdad vas a dejar a tu mujer?

Hizo la pregunta también en voz baja, pero sin mirarlo a los ojos. Quizá, porque temía sí ser capaz de ver la mentira reflejada en ellos. Decidió concentrarse en su café. Bebió un sorbo y, cuando volvió a dejar la taza sobre el plato, Dante le acarició la mano con delicadeza.

—Te lo prometo.

No fue el tono en el que lo dijo o la manera en que le acarició la palma de la mano con el pulgar cuando lo hacía. Ni siquiera fue la manera en la que la miró mientras pronunciaba aquellas tres palabras. No hubo nada en particular que le indicara a Celeste que esa vez decía la verdad, que podía creerle. Que su profesor dejaría a su esposa embarazada para poder tener un romance con una de sus alumnas, por ridículo y retorcido que sonara.

Pero, así y todo, Celeste le creyó. Quizá porque necesitaba creerle. Quizá porque los muros que había edificado a su alrededor, cuando había descubierto que Melisa estaba embarazada, se estaban derrumbado. Quizá porque ya no podía seguir fingiendo.

No tardaron mucho más en perderse varios pisos más arriba, camino a la habitación que Dante había reservado. Se besaron con pasión dentro del ascensor y Celeste casi pierde un zapato en el pasillo. Podrían haber pasado por una pareja de recién casados que intentaba disfrutar de cada minuto de su luna de miel. Eso debió creer la mujer que los vio pasar rumbo al cuarto, porque se limitó a sonreír, ajena a la diferencia de edad.

Una hora después, Celeste se encontró desnuda entre las sábanas, aferrada al cuerpo de Dante, con la cabeza sobre su pecho. Lo oyó respirar pausadamente: se había dormido. Y no pudo evitar recordar una de las últimas cosas que me dijo el día de la fiesta, sobre cómo no quería saber nada más con Dante. Recordó, también, lo poco que le creí en ese momento.

Las dos sabíamos que mentía.

III

—¿**M**artín te dijo algo? —preguntó Constanza. Se produjo un breve silencio—. Nicolás, te estoy hablando.

La chica tuvo que chasquear los dedos delante de los ojos de su amigo para lograr que le prestara atención. Estaban en el patio interno del colegio, disfrutando de los minutos finales del último recreo del viernes. Aunque mayo apenas comenzaba y las hojas de los árboles ya tornaban al sepia, el sol pegaba fuerte aquella mañana, casi como si fuera el último día de verano.

Nico no había podido evitar que su mirada se desviara en dirección a Agustín, que jugaba pelota mano contra un frontón. El chico se movía con agilidad y, de momento, se alzaba imbatible. Se notaba que era bueno para los deportes. Había festejado con un puño en alto su último punto antes de girar y cruzar miradas con él. Le sonrió sin pudor alguno justo cuando a Nico le llamaba la atención su amiga.

—Perdón, estaba distraído.

Se soltó el pelo, que llevaba atado en un rodete desaliñado, solo para atárselo otra vez al cabo de unos segundos.

—Me doy cuenta...

El tono de Constanza no emitía juicio alguno, pero Nico se sintió juzgado de todos modos. Por eso fue, quizá, que rehuyó la mirada de su amiga y se agachó para ajustarse los cordones de los zapatos. No le había contado nada a la chica sobre el segundo beso que había compartido con Agustín en el baño de la cafetería.

—¿Qué era lo que me decías? ¿Algo de Martín...? —continuó Nico.

—Nada, no importa.

Nico intuía de qué se trataba, pero no dijo nada. De a ratos, su amiga se interesaba por la repentina cercanía entre Martín y Brenda Soriano. Aunque se arrepentía muy a menudo de hacer preguntas o comentar al respecto. Nico comenzaba a sospechar que, quizá, lo que Constanza sentía eran celos. Sin embargo, apreciaba demasiado su integridad física como para comentar al respecto. A simple vista podía parecer una chica encantadora, pero crecer con cuatro hermanos le había enseñado a pegar fuerte.

Tampoco podrían haber continuado aquella conversación, incluso aunque él hubiera insistido, porque Carolina llegó acompañada por Brenda y Martín. La novia de Nicolás había salido al pasillo a buscar un jugo de una de las máquinas expendedoras y se había encontrado con los otros dos. Reían, como si acabaran de escuchar un chiste increíblemente gracioso, pero no lo compartieron con ellos en cuanto llegaron.

Carolina se pegó de inmediato al brazo de Nico y él se sintió terrible. Sabía que tenía que dejarla, solo que no sabía cómo. No quería lastimarla, pero sentía que, sin importar qué hiciera, ese sería el resultado. Era evidente, además, que ella intuía que algo extraño sucedía porque cada vez intentaba pasar más tiempo con él. Las visitas sorpresas a su casa se habían convertido en una rutina semanal. Nico nunca sabía cuándo abriría la puerta y se encontraría a su novia en el porche.

—Podríamos ir al cine mañana, ¿qué dicen? Los cinco.

Constanza puso los ojos en blanco en señal de desagrado.

—Me encantaría, pero no puedo. Mañana me junto con Agustín a hacer el trabajo de Pintura.

La profesora Villarreal les había puesto como fecha final de entrega del nuevo trabajo la semana entrante. Sería la primera vez que Nico y Agustín volverían a estar solos desde la cafetería. Si bien se hablaban en el colegio y se escribían de vez en cuando, no habían vuelto a encontrarse, aunque no por falta de interés por parte de Agustín. Nico siempre tenía una excusa. Pensar en volver a estar a solas con él le producía muchísima ansiedad. Con el trabajo, sin embargo, no tenía otra opción.

—¿No lo pueden hacer otro día? O... No sé, ¿cada uno su parte?

—No, Caro, ya quedamos. Y me conocés, no dejaría la mitad del trabajo en manos de alguien más. —Suspiró—. No sé a qué hora vamos a terminar. Otro día, ¿sí?

Le pasó un brazo por alrededor de los hombros y le depositó un beso breve en la mejilla, con la esperanza de que aquella promesa fuese suficiente para conformarla.

El sábado por la tarde llegó en un abrir y cerrar de ojos. En esa ocasión, Nico había ofrecido su casa como punto de encuentro. Lo había hecho adrede, consciente de que no se quedarían solos. Si bien sus hermanos iban a ausentarse el día entero, sus padres y su tía estarían presentes. Porque, pese a que Aldana ya había solucionado el tema legal de los Torres, todavía no se marchaba. Parecía sentirse cómoda en el cuarto de huéspedes (quizá demasiado) y, como aún tenía otros asuntos que atender en la ciudad, había decidido abusar de la hospitalidad de su hermana y de su cuñado.

Minutos antes de las cinco, Nico se contempló en el espejo de su cuarto. Llevaba unos pantalones de *jean* y una camiseta negra con el escudo de Slytherin. Se acomodó un mechón de cabello detrás de la oreja y chasqueó la lengua, molesto consigo mismo. Le preocupaba demasiado su aspecto y no por una simple cuestión de vanidad: quería que Agustín lo encontrara atractivo. Aquel pensamiento le provocó culpa.

—Carolina... Tengo que cortar con Carolina... —murmuró, al tiempo que sonaba el timbre.

—¡Nico, te buscan! —gritó su tía al cabo de unos segundos.

Nicolás se observó al espejo. «Es solo para hacer un trabajo», se dijo, antes de pasarse la lengua por los labios y abandonar su cuarto. «Estás de novio con Carolina», se repitió, como si de un mantra se tratara, mientras bajaba las escaleras. Pero cuando vio a Agustín en la antesala, con una camiseta manga larga verde musgo y unos *jeans* ajustados, no pudo evitar pensar en lo atractivo que se veía. Sobre todo ahí, casualmente apoyado contra una pared, mientras Aldana le sacaba charla. Su sonrisa era perfecta. Los hoyuelos que se le formaban en las mejillas eran para morirse.

Nico carraspeó, su tía se disculpó por acaparar la atención de su compañero y Agustín recogió la mochila, que había dejado tirada en el suelo, antes de hacer ademán de dirigirse hacia las escaleras. Pero Nico bajó los últimos dos escalones y negó brevemente con la cabeza antes de anunciarle que había preparado todo en el estudio de su padre. No se arriesgaría a tener al chico solo en su habitación, no confiaba en su poder de autocontrol.

El estudio de Ricardo Anderson no era una habitación demasiado grande, pero tenía el espacio suficiente para un escritorio, un sillón junto a la ventana con una lámpara alta para noches de lectura y una enorme biblioteca con libros de todo tipo que cubría una pared entera. Una alfombra persa adornaba el suelo y un par de cuadros, las paredes. Nico tenía su computadora lista en el escritorio y había seleccionado un par de libros que les podían ser útiles. Las cortinas de la ventana estaban corridas.

—Pensé que me ibas a mostrar tu habitación —dijo Agustín, tras echarse sobre el sillón y prender la lámpara solo para comprobar si funcionaba.

—¿Por qué habría de mostrarte mi habitación?

Nico se hizo el desentendido mientras se colocaba frente a su *notebook* y abría una página web. Agustín apagó la lámpara y se inclinó hacia adelante en el sillón. Observó al chico con un atisbo de duda. Puso la lengua entre los dientes y, durante un segundo, pareció que se quedaría con aquello que luchaba por abandonar su garganta.

—Pensé que las cosas estaban bien entre nosotros, Nico. Después de que... —Dirigió su mirada brevemente hacia la puerta, solo para comprobar que no había nadie que pudiera escucharlos. No por él, sino por Nico—. De que nos besamos la última vez. Pensé que...

Nico soltó un suspiro. Se pasó una mano por el cabello antes de alzar la mirada y clavar sus ojos cafés en Agustín.

—Estoy de novio con Carolina —sentenció. Antes de que Agustín pudiera replicar algo, se apresuró a continuar—. No estoy diciendo... No estoy diciendo nada más que eso. Que ahora estoy de novio y que no quiero... No me parece bien, nada más. Por más que me haya gustado besarte la última vez

—sintió que sus mejillas tomaban color— todavía estoy de novio con Carolina.

A Agustín, aquel «todavía» le dio las esperanzas que necesitaba. A sus oídos, al menos, significaba que podía cambiar en un futuro cercano. Significaba que existía la posibilidad de que Nico dejara a su novia. No implicaba que ellos pasarían a una relación formal, porque dudaba mucho de que el chico hubiera llegado a ese grado de aceptación; pero sí que podría dejarse llevar sin culpa.

Con eso en mente, Agustín acercó la otra silla que había en el estudio y la colocó junto a Nico. Con una sonrisa en el rostro, se limitó a ayudar con el trabajo de Pintura, aunque no desaprovechó la oportunidad de estar lo más cerca posible del chico. Sus piernas se rozaron en más de una ocasión y, en un momento, ambos giraron el rostro y se quedaron observándose durante varios segundos. De no haber sido porque a lo lejos oyeron la voz de Angelina, que les había preparado la merienda, quizás hubieran acabado besándose.

Después de un breve recreo, los dos chicos regresaron al estudio a terminar con el trabajo. Eran casi las nueve de la noche cuando pusieron el punto final. En aquella ocasión les resultó mucho más complejo organizar la información de la manera adecuada y cubrir los puntos clave que había pedido la profesora Villarreal. Aunque quizá no habrían tardado tanto si no se hubieran distraído durante la redacción hablando un poco de todo.

Nico entró en detalles sobre su familia y, en particular, sobre lo conflictiva que era la relación entre su madre y su tía. Agustín le confesó que él se había venido a vivir con su madre después de que ella se enterara de que su esposo la había engañado con su secretaria. Los rumores, entonces, eran ciertos.

—Para mi vieja fue horrible. Medio mundo sabía que mi papá le metía los cuernos hacía meses. Solo faltaba que se enterara ella. Nosotros. —Hizo una breve pausa. Fuera comenzaba a oscurecer—. Ahora están conviviendo. Quizá en las vacaciones de invierno los vaya a visitar.

Aquello llamó la atención de Nico.

—¿No le guardás rencor? Digo, por lo que le hizo a tu mamá.

Agustín dudó unos segundos. Se había puesto cómodo sobre el escritorio, con el mentón sobre el antebrazo. Sin cambiar de posición, se encogió apenas de hombros.

—No apruebo lo que hizo. Tendría que haber sido sincero con mi vieja desde el principio, sí. Pero a veces uno no actúa de la manera que sabe que debería actuar. Y no siempre lo hace con malas intenciones. —Se produjo un breve silencio—. Además, sigue siendo mi viejo. No lo voy a dejar de querer de la noche a la mañana.

Nico apartó la mirada. Pese a que tenía la vista fija en la pantalla de la *notebook*, sus dedos permanecieron quietos sobre las teclas. Agustín se permitió darle un empujoncito con la rodilla para llamarle la atención. Entonces, tras un largo suspiro, Nico decidió comentarle la historia de infidelidad de su propio padre. En cierto punto le resultaba un alivio encontrar a alguien que realmente pudiera entender lo que estaba atravesando. Había hablado del tema con Constanza, sí, pero compartirlo con Agustín se sentía diferente.

—¿Tu amigo se queda a comer? —Ricardo tomó a su hijo desprevenido al bajar las escaleras, cuando Nico acompañaba a Agustín a la salida. El hombre iba vestido con elegancia y se estaba acomodando el reloj en la muñeca—. Con tu madre y tu tía salimos a cenar con unos colegas —continuó—. Hay plata en la mesada de la cocina, por si se quieren pedir algo.

Dubitativo, Nico volteó a ver a Agustín. Por supuesto que quería que se quedara a comer. Quería seguir charlando con él, quería pasar más tiempo juntos. Pero ¿era prudente hacerlo, sobre todo sabiendo que se quedarían solos? Si al menos alguno de sus hermanos estuviera presente. Agustín se encogió de hombros. Para él, la respuesta era obvia. Pero, dadas las circunstancias, estaba dispuesto a dejar la decisión en manos de Nico.

—Supongo que podemos pedir unas pizzas.

Dos horas después, en la sala de los Anderson y con una caja de pizza de doble *mozzarella* vacía, Nico y Agustín se encontraron sentados en el sillón, viendo una película. Nico no dejaba de sorprenderse de lo fácil que le resultaba pasar tiempo con el chico, de lo fácil que era charlar con él y de la cantidad de cosas que tenían en común, aunque a simple vista no lo pareciera. Tenían un gusto muy similar para las películas y en ese momento veían la última de la saga *Scream*.

—No lo podía creer la primera vez que vi esta escena —le confesó al oído, en el momento en el que el verdadero asesino era revelado en la pantalla.

—Si te digo que yo me lo imaginaba, te miento —sonrió Nico, que había girado el rostro para observar lo compenetrado que se veía Agustín con la película.

Lo que sucedía en la pantalla dejó de ser importante. El corazón comenzó a latirle con más fuerza y, pese a que una vocecita en su interior no dejaba de repetir el nombre de su novia, Nico no le hizo caso. Hizo todo lo posible para que la mano no le temblara cuando le acarició la pierna al chico, que se había quitado las zapatillas y estaba sentado sobre el sillón como si estuviera a punto de meditar. Aquello bastó para llamar su atención.

—Pensé que... —murmuró Agustín, mientras lo observaba.

—¿Me vas a recordar que tengo novia o me vas a besar?

No hizo falta que Nico lo repitiera dos veces. Agustín lo tomó del rostro y buscó sus labios casi con desesperación. Se perdió en la ligera aspereza de su mentón y disfrutó el aroma de su perfume como si fuese una droga. Había soñado despierto con la oportunidad de volver a besarlo durante todo el día, aunque había creído que no ocurriría, no después de lo que había dicho Nico respecto a su novia. Pese a que quería saber qué lo había hecho cambiar de opinión, fue lo suficientemente inteligente como para no preguntar.

Por un momento, pensó que todo quedaría ahí, en un par de besos fogosos y en el roce de sus entrepiernas por sobre la ropa. Por eso, Agustín no pudo evitar sorprenderse gratamente cuando Nico se apartó unos centímetros para quitarse la camiseta. Soltó un breve jadeo, consciente de lo que eso podía llegar a significar. Si los besos y el roce del cuerpo de Nico lo habían excitado, ver el torso desnudo del chico hizo que la tensión en sus pantalones se volviera insoportable.

—¿Estás seguro? —le preguntó, consciente de que podía llegar a arrepentirse de hacerlo, cuando sintió las manos de Nico debajo de su ropa.

—Creo que es lo único de lo que estoy seguro en este momento.

Agustín volvió a la carga y sus labios se encontraron en otro beso frenético. El roce de sus pieles desnudas amenazaba con provocar un incendio. No tardaron mucho en subir corriendo las escaleras y despojarse del resto de las prendas. Cuando sus cuerpos se encontraron sobre la cama, completamente desnudos, Nico perdió noción del tiempo y del espacio. Todos sus nervios, sus inseguridades y sus miedos desaparecieron en el momento en que sus cuerpos se hicieron uno. Aquella era la primera vez que estaba con alguien y se sentía perfecto. Se sentía correcto.

IV

El profesor hizo sonar el silbato y el primer grupo se lanzó de cabeza al agua. Maximiliano Tobal no tardó en sacar ventaja. Claramente, el agua era su elemento. Se movía con una soltura y una velocidad inigualables. No cabía duda alguna de por qué era el capitán del equipo de natación. Lucas Torres, sin embargo, le pisaba los talones. Aquel día en particular parecía dispuesto a destronar a Maximiliano, aunque estaba lejos de conseguirlo. Max terminó la carrera con varios segundos de ventaja. Lucas llegó segundo y Guillermo Gándara fue el tercero. Natación era la única asignatura que compartían las tres divisiones.

—Torres.

El asistente del profesor se acercó al chico cuando salía del agua y se quitaba la gorra. Se sacudió el cabello rubio, sin importarle si salpicaba al hombre. A sus espaldas, el profesor volvió a sonar el silbato y un segundo grupo se lanzó al agua. Agustín Alessio y un chico de Ciencias Naturales iban cabeza a cabeza, aunque distaban de igualar el tiempo de Maximiliano.

—Profesor —asintió Lucas, mientras se quitaba las antiparras.

—¿Por qué no volvés a considerar formar parte del equipo de natación? Con un poco de entrenamiento, serías capaz de alcanzar todo tu potencial.

Lucas esbozó una sonrisa ladeada mientras apartaba la mirada durante unos segundos. El asistente del profesor de

Natación era un hombre de unos cuarenta años, alto y delgado, de rostro huesudo. Algunas chicas lo encontraban atractivo, aunque entre los estudiantes se corría la voz de que él jamás se fijaría en alguna de sus alumnas. No así en sus alumnos. A Lucas no le pasó desapercibida la mirada *disimulada* que el hombre le dirigió al *speedo* que llevaba puesto mientras le hablaba.

—Se lo agradezco, pero la natación no es lo mío. Prefiero quedarme como capitán del equipo de fútbol y nada más.

Le dio una palmada húmeda en el hombro antes de dirigirse hacia los vestuarios. El profesor les había anunciado, antes de comenzar con las carreras, que quienes acabaran podían marcharse. Lucas no tenía intención de quedarse a los costados de la piscina dando vueltas y observando los tiempos de sus compañeros, así que pronto se encontró en una de las duchas. Para cuando comenzó a llegar el resto, él ya estaba terminando de cambiarse. Saludó a Nico con un leve asentimiento de cabeza y abandonó el vestuario.

Con el bolso al hombro, de camino a la salida del complejo de natación que quedaba detrás del William Shakespeare, Lucas soltó un bostezo. Eran cerca de las cuatro de la tarde y tenía sueño. Los días que tenía natación no tenía práctica con el equipo de fútbol, así que podía limitarse a llegar a su casa, subir a su cuarto y poner algún video porno para relajarse antes de dormir un par de horas.

Abrió la puerta del auto y tiró el bolso sobre el asiento del acompañante. Celeste, que asistía a Natación una hora antes que él, había tenido el buen gesto de dejarle el auto solo porque había conseguido que una de sus amigas la llevara. Max le había preguntado esa mañana, antes de la última clase, si no quería esperarlo para que fueran a tomar algo juntos, pero ella había utilizado un trabajo atrasado como excusa. Puras mentiras. Celeste solo estaba retrasando lo inevitable: terminaría con Max y el pobre no tenía la menor idea de lo que se le avecinaba.

Lucas ya había intentado hacer entrar en razón a su hermana. Era verdad que él no estaba en posición de juzgar cómo se manejaba su melliza con las relaciones personales, aunque seguía firme en su postura de que lo suyo era diferente. Él no jugaba con las personas de la manera en que Celeste lo estaba haciendo, pero su hermana no quería escucharlo. Si no la quisiera tanto le diría él mismo a Max que su hermana se acostaba con el profesor de Geografía.

Cerró la puerta del auto y acomodó el espejo retrovisor. Oyó el tono de su teléfono celular justo antes de arrancar. Durante un segundo consideró ignorar la llamada. Sin embargo, se inclinó sobre el asiento del acompañante y sacó el aparato de uno de los bolsillos del bolso. El número era desconocido, pero atendió de todos modos. Lucas estaba acostumbrado a esa clase de llamadas. Más de lo que debería.

—Habla Lucas.

—*Luquitas. ¿Cómo estás, pendejo?*

La voz ronca al otro lado de la línea le sonó ligeramente conocida. No fue sino hasta que el hombre pronunció un par de palabras más que Lucas se dio cuenta de que se trataba de uno de los organizadores de las partidas clandestinas a las que solía asistir. Se sintió algo sorprendido por recibir el llamado. Después de todo, no debía dinero de la última vez que había jugado. Y cuando lo llamaban, era generalmente esa la razón.

—¿Ahora? —preguntó, con una ceja enarcada.

—¿Qué pasa? ¿Tenés tarea? —se rio el tipo—. *Es una reunión de último momento, bastante exclusiva. Con los buenos. Los que tienen las pelotas bien puestas. ¿Vos tenés las pelotas bien puestas, Luquitas?*

A Lucas no hacía falta que le tocaran el orgullo para aceptar.

Fue así como su plan de volver a casa a hacerse una paja y echarse una siesta quedó relegado. En lugar de dirigir el auto hacia su hogar, abandonó Campos de Edén rumbo a un lugar mucho menos pintoresco. A esas alturas, se podía decir que el chico se conocía la mayoría de los bares de mala muerte de la ciudad donde se realizaban negocios turbios y juegos clandestinos. A sus dieciséis años, Lucas tenía mucha más calle que el noventa y nueve por ciento de sus compañeros. Haber crecido en cuna de oro, en un barrio privado en las afueras de la ciudad, no había impedido que se codeara con gente de reputación muy poco recomendable.

En aquella ocasión, sin embargo, el lugar escogido para el juego clandestino no era un bar de mala muerte. Pero, incluso a plena luz del día, el lugar daba muy mala espina. Parecía un depósito abandonado a mitad de una calle desolada. En una esquina se acumulaban dos autos viejos, con los vidrios rotos y sin ruedas. Lucas dudó unos segundos antes de bajarse de su vehículo y buscar el número pintado con aerosol rojo en la puerta de chapa del galpón. Golpeó dos veces. Lo atendió un tipo alto como un ropero, con la cabeza rapada al ras y un tatuaje en el cuello. Incluso antes de ingresar, Lucas supo que aquello era una mala idea.

Debería haber escuchado sus instintos.

Tres días después, Lucas se encontraba en la cocina de su casa, hablando por teléfono a regañadientes con uno de los organizadores de la partida de póker clandestino. Había recibido un *recordatorio* el viernes por la noche y otro el sábado por la tarde. Esa seguidilla de llamadas comenzaba a molestarle, aunque entendía a la perfección la preocupación de quien tenía que recolectar el dinero: era una suma importante.

Se tragó un suspiro cargado de cansancio mientras el hombre al otro lado de la línea le explicaba, con tono aparentemente calmo, que aquello no era personal, que era simplemente el método que tenían de asegurarse de que cada uno fuera pagando su parte. Algunas personas, le explicó, tendían a tener muy mala memoria y se *olvidaban* de sus deudas.

—*Ya sabés, flaco. Cosas que pasan.* —Lo que menos quería él era que algo le sucediera a Lucas. Porque cuando los deudores se olvidaban de pagar, entonces otras cosas sucedían. Cosas malas—. *Sería terrible que, si te olvidás de tu parte, un día alguien entre a tu casa y... no sé, rompa todo. O que tu viejo te encuentre con las piernas rotas en la vereda de... ¿cuál era el número de tu calle? ¿1148?*

Lucas se quedó en completo silencio, aguantando la respiración. Había sido muy cuidadoso el jueves y, al regresar a Campos de Edén, se había asegurado de que nadie lo estuviera siguiendo. Hasta había dado un par de vueltas por el barrio sin dejar de observar el espejo retrovisor. Uno nunca podía ser demasiado cuidadoso con ese tipo de asuntos, sobre todo en el ámbito en el que se movía. Así y todo, aquellos tipos sabían su dirección.

—*¡Te me quedaste sin palabras, tigre! No te preocupes, que no te vamos a hacer nada, siempre y cuando pagues a tiempo. Por eso te lo estoy recordando todos los días, para que no te olvides y el Turco no te tenga que romper nada* —se rio—. *Ah, por cierto.*

Dice el Turco que le queda muy lindo el chalequito amarillo a tu hermana. Saludala de nuestra parte.

El hombre al otro lado de la línea cortó y Lucas escuchó el sonido de la puerta delantera cerrarse. Con el celular todavía en la mano, abandonó precipitadamente la cocina y alcanzó a encontrarse con su hermana, que iba hacia las escaleras. Llevaba una falda negra, una camisa blanca y, por encima, un chaleco amarillo. Lucas perdió todo el color del rostro. Su cara de pánico fue tal que a Celeste no le pasó desapercibida.

—¿Lu? —preguntó, con el ceño fruncido, a mitad de las escaleras.

Lucas no le respondió, sino que abandonó la casa. Corrió hasta la vereda como si su vida dependiera de ello y observó en todas direcciones. Fue en una esquina que divisó un auto negro. No alcanzó a ver quién se sentaba en el asiento del conductor o del acompañante, porque en cuanto divisó la presencia del vehículo, este arrancó. Con el corazón latiéndole a mil por hora, Lucas maldijo por lo bajo. Una cosa era que se metieran con él. Otra muy diferente era que se metieran con su hermana.

Encima, si habían tenido el coraje de ir hasta Campos de Edén y pasar por seguridad, entonces eran capaces de cualquier cosa. Se pasó una mano por el cabello rubio mientras regresaba, abatido, hacia el interior de la casa. Celeste lo esperaba en el porche, preocupada.

Su hermana se había marchado un par de horas atrás a una cita con Maximiliano. La última. De una buena vez, Celeste había encontrado el coraje para decirle a Max la verdad, o al menos parte de ella: que no estaba interesada en él de la misma forma que él en ella. En otras circunstancias, las cosas habrían sido diferentes. Celeste, quizá, podría haberse fijado en

Maximiliano. Podría haberle correspondido. Pero con Dante en el medio era imposible pensar en nadie más.

—Lu, ¿estás bien? Estás pálido.

—No pasa nada.

Sin embargo, Celeste no se lo dejó pasar. Lo tomó del brazo y tiró de él para impedirle que ingresara a la casa. Buscó su mirada, pero su hermano estaba empecinado en observar hacia cualquier otro lado que no fuera el rostro de su melliza.

—Lucas, a mí no me podés mentir. Ni hace falta que lo hagas. ¿Qué pasa?

Cuando el chico alzó la mirada, Celeste sintió como si hubieran retrocedido en el tiempo, como si de repente tuvieran siete años y ella estuviera esperando que Lucas confesara alguna travesura. Siempre ponía el mismo rostro lleno de culpa cuando sabía que se había metido en algo mucho más grande de lo que podía manejar, como un niño pequeño al que sus padres están a punto de regañar.

—Debo plata, Ce.

Se produjo un breve silencio. Ella se remojó los labios pintados con un labial *nude*.

—¿Cuánta plata, Lucas?

—Mucha.

—¿Cuánta?

Lucas forzó una sonrisa y puso la lengua entre los dientes en un acto reflejo. Apartó un segundo la mirada antes de buscar los ojos verdes de su hermana.

—Quince mil...

Celeste soltó todo el aire contenido.

—Por un momento pensé que...

—...dólares. Quince mil dólares, Ce.

V

La cafetería favorita de Campos de Edén estaba bastante concurrida aquella tarde de domingo. Demasiado, para gusto de Nico. Prácticamente todas las mesas estaban ocupadas dentro de Heaven, lo que hacía que fuera un verdadero desafío hablar en paz. Sobre todo, de temas sensibles. De haber sabido que el lugar atraería tanta gente, Nico hubiese elegido otro punto de encuentro para compartir la merienda en compañía de su mejor amiga.

Constanza, que estaba sentada frente al chico, llevaba el cabello castaño rojizo atado en una coleta suelta. Había notado hacía ya un buen rato que su amigo se comportaba raro. Había percibido el mismo clima del día en que Nico le había contado que le gustaban los chicos, lo que significaba que, muy probablemente, la esperaba otra confesión. Aunque la curiosidad la comía por dentro, no se precipitó y aguardó en silencio el momento en el que su amigo decidiera hablar.

Pero le costaba más y más con cada segundo que pasaba, sobre todo ahora que había comprobado que, efectivamente, Martín no se les uniría. Aquello la hacía sospechar que, lo que fuera que Nico tuviera para decirle, se relacionaba con su redescubierta sexualidad. De lo contrario, habría invitado al chico también. Aunque claro, cabía la posibilidad de que en realidad Nico hubiera invitado a Martín y él no hubiera podido asistir por estar ocupado con otros asuntos. Y por «otros asuntos», Constanza se refería a Brenda Soriano.

—Coti. —Nicolás le llamó la atención. Ahora era ella la que parecía distraída, con la mirada perdida en las flores del cantero que tenían a un costado, junto a la ventana que daba a la calle—. ¿Vas a querer algo más?

Fue entonces que Constanza se dio cuenta de que, delante de ella, tenía el batido de chocolate y la porción de torta que había pedido minutos atrás y que Mónica esperaba, con una sonrisa, a que le indicaran si acaso querrían algo más. Negó con la cabeza y su compañera se marchó de regreso al mostrador de la cafetería. Nico pinchó la porción de torta de chocolate que se había pedido y se llevó un trozo a la boca antes de observar a su amiga con curiosidad.

—¿Qué? —le preguntó ella, con el ceño fruncido.

Él se encogió de hombros.

—Nada, que de repente te distrajiste.

Constanza se obligó a hacer silencio. Su primera reacción había sido decirle que no era ella la que escondía algo. Pero se mordió la lengua, porque mostrarse a la defensiva dejaría entrever que sí le sucedía algo. Y antes muerta que aceptar que la relación de Martín y Brenda no le agradaba ni un poquito. No lo habían hecho oficial, Martín ni siquiera se los había contado a ellos —o no a ella, al menos—, pero era bastante obvio. Llevaban al menos una semana juntos.

—Nada importante —desestimó. Le dio un sorbo a su batido antes de observar a Nico de reojo. Quizá fuera hora de dejar de poner en práctica una paciencia de acero—. ¿Agustín no trabaja hoy?

—No trabaja los fines de semana —respondió Nico de manera automática.

Apartó la mirada.

«Entonces sí tiene que ver con Agustín», pensó Constanza. Pero ¿qué?

Tras un incómodo momento de silencio, Nicolás soltó un suspiro largo.

—Te tengo que contar algo.

—*No shit, Sherlock.*

Pero nada la habría preparado para lo que escuchó a continuación. O, más bien, para lo que Nico le dio a entender después de varias idas y vueltas, sin animarse a poner en palabras lo que había sucedido entre Agustín y él, aunque fuera algo tan natural.

Durante varios segundos, no supo cómo reaccionar. Ella era virgen, así que no tenía idea de cómo era aquella experiencia, solo se lo podía imaginar por las series y películas que había visto y las escasas novelas de romance que había leído. Porque Nico no haría mucho más que aceptar que se había acostado con Agustín Alessio. Ni en un millón de años iba a relatarle los pormenores de su primera experiencia sexual. No estaba en esa etapa todavía, no se sentía cómodo hablando de ello. Y Constanza no tenía ningún problema en aceptarlo.

—¿Felicitaciones, supongo? —Se animó a sonreír, divertida, pasada la conmoción inicial—. No sabía que te gustaba tanto, Nico. ¿Estás...?

—Ni se te ocurra decirlo.

Nico no quería ni pensar en la palabra con "E". Pero temía que esa fuese la realidad, que en algún punto del camino hubiera terminado enamorándose. ¿Era porque le parecía increíblemente atractivo? ¿O porque era el primer chico al que se acercaba de aquella manera? Quizá era porque tenían muchísimas cosas en común, porque hablar con él era demasiado fácil y porque incluso la más tierna de sus caricias lo hacía estremecerse por completo.

—No lo digo. —Constanza se encogió de hombros. Nico la escrutó con la mirada y supo que se estaba mordiendo la lengua.

—¿Pero?

—Pero... —Su amiga dudó. Se mordió el labio inferior y apartó la mirada—. ¿Qué vas a hacer con Carolina?

Esta vez fue el turno de Nico de apartar la mirada, ligeramente avergonzado.

—Ya sé que tengo que hablar con ella. Solo... No sé, no parezco ser capaz de encontrar el momento adecuado.

—Supongo que no debe ser fácil —aceptó Constanza, asintiendo apenas. Volvió a dudar—. Es solo que pensé que, dadas las circunstancias, querrías hablar con ella cuanto antes, aclarar las cosas...

—¿Qué circunstancias?

Constanza se removió incómoda en su asiento y, aunque sabía que caminaba sobre una capa de hielo finísima, no se detuvo.

—Lo de tu viejo... Considerando cómo reaccionaste cuando te enteraste de su infidelidad, pensé que no ibas a querer...

—¡¿Me estás comparando con mi viejo?! —le preguntó, airado, pese a que estaba tratando de controlar el tono.

—No te enojes, Nico. Es que...

—Son dos cosas totalmente diferentes, Constanza. Totalmente diferentes. No hay punto de comparación.

Nico estaba visiblemente alterado e incluso había levantado un poco la voz. Al darse cuenta de que dos chicas que estaban cerca comenzaban a mostrar interés en ellos, decidió respirar profundo y calmarse un poco.

Se sentía indignado por la acusación de Constanza, quizá porque en el fondo sabía que tenía algo de razón. Salvando las distancias, estaba repitiendo la misma conducta que tanto le había reprochado a su padre. ¿Qué tan hipócrita se podía ser?

Pese a que Coti se disculpó por haberse pasado de la raya, fue difícil retomar una conversación normal tras aquel exabrupto. Los dos amigos terminaron la merienda y se marcharon tras una despedida un tanto fría. Nico sabía que el enojo se le pasaría en menos de veinticuatro horas. Luego sería él quien cruzaría la calle, golpearía la puerta de los Maldonado y acabaría disculpándose con su amiga. Pero necesitaba esas primeras horas de enojo para procesar la verdad descubierta: de repente era él el protagonista de una infidelidad.

Con aquel pensamiento taladrándole la cabeza, Nico regresó a su casa mucho antes de lo planeado. Pensó en escribirle a Martín. Quizá pasar un par de horas con su mejor amigo jugando a los videojuegos pudiera borrarle aquel trago amargo, pero debía de estar con Brenda. Nico decidió no presionarlo al respecto. Al igual que él, hablaría sobre el tema cuando estuviera listo.

Nicolás acabó regresando a su casa sin más. Guardó el auto en la cochera y subió directo a su cuarto. Se quitó las zapatillas, se tiró en la cama y se quedó observando el techo en silencio. Giró sobre sí mismo y sus ojos se encontraron con la fotografía que descansaba en la mesa de noche, la fotografía de aquella tarde de verano que había pasado con los Torres y conmigo muchos años atrás. Sonrió. A veces solo deseaba que las cosas pudieran volver a ser como antes, más simples.

Se preguntó qué estarían haciendo los mellizos en aquel momento. En el pasado habría recurrido a uno de ellos dos si acaso necesitaba despejarse. Lucas y Celeste siempre habían sido sus mejores amigos, sus confidentes. Hubo un momento en el que creyó que jamás tendría que ocultarles algo. Sin embargo, allí estaba. Ninguno de los dos sabía nada de su historia con Agustín y no estaba seguro de cómo hablarles de eso.

Suspiró. Así como él les ocultaba cosas, ¿qué le estarían ocultando ellos? Enterarse de lo de Lucas conmigo había sido una sorpresa. ¿Cuántas más debía esperar?

Pensando en ello, se quedó dormido. No fue sino hasta un par de horas después, cuando ya era de noche, que Nico volvió a abrir los ojos. Su cuarto estaba a oscuras. Por la ventana se colaba la luz de las farolas de la calle. De la luna no había rastro alguno, estaba completamente nublado. Se incorporó apenas sobre su cama y buscó su celular para ver la hora. Eran pasadas las nueve.

Se dio cuenta, además, de que tenía un par de mensajes y una llamada perdida. Se refregó los ojos y se apartó un mechón de cabello del rostro antes de comenzar a revisar los mensajes. Había dejado el celular en silencio, por eso no había escuchado nada. En más de una ocasión su madre lo había reprendido por aquella mala costumbre. ¿Y si ocurría alguna emergencia y él no atendía solo por tener el teléfono en modo silencio?

Uno de los mensajes era de su padre, que quería saber si estaba en la casa o si seguía con Constanza. El otro era de Carolina, que le preguntaba si quería ir al cine esa noche con ella. La llamada perdida también era suya. Eso solo logró que Nico se sintiera aun peor. Dejó el celular otra vez sobre la mesita y se dejó caer sobre la cama. Se llevó ambas manos al rostro. Tenía que cortar con Carolina de una buena vez, sin importar qué tan difícil le resultara hacerlo. No se merecía que le siguiera mintiendo de aquella manera. Que la siguiera engañando.

Volvió a tomar el teléfono; quizá no fuera demasiado tarde como para reunirse con ella. Quizá esa fuera la noche en la que le pondría un punto final a su relación. Estaba por comenzar a escribirle cuando oyó unas risitas provenir de las escaleras. No había cerrado del todo la puerta de su habitación, así que el murmullo fue perfectamente audible. Con el ceño fruncido y una cuota de curiosidad, se levantó a espiar.

¿Sería Sebastián con alguna chica? Quizá su hermano por fin hubiera sido capaz de superar mi muerte. O podía ser Valeria y algún chico, aunque Nico no recordaba que su hermana se hubiera animado a llevar nunca a nadie a la casa, ni siquiera a algún amigo. Su padre podía resultar muy intimidante para cualquier posible pretendiente de su hija mayor. Y con justa razón.

—No pasa nada, no hay nadie.

Era la voz de su padre. Nico supuso que estaba con su madre y que pensaban que tenían la casa para ellos solos. Dispuesto a evitarse cualquier trauma, pensó en cerrar la puerta, ponerse los auriculares para escuchar música y quedarse dormido.

Antes de que pudiera cerrar la puerta por completo, sin embargo, Nico vio que la luz del cuarto de sus padres se prendía. Y que la mujer que estaba abrazada a Ricardo no era su madre. Era su tía, Aldana.

VI

—Te dije que tuvieras cuidado.

Max frunció el ceño. No comprendía a qué se refería Lucas.

—¿Con qué cosa?

—Con mi hermana, Max. Te dije que tuvieras cuidado... —agregó su amigo, antes de volver a prestarle atención a la profesora de Matemática.

Desde que Celeste había terminado su relación con Maximiliano, el chico no lo estaba pasando para nada bien. En dos semanas había disminuido el rendimiento en el equipo de natación y había desaprobado dos exámenes. Max era consciente de que no podía dejar que su vida se viniera abajo solo porque la chica que le gustaba no lo veía de la misma manera, pero compartir clases con ella todos los días tampoco era de mucha ayuda.

Lucas había intentado animar a su mejor amigo, pero sin éxito. Quizá porque los medios no habían sido los adecuados. Después de todo, Max no era el tipo de chico que se olvidaba de un romance fallido con alcohol, marihuana y un par de chicas desnudas. Si bien era capaz, de vez en cuando, de acoplarse al tipo de diversión que disfrutaban sus amigos, la verdad era que en asuntos como ese no podía dejarse llevar. Su proceso era otro. A Lucas lo mataba no poder ser capaz de hacer algo al respecto.

Soltó un largo suspiro y apartó la mirada de Max, que volvía a concentrarse en la explicación de la profesora de Matemática, que escribía una fórmula en la pizarra. A la mujer le gustaba mucho utilizar la pizarra y no se valía tanto de la tecnología que tenía a su disposición como muchos de sus colegas, que preferían proyectar presentaciones o compartir archivos a sus estudiantes y limitarse a leerlos en voz alta.

Para Lucas, no poder ayudar a uno de sus amigos cuando en verdad lo necesitaba era una tortura. Se sentía inútil. Lo peor de todo, en aquella ocasión, era que la persona culpable del malestar de Max no era otra que su hermana. La relación entre los dos se había vuelto tensa durante los últimos días, aunque ambos sabían a la perfección que todo volvería a la normalidad tarde o temprano. No había nada que pudiera separar a los mellizos Torres.

Cuando sonó el timbre que indicaba el final de la última clase del día, Celeste no se apresuró a recoger sus cosas para darle alcance a su hermano. Había quedado en ir a almorzar con Johanna y Paulina. Ahora que estaba distanciada de Florencia, había decidido incorporar a alguien más a su selecto grupo. Necesitaba a una tercera persona para evitar que Joy le secara la cabeza y había encontrado en Paulina a la candidata perfecta. Parecía insulsa a simple vista, pero le gustaban los chismes, así que podían asegurarse de que se mantendrían bien informadas con la chica a su lado. Además, había muchos aspectos de su apariencia que se podían mejorar. Sería su pequeño proyecto.

Y es que necesitaba algo con lo que distraerse para evitar sentirse tan culpable por lo mal que Maximiliano lo estaba pasando. Si bien el chico la seguía saludando en los pasillos como si nada y buscaba evitarla menos de lo que ella hubiera esperado, Celeste sentía un vacío horrible en el pecho cada vez que veía cómo la miraba. Era fácil percibir lo mucho que lo había lastimado al hacerle creer que sentía algo por él.

Se colgó el bolso al hombro y salió del aula. Se abrió paso entre los estudiantes de los diferentes años hasta llegar a la puerta principal, donde la recibió la brisa de mediados de mayo. Celeste se acomodó el cabello rubio hacia un costado y avanzó por el patio delantero hasta un banco blanco que se encontraba frente a unos hermosos rosales. Con Joy y Florencia solían sentarse a charlar ahí mientras veían pasar a sus compañeros uno por uno. Nunca faltaban las críticas y los chismes.

Mientras sacaba su celular vio de reojo a Dante, que iba en dirección al estacionamiento. Desde que se habían reconciliado intentaba mantener las distancias, consciente de que Florencia seguía llena de sospechas y de que Melisa controlaba a su esposo más de lo acostumbrado. Además, ahora que ya no estaba con Maximiliano no tenía coartada. Pero ¿importaba? Si Dante dejaba a su esposa pronto... Aunque seguiría siendo su profesor. Eso no cambiaría hasta dentro de un par de meses, cuando volviera la profesora titular o, al menos, la reemplazante original.

—¿Ni siquiera un saludito a lo lejos?

Celeste dio un respingo al escuchar la voz de Florencia. No la había visto llegar, ya que se había acercado por la espalda, como la víbora rastrera que era. Sin esperar invitación, la chica se sentó junto a ella. Cruzó las piernas con aparente delicadeza y se observó las uñas con fingido desinterés. Celeste se concentró en su celular, aunque no dejaba de preguntarse cómo, en algún momento, podría haber considerado a Florencia su amiga. O cuándo la Florencia manipulable que conocía se había convertido en esa arpía que ahora tenía sentada al lado.

Cría cuervos...

—Sos como un perro con un hueso viejo, Florencia. Mordisqueá todo lo que quieras, no vas a encontrar nada.

Florencia soltó una risita falsa.

—Ay, Celeste, dale. Podés engañar a todo el mundo, o creer que lo hacés, pero es increíblemente obvio que entre vos y Blas pasa algo.

—Estás obsesionada, *honey*. Yo que vos lo hablaría en terapia.

Celeste se puso de pie, dispuesta a encontrar otro lugar en el que esperar a sus amigas, cuando Florencia dijo algo que la dejó de piedra.

—Daniela también sabía lo de vos y Blas.

Se giró sobre sus talones para exigir una explicación, incluso aunque aquello confirmaría las sospechas de Florencia. Pero no podía quedarse con la duda. ¿De dónde había sacado que yo sabía algo? ¿Acaso había traicionado su confianza y repartido el chisme por ahí? No precisamente, Celeste. Sé guardar secretos. Casi.

—¿De qué hablás?

—Que Daniela sabía lo de vos y Dante Blas, Celeste.

—Estás diciendo cualquier cosa.

—¿En serio? —Florencia enarcó las cejas y sonrió, venenosa, mientras se ponía de pie—. Porque el artículo que escribió para el periódico escolar parecía insinuar justo eso, ¿eh?

Celeste se mostró confundida. Al igual que Nicolás, ella tampoco tenía idea de que alguna vez me había interesado formar parte del periódico escolar, de que me había acercado a Mónica y todo ese grupito de *nerds* y que, de hecho, me había sacado una foto con ellos. Por supuesto que nunca nadie se enteró de nada, porque el primer artículo que escribí cuando quise incorporarme no pasó la revisión de la directora. «Romance prohibido entre alumna y profesor» gritaba escándalo y denuncias por parte de los padres a los cuatro vientos.

—Desde que empezaste a excluirme tuve que empezar a juntarme con otra gente. ¿Y quién diría que, de entre todas las personas, la rarita de Mónica Ruiz Oliva tenía la data que necesitaba? —preguntó, antes de sacar su teléfono celular, desbloquear la pantalla y comenzar a leer el artículo que alguna vez escribí—. «Muchas más cosas de las que uno se imagina pasan en los pasillos del William Shakespeare. Quien crea que entre los estudiantes solo hay reclamos de tareas prestadas o útiles perdidos, está equivocado. Pero quizá no sean los dramas entre los estudiantes los que más revuelo puedan llegar a generar, sino los que existen entre una alumna y cierto profesor...».

—Te lo estás inventando todo. Daniela jamás escribiría algo así.

Excepto que sí lo hice, lo escribí. No recuerdo por qué pensé que redactar una nota sobre un romance entre una estudiante y un profesor, para la nueva columna de *Rumores de pasillo en el William Shakespeare*, era una buena idea. Solo recuerdo que a Mónica le entusiasmó el concepto y me dio luz verde, sin saber con seguridad cuál sería la primera publicación. Cuando la directora Lobos tuvo en sus manos el prototipo de la primera tirada, puso el grito en el cielo. Yo, indignada, decidí apartarme por completo del periódico. No toleraría que mermaran mi libertad de expresión de esa manera.

Aunque, inconscientemente, en aquel momento me sentí aliviada. En el fondo sabía que un artículo como ese no solo sería un escándalo, sino que pondría a Celeste en evidencia.

Celeste, quien se suponía que era mi amiga, pero con quien competía todo el tiempo. Celeste, en quien se suponía que debía confiar, pero a quien no terminaba de entender la mayoría del tiempo.

Quizá no era ella la del problema, sino yo. Un día estaba dispuesta a revelar su secreto a todo el colegio, aunque no diera nombres, y al siguiente pretendía protegerla de lo que evidentemente era una relación tóxica.

—Las dos sabemos que no me estoy inventando nada. Daniela sabía la verdad.

—No tenés idea de lo que hablás, Florencia —le advirtió, todavía sin poder salir del asombro.

—Daniela sabía lo de vos y Dante —insistió la chica—. ¿Por fin iba a abrir la boca y por eso la mataron?

La mano de Celeste se estrelló contra la mejilla de Florencia antes de que terminara de procesar lo que su examiga había dicho. La joven se llevó una mano al rostro, entre sorprendida e indignada. Aunque, ¿qué esperaba después de haber acusado a Celeste de matar a su mejor amiga para encubrir un romance prohibido? ¿Un abrazo?

—Sos una mierda de persona, Florencia —sentenció Celeste. Le temblaba la voz.

El ruido de un par de tacos sobre la acera anunció la llegada de Joy, que había contemplado la escena a la distancia. Se acercó, preocupada, con Paulina pisándole los talones. Ignoró olímpicamente a Florencia y se paró frente a Celeste, para comprobar que su amiga estuviera bien. Su lealtad no tenía discusión y, desde que Florencia era *persona non grata* en su grupo, ella había acatado órdenes sin siquiera rechistar.

—Ce, ¿estás bien?

—De repente perdí el apetito. Disculpen, chicas —se dirigió también a Paulina que, con las dos colitas y un chupetín en la boca, parecía una niña que no entendía nada—. ¿Me llevás hasta mi casa, Joy?

—Obvio, corazón. Vamos.

Su amiga la tomó del brazo y se alejó sin siquiera mirar dos veces a Florencia, quien permaneció de piedra en su lugar, todavía digiriendo aquella cachetada. Se había pasado de la raya y le costaría caro.

VII

—Hablo en serio.

La observé detenidamente con una ceja enarcada. Sonaba convincente, sin lugar a duda, pero eso no significaba que no volviera a caer en los brazos de Dante. Conocía a Celeste demasiado bien como para darme cuenta de que lo que sentía por ese hombre iba más allá de un capricho adolescente. O quizá lo era. Un capricho. Uno que mi amiga no soltaría así como así.

Me encogí de hombros. Que Celeste tomara aquel gesto como le placiera. Podía retirarse, triunfante, y pensar que me había dado por vencida y que había decidido creer en su palabra. O podía quedarse allí en la cocina e intentar convencerme, alcohol de por medio. Al final, se decantó por la primera opción. Se irguió en toda su altura, giró sobre sus talones y se marchó hacia el corazón de la fiesta. Por supuesto, no volvió a buscar a Maximiliano. Aquello había sido un desliz de una noche, algo que no volvería a ocurrir. O eso creía ella.

Yo me quedé ahí en la cocina, pensativa. Mi relación con Celeste siempre había sido conflictiva. Mientras más crecíamos, más se complicaban las cosas entre nosotras. Aunque quizá eso aplicara a cualquier relación humana. A fin de cuentas, la vida parece mucho más fácil cuando uno es un niño. No es sino hasta que van pasando los años que uno nota los problemas que acarrea consigo la madurez.

No del todo convencida, saqué mi teléfono celular y busqué la fotografía que les había tomado a Celeste y Maximiliano minutos atrás. Se veía un poco movida, aunque se lograba distinguir quién era la chica rubia contra la pared, con los brazos alrededor de alguien más. A Max no era fácil reconocerlo porque estaba de espaldas y la iluminación no era buena. Pero no hacía falta que Dante conociera su identidad, ¿no?

Alguien entró a la cocina y yo me hice a un costado para poder enviar la fotografía en paz. Tenía el número de Dante entre mis contactos. Lo había conseguido con la certeza de que algún día lo necesitaría. Y ahí estaba, rindiendo sus frutos.

No eran números y fotografías lo único que me gustaba conservar. Los secretos también formaban parte de mi colección. Aunque no pareciera una persona de fiar, mucha gente tendía a compartir detalles de su vida conmigo, esos de los que no hablaban con nadie más. Yo los almacenaba en mi cabeza, consciente de que toda información era valiosa. O lo sería en algún momento.

Presioné *Enviar*.

Dante no tardó en responder. Me preguntó quién era y por qué le había enviado esa imagen. Me preguntó si era Celeste. Me preguntó qué pretendía con eso. No le respondí nada, por supuesto. Borré la foto, eliminé la conversación y bloqueé su número. Lo que fuera con tal de no dejar rastros.

Entonces, con una sonrisa, regresé a la fiesta. Misión cumplida.

I

Observé la hora en mi teléfono. Tenía tiempo de sobra para llegar a mi casa y dejar todo listo para recibir a Sebastián. Se suponía que no habría nadie; así que, luego de pasar el rato en el *jacuzzi*, podíamos subir a mi habitación y perdernos entre las sábanas. Sebastián tenía algo particular que me hacía temblar cada vez que estábamos juntos, aunque lo nuestro era solo físico.

 Avancé con cuidado por la vereda y casi tropiezo cuando uno de mis tacos se deslizó dentro de un pequeño bache. Consideré seriamente quitármelos y recorrer el resto del camino descalza, por más que fuese una imagen muy poco glamorosa. Fue mientras consideraba los pros y los contras que lo vi aparecer al dar vuelta la esquina, en sentido contrario.

 Abrí los ojos con sorpresa, pues no esperaba volver a verlo esa noche, mucho menos fuera de la fiesta. Sobre todo, después de cómo había acabado nuestra última conversación. Me erguí para aparentar sobriedad mientras retomaba el paso y me olvidaba por completo del dilema de mis zapatos. Él ya me había visto y el simple hecho de que no hubiese cruzado de vereda era una buena señal.

—Nico. Pensé que te habías vuelto a tu casa.

 La residencia de los Anderson quedaba en la dirección contraria, así que resultaba evidente que iba hacia otro lado.

—Fui a acompañar a Carolina a su casa.

Por «acompañar» se refería a que prácticamente había arrastrado a su novia hasta la casa. No pude evitar preguntarme si Carolina había tomado tanto por decisión propia o por ver a su novio coqueteando con otro chico. Aunque quizá había sido yo la única que se había dado cuenta de aquel detalle…

—Nico, esperá. —Lo tomé del brazo e intenté detener a quien alguna vez había sido mi amigo. Era difícil saber dónde estábamos parados en ese momento. Me rodeó para seguir de largo—. Quería pedirte disculpas por lo que pasó más temprano, en la fiesta.

—Guardate las disculpas falsas, Daniela —suspiró.

—¡No son disculpas falsas! En serio, me siento fatal —insistí. Sin darme cuenta de lo que decía, agregué—: Solo quería asegurarme de que lo de Rebeca quedaba entre nosotros, nada más…

Nicolás soltó una risita cargada de incredulidad. Alzó la mirada hacia el cielo durante un momento antes de volver a posarla en mí.

—Es increíble que lo único que te importe es que no se sepa la verdad. ¿No tenés ni un poquito de remordimiento, Daniela?

—A ver, Nico. Pará un poco. Porque no fui yo la que tuvo la culpa de lo que le pasó a la chica.

—Yo quería decir la verdad, Daniela —me interrumpió, acalorado—. Fuiste vos la que nos obligó a callar.

—Yo no te obligué a nada, corazón. Vos cerraste el pico porque sabías que era lo que te convenía. Si ahora se te ocurre hablar, para limpiar tu conciencia o lo que sea, yo te juro que me voy a lavar las manos por completo. Y no te sorprendas si los mellizos hacen lo mismo.

II

Sucedió una noche de septiembre. Efraín y Lucía Torres habían salido a cenar con algunos colegas y los mellizos organizaron una pijamada con sus dos mejores amigos: Nicolás y yo. No me cabe la menor duda de que era un último intento de recuperar la amistad de Nico, que parecía estar diluyéndose a una velocidad inigualable.

Desde que había comenzado a juntarse con Constanza Maldonado y Martín Toledo, Nico pasaba cada vez menos tiempo con nosotros. A mí me importaba, por supuesto, porque era mi amigo; pero, evidentemente, no me afectaba tanto como a los mellizos. Lucas y Celeste extrañaban tanto su compañía que, en lugar de salir a bailar, esa noche habían organizado aquella juntada *tranquila*.

Su intento podría haber dado resultado de no ser por una pequeña complicación: Rebeca Prats.

Rebeca era prima de los mellizos Torres por parte de su madre. Alta, delgada y de rostro pálido, físicamente tenía muy pocas cosas en común con sus primos, lo que se traducía en que no era tan atractiva como ellos. Así y todo, no era desairada en lo absoluto. De hecho, en alguna ocasión había mencionado que uno de los amigos de su madre, que era fotógrafo, le había ofrecido modelar. Nunca estuve segura de si debía creerle o no.

Aquella noche, Rebeca llegó de improviso. Una visita sorpresa. Pero como a nadie le caía mal, no hubo problema. Ninguno se imaginó en ese momento lo que pasaría horas después, luego de cenar y subir al cuarto de Lucas ante la insistencia de los dos varones, que querían jugar a los videojuegos.

Nico y Lucas estaban tan compenetrados en su juego de lucha que con Celeste y Rebeca consideramos dejarlos solos e irnos al otro cuarto a hacer de las nuestras. El plan era maquillarnos un poco, hablar de chicos, escuchar música. Aunque fuese aburrido, no tenía un plan mejor.

Pero a Rebeca se le ocurrió algo mucho más interesante. El origen de todos nuestros problemas.

—¿Y si jugamos verdad-consecuencia? —propuso, con un tono de voz que no prometía nada bueno.

Los cuatro nos miramos. No sería la primera vez que jugábamos a algo semejante y, justo por eso, sabíamos el camino que podía tomar aquel juego. Era inocente en manos de niños pequeños, pero podía volverse un arma de doble filo entre adolescentes. Sin embargo, como la mayoría del grupo estaba emparentado, no creí que las consecuencias fueran a pasar de alguna llamada telefónica estúpida o ponernos en ridículo.

Nico era el que menos convencido estaba de los cinco, aunque bastó con que Rebeca le preguntara a qué le tenía miedo para que el chico acabara aceptando. No quería ser, además, el que arruinara la diversión del resto al negarse a algo tan tonto. Fue así como nos ubicamos en el piso junto a la cama de Lucas, con una botella de gaseosa y un par de *snacks* que Celeste había traído de la cocina. A solo algunos minutos de la medianoche, no teníamos mucho tiempo hasta que los padres de los mellizos regresaran y separaran a los varones de las mujeres.

—Lucas, ¿verdad o consecuencia?

Fue Rebeca quien tomó la posta, mientras se llevaba un dorito a la boca.

—Verdad —respondió él, con aire desafiante.

—¿Es verdad que te gustaba Johanna?

Lucas enarcó una ceja. La perspectiva de que el juego girara en torno a quién le gustaba a cada uno no lo entusiasmaba.

—¿Así va a ser todo el juego?

—Ay, nene, recién empezamos. Respondé.

Lo negó. Johanna no le parecía fea, pero no le gustaba. A Lucas no le gustaba nadie, no realmente. Aunque las amigas de su hermana o sus compañeras de colegio le podían resultar atractivas, ninguna le *gustaba*. Para él, el verbo *gustar* implicaba mucho más que una mera atracción física. Nadie que no lo conociera en profundidad sería capaz de adivinar algo semejante. La mayoría de las personas tendían a pensar que era demasiado unidimensional.

El juego continuó su curso. En cuestión de pocos minutos, descubrimos que Rebeca alguna vez les había robado dinero a sus padres, aunque no lo necesitaba. Celeste tuvo que confesar que, cuando éramos chicos, le había gustado Nicolás, lo que causó risas y un ligero momento de incomodidad. Nico aceptó que una vez se había copiado en una prueba de Historia. Cuando el juego se empezó a poner más interesante, yo revelé que ya no era virgen, dato que solo Lucas conocía antes de esa noche.

Así como con las preguntas, las consecuencias también fueron aumentando en intensidad y riesgo. A Nico le hicimos tomarse una lata de la cerveza negra favorita de Efraín. No pudimos contener las carcajadas ante su cara de asco. Celeste tuvo que comentar con corazones una foto de Instagram de Tadeo Rombola, uno de los *nerds* más desagradables del colegio, y a Rebeca le tocó subir una historia de una imagen en negro con la frase «Noche de pensamientos poco felices» acompañada de un emoticón triste. De hecho, tuvimos que interrumpir el juego durante unos minutos cuando recibió una llamada preocupada de su mejor amigo.

—Nos estamos divirtiendo, ¿no? —reí.

—Más de lo que esperaba, la verdad —aceptó Celeste, aprovechando la distracción para eliminar el comentario que le había hecho a Tadeo . Antes muerta que dejar que el chico pensara que le podía interesar de alguna manera.

—Hablen por ustedes —dijo entonces Nico, recostado en el piso—. Nunca debería haberme tomado esa lata, es horrible.

—Es que sos muy flojito, Nico —se burló Lucas, tras darle unas palmaditas en la rodilla.

Cuando Rebeca regresó al juego, y después de que le permitiéramos borrar la historia, Lucas me desafió a asomarme por la ventana y gritar que no era virgen. Si querían que me diera vergüenza hacer algo, tendrían que subir la apuesta. Así se los hice saber al regresar de la ventana y ocupar mi lugar entre Celeste y Rebeca.

El juego continuó un par de rondas más y fue la prima de los Torres quien decidió hacer las cosas más interesantes.

—Lucas. ¿Verdad o consecuencia?

—Consecuencia —respondió con desinterés, mientras le daba un sorbo a su vaso con gaseosa.

—Muy bien. —Rebeca sonreía, divertida—. Tenés que besar a Nico. Y tiene que ser un beso *en serio*.

Aquello bastó para que Nicolás, que había permanecido tirado en el suelo, se reincorporara.

—Paren un poco. ¿Yo por qué? La consecuencia es de él, no mía.

—Ay, Nico, no hagas como si nunca hubieras jugado. Sabés que tenés que participar igual —apuntó Rebeca, mientras se acomodaba el cabello castaño detrás de la espalda y se servía un poco de gaseosa.

El chico dudó. Me observó primero a mí, en busca de apoyo. Pero, si tenía que ser sincera, la idea de ver a Nicolás y Lucas besarse me resultaba... atractiva. Me mordí el labio inferior y reí por lo bajo. Nico intentó con Celeste, pero ella se encogió de hombros y se rio.

—A mí me parece divertido.

Como último recurso, Nicolás volteó a ver a Lucas, el dueño de la prenda. Se había mantenido tranquilo en su lugar, imperturbable, como si un beso no fuera la gran cosa. La reacción de cada uno decía mucho más de lo que ninguno pudiera poner en palabras. Por aquel entonces yo ya sospechaba que a Nico le gustaban los chicos. Se lo había señalado durante el último verano y luego había dejado caer indirectas durante el resto del año. En ese momento no pude evitar preguntarme si acaso Nicolás tenía miedo de que, por besar a Lucas, de repente comenzara a desarrollar sentimientos hacia él. O quizá solo no quería exponerse a una situación que fuera a dejar sus verdaderos gustos al descubierto.

—Es una consecuencia estúpida—soltó Lucas—. Ya fue, hagámoslo.

Nico volvió a dudar, pero si nadie más que él pensaba que aquello no era justo, ¿qué podía a hacer? Además, una persona segura de su sexualidad no tenía por qué armar escándalo ante un simple beso. Seguramente, Nico creía que ofrecer un *no* tajante podía levantar sospechas. Así que se pasó una mano por el cabello y asintió.

—Dale, terminemos con esto.

Como estaban sentados uno al lado del otro, no hizo falta que nosotras nos moviéramos. Durante varios segundos, nadie dijo nada. Las tres chicas nos detuvimos a contemplar cómo Lucas se acomodaba frente a Nicolás y comenzaba a acercar el rostro. Nico permanecía completamente tieso, como si nunca hubiera dado un beso en su vida y no supiera qué esperar.

Cuando los labios de Lucas ya estaban peligrosamente cerca de los de su mejor amigo, el sonido de una cámara rompió el profundo silencio que se había creado en la habitación. Aparté la vista y observé a Rebeca que, sin que nadie se diera cuenta, había sacado su teléfono para filmar el momento. Sin embargo, en vez de filmar, acababa de sacar una fotografía.

Nico se apartó de inmediato.

—¿Qué estás haciendo? —preguntó, acalorado.

Rebeca se reía, divertida.

—Ay, nada. Dale.

Ni siquiera intentó guardar el celular u ocultar sus intenciones. De hecho, hizo un breve ademán, como si pretendiera que el chico regresara a su puesto y terminara con aquello sin chistar.

—Borrá esa foto, Rebeca —pidió Nico.

—Ay, no seas aguafiestas. —La chica puso los ojos en blanco y bajó el celular—. Ni se habían besado todavía.

—No me importa, borrala.

Nicolás se lo pidió un par de veces más. Incluso Celeste intervino y le pidió con amabilidad que borrara la foto así podían seguir con el juego, pero Rebeca se volvió a negar. Nico abandonó su lugar, gateó hasta la prima de los Torres e intentó arrebatarle el teléfono de la mano. Sin embargo, Rebeca tironeó para liberarse y se puso de pie. Nico la imitó y, de la misma manera, lo hicimos todos.

—¡No seas tan exagerado, Nicolás!

—En serio te digo, borrá esa foto, Rebeca. No estoy jugando.

—Beca, dale. Borrala —pidió Lucas con tono de *No seas tan pesada*.

Por supuesto, Rebeca no entendía por qué armaban tanto escándalo alrededor de una estúpida foto que ni siquiera mostraba algo revelador. No conocía a Nico como lo conocía yo, no había visto lo que yo había visto.

—¡Nico! —exclamó Celeste, cuando el chico se abalanzó sobre Rebeca con clara intención de forcejear por el celular.

Pero ella fue mucho más rápida, lo esquivó y abandonó la habitación en dirección al pasillo. Nicolás salió detrás de ella y el resto lo seguimos. No dejaba de pedirle, ya no que borrara la foto, sino que le entregara el teléfono. Pero ella estaba decidida a no ceder ni un poquito.

—Ni siquiera te acerques —le advirtió con un dedo en alto, antes de llegar a las escaleras. Volteó a ver a sus primos—. ¿No le van a decir nada al loquito de su amigo?

Lucas se adelantó y se acercó a ella. Por un momento, el rostro de Rebeca se alivió. Creía que su primo se pondría de su lado, que apartaría a Nicolás o algo por el estilo. Pero no lo hizo. Para sorpresa de la chica, la tomó con fuerza de la muñeca, con la intención de obligarla a soltar el aparato.

—¡Lucas! —gritó Celeste, luego de que Rebeca exclamara que la estaba lastimando.

El chico recibió un cachetazo de parte de su prima que lo obligó a soltarla, pero Nicolás aprovechó para retenerla. Rebeca volvió a gritar.

Con Celeste intercambiamos una mirada de total confusión. ¿Qué se suponía que debíamos hacer? Lucas trató de ayudar a Nico, Rebeca intentó empujarlo. Los tres tironeaban. La chica golpeó a su primo nuevamente y luego intentó sacarse de encima a Nicolás.

—¡Chicos, por favor, basta! —gritó Celeste.

Rebeca le pegó una patada en el tobillo a Lucas, lo que lo obligó a alejarse. Sin embargo, Nico no la soltaba. Con todo el forcejeo, se habían acercado al borde de la escalera.

—Celeste, llamá a tus viejos. ¡Hacé algo! —le pedí.

La chica regresó al cuarto de su hermano, en busca de su teléfono. Fue entonces que advertí que Rebeca le decía algo a Nico. No supe qué, pero bastó para que él la mirara espantado.

Nico soltó la mano de Rebeca de forma inesperada y ella perdió el equilibrio. Yo ahogué un grito y Lucas se precipitó hacia adelante, pero no alcanzó a su prima, que cayó rodando escaleras abajo.

El cuerpo quedó tirado en la antesala, grotescamente inmóvil.

El grito de Celeste nos arrancó de la rigidez del pánico inicial. Los cuatro bajamos corriendo hacia al cuerpo.

—¿Está muerta?

Nicolás estaba pálido como nunca lo había visto en la vida. Los mellizos no sabían qué hacer. Lucas se llevó ambas manos a la frente y Celeste se tapó la boca. Yo me acerqué a Rebeca y traté de sentirle el pulso. Suspiré con alivio al comprobar que estaba viva. Nadie había matado a nadie y así se lo hice saber a Nico, aunque aquello no pareció calmarlo. No la había empujado ni pretendido que se cayera por las escaleras, pero se sentía culpable.

—Hay que llamar a emergencias —dijo Celeste, que hiperventilaba. Comenzó a marcar el número.

—¡No! Celeste, esperá —le ordené.

—¿Que espere qué? —Me miró confundida, pero no marcó el último número.

—Tenemos que pensar qué vamos a decir.

Se produjo un silencio mucho más pesado que el que se había hecho anteriormente en la habitación, mucho más serio. Aquello ya no era un juego de niños.

—Tenemos que decir la verdad. —La voz de Nico sonaba quebrada—. Discutimos, nos tironeamos al borde de la escalera y… Fue mi culpa. Es mi culpa. —Tragó saliva y se le llenaron los ojos de lágrimas. Se apoyó contra la pared y se dejó caer junto al suelo.

—No, Nico, vos no la empujaste. Fue un accidente —intentó consolarlo Lucas, que fue a arrodillarse junto a él.

Nuevamente, intercambié miradas con Celeste. Si contábamos la versión de Nico, no había forma de que saliera limpio de eso. Rebeca estaba viva, pero ¿cómo iba a terminar? Los Prats convertirían aquello en un infierno. Tenían el poder para hacerlo.

Respiré hondo y me di la vuelta para buscar el celular de Rebeca, que había quedado a escasos centímetros de su cuerpo. Estuve a punto de tomarlo cuando me percaté de un detalle importante. Fui a buscar un repasador a la cocina y recogí con él el aparato. Luego usé el pulgar de la chica para desbloquearlo y borré la fotografía de la discordia. Limpié lo mejor que pude el teléfono y lo dejé donde había caído.

—¿Qué estás haciendo? —exigió Lucas.

—Esto es lo que pasó —lo corté—: estábamos jugando a verdad-consecuencia. Nos estábamos divirtiendo hasta que hicimos que Rebeca subiera la historia esa y la llamó su amigo. Bajó la historia, pero le dijimos que tenía que volver a subirla, que así eran las reglas del juego. Se quiso ir y vos la detuviste, Lucas, en el cuarto. Ahí, desquiciada, te pegó una cachetada. Después salió, con el celular en la mano. Llegó a las escaleras y… se tropezó. —Tragué saliva—. Eso fue todo. Rebeca se tropezó y nosotros salimos corriendo del cuarto al escuchar el ruido. No hubo ningún forcejeo. Nada.

Otro momento de silencio.

—No nos van a creer… —murmuró Celeste—. ¿Y qué pasa cuando despierte? Las historias no van a coincidir, Daniela.

—Es nuestra palabra contra la de ella.

No fue fácil convencerlos, pero lo hice. Celeste llamó a emergencias y Lucas a sus padres. Yo obligué a Nico a recomponerse y le aseguré que era lo mejor, que no tenía por qué confesar nada. En aquel momento, parecía una buena idea. Y resultó serlo, al menos al principio. Cuando Rebeca despertó, no recordaba nada más allá de las pizzas compartidas en la cena y el principio del juego. Nuestra historia tenía sentido y aquello nos alivió.

Luego nos enteramos de que había quedado parapléjica.

III

—Mamá, por favor, decí algo.

El silencio que se había instalado en la sala de los Anderson era digno de un entierro.

A Nicolás el corazón le latía a un millón de kilómetros por hora. No recordaba haberse sentido jamás de esa manera, cargando con una ansiedad tan avasallante que sentía que se iba a quedar sin aire. Cada segundo que su madre pasaba sin responderle era un segundo más que él tenía que aguantar la respiración, encerrado en una caja de cristal llena de agua. ¿Se había equivocado al confesarle la verdad sobre las infidelidades de su padre? ¿Acababa de cometer un error del que se arrepentiría toda la vida?

Había pasado casi una semana desde que Nico había visto a su padre y a su tía besándose, a punto de entrar al cuarto matrimonial. En aquel momento no había sabido cómo reaccionar. Había cerrado la puerta de su cuarto con cuidado y se había acostado en la cama, con el estómago revuelto, pensando en dónde estaría su madre. ¿Con qué excusa Ricardo y Aldana la habían abandonado para ir a divertirse a sus espaldas? ¿Hacía cuánto tiempo que aquello sucedía sin que Angelina tuviera la menor idea?

Porque Nicolás estaba seguro de que su madre no sabía nada. De lo contrario, ya habría puesto a su hermana de patitas en la calle. Su relación con Aldana siempre había sido conflictiva sin la necesidad de meter adulterio en el medio.

Eso era lo que estaba cometiendo su padre, después de todo. Adulterio. Nico se había sentido terrible por engañar a Carolina con Agustín, pero lo de Ricardo Anderson era otro nivel. ¿Cómo había podido creer él que alguna vez cambiaría? ¿Cómo había podido callarse la boca cuando lo descubrió aquella primera vez? ¿Qué clase de persona engañaba a su esposa con su cuñada?

Por momentos, Nicolás pensaba que estaba viviendo una horrible pesadilla y que despertaría pronto.

—¿Mamá? —insistió.

Angelina lo miró brevemente y, sin decir nada más, se puso de pie y abandonó la sala en dirección a la cocina. Nico se quedó de piedra, sentado a la mesa, observando allí por donde su madre había desaparecido. Estaba esperando llanto, negación, incredulidad, incluso algún tipo de reproche. Después de todo, le había contado no solo lo de Aldana, sino también lo de la primera vez y cómo su padre le había ofrecido el pasaje a Londres a cambio de su silencio, al menos implícitamente.

Haciendo caso omiso a todos sus instintos, Nico se dirigió también hacia la cocina Encontró a su madre ordenando las verduras sobre la mesada de mármol, junto a una tabla de vidrio. Había tomado el cuchillo más grande de todos y se disponía a cortar un tomate, como si nada. Era sábado y tenía que preparar el almuerzo. Su esposo llegaría en cualquier momento, al igual que sus otros dos hijos. Aldana, por suerte, no planeaba regresar hasta la noche.

—No tengo ganas de seguir hablando, Nicolás —dijo en cuanto lo oyó entrar, sin siquiera mirarlo a los ojos—. Dejame sola, por favor.

Nico sintió que se le partía el corazón. Escuchó el dolor en aquel pedido de su madre y sintió que se rompía por dentro. Lejos de insistir, dio media vuelta y subió las escaleras, abatido. Entró a su cuarto y se tiró sobre la cama con los ojos cerrados, para evitar que cualquier lágrima se escapara. La había cagado de la peor manera, estaba seguro de ello. No tendría que haber hecho nada, salvo quizá enfrentar a su padre y que fuera él quien asumiera las consecuencias de sus actos.

Después de varios minutos de llorar en silencio, Nico se limpió las lágrimas que no había podido contener y se sentó sobre la cama, con las piernas cruzadas. Respiró hondo e intentó racionalizar la situación. Su madre acababa de quedar en una posición increíblemente complicada. Si nunca había sospechado nada, quizá todavía estaba digiriendo la noticia. No le podía pedir que reaccionara como si solo hubiera confesado una travesura, lo abrazara, le diera un beso en la frente y le dijera que todo estaría bien.

Angelina lo perdonaría por haber guardado el secreto tanto tiempo, ¿verdad? Nico intentó decirle que, si se había callado la primera infidelidad, había sido solo porque había pensado que era algo de una sola vez, que su padre realmente cambiaría, y que no había dudado ni un solo segundo en decirle la verdad cuando lo había visto con Aldana. Solo se había demorado lo que había tardado en juntar coraje... y en encontrar a su madre a solas. Aparentar normalidad ante su padre y su tía, además, le había costado horrores.

Mientras se debatía entre volver a bajar o quedarse allí hasta que el almuerzo estuviera listo, oyó el ruido de un auto. Se asomó por la ventana y vio bajar a su padre. Contuvo la respiración. Aguardó. Pero, aunque se acercó a la puerta de su habitación y pegó el oído a la madera, no oyó nada fuera de lo normal. Al cabo de unos minutos, de hecho, Ricardo subió a cambiarse.

Nico se pasó una mano por el cabello, prendió la tele a un volumen no demasiado alto y recurrió a su teléfono. Sin embargo, en lugar de hablar con Constanza, decidió comunicarse con Agustín. Era el único que podía entender por lo que estaba pasando, aunque la situación que él había vivido no fuera la misma. La infidelidad del padre de Agustín parecía haber tenido mucho menos drama en el medio.

—*Nico... ¿pasó algo?* —preguntó Agustín luego de que Nicolás se quedara en completo silencio.

No había sido capaz de decirle a qué se debía la llamada, así que había comenzado la conversación con cosas triviales, como la próxima prueba de Historia, que tendría lugar en una semana y para la cual se sentía increíblemente poco preparado.

—Volví a ver a mi viejo con alguien... —murmuró, mientras observaba de reojo la puerta.

—*¿Cómo? ¿Con quién?* —Al notar que no respondía de inmediato, Agustín agregó—: *¿Querés que nos veamos?*

Nico negó con la cabeza. Luego se dio cuenta de que el chico no podía verlo.

—No... Por ahora no. —Suspiró y decidió responder a las otras dos preguntas antes de ahondar en aquel tema—. El sábado pasado, en mi casa... Con mi tía.

La conversación duró varios minutos. Nico se desahogó todo lo que pudo e incluso sintió que se le quebraba la voz en varias ocasiones. Se sentía un completo idiota por haber pensado que su padre no volvería a meterle los cuernos a su madre. Se sentía fatal por haberse callado tanto tiempo y, peor aún, por haberle dicho todo a Angelina aquella mañana, sin pensar con detenimiento en lo que podía significar. No solo para su madre y su padre, sino para él y sus hermanos. Para toda la familia.

En ningún momento, sin embargo, Nicolás se sintió avergonzado. Ser sincero con Agustín, de hecho, lo hacía sentir bien. Con él se podía mostrar de una manera en la que le era imposible con Carolina. Con Agustín, Nico podía ser realmente él. Ahora se daba cuenta de ello. No tenía que fingir, no tenía que preocuparse por nada más que por ser él mismo. Y por mucho que le hubiese gustado decirle que fuera a visitarlo y acostarse en la cama, abrazados, cuando Agustín le volvió a preguntar si quería verlo, Nico se negó.

—No, Agustín, no creo que sea buena idea. —Se mojó los labios y suspiró antes de continuar—. No hay nada que quiera más que verte en ese momento, te lo juro. Pero no podemos. No hasta que corte con Carolina, al menos. Tengo que hacer las cosas bien. No me quiero convertir en mi padre, no quiero...

—*Nico, no te parecés en nada a tu viejo* —lo interrumpió—. *Son situaciones totalmente diferentes. No te flageles con eso.* —Hizo una breve pausa. Fue el turno de Agustín de suspirar—. *Pero te entiendo. Y respeto tu decisión. Si lo que necesitás es arreglar primero las cosas con Carolina... yo te voy a esperar.*

Por primera vez en muchas horas, Nicolás se animó a sonreír.

—Sos demasiado bueno, ¿sabías?

Agustín rio del otro lado de la línea.

—*Capaz sos vos el que saca lo mejor de mí.*

—No vas a tener que esperar mucho, te lo prometo. Voy a tratar de verme con Carolina mañana a la tarde o el lunes. Necesito hacer esto de una vez. Es algo que debería haber hecho hace mucho tiempo.

Se quedaron hablando unos minutos más. Ninguno de los dos se animó a preguntarle al otro qué significaría que Nico terminara su relación con Carolina. ¿Eran ellos los que ahora comenzarían una relación? A Nicolás aquel pensamiento le causaba muchísima ansiedad y Agustín, quizá, lo intuía. Pero eso no significaba que Nico no quisiera algo más con el chico. Era solo que no sabía si estaba listo para salir del clóset. Ni si estaba listo para tener *novio*.

El resto del día en la casa de los Anderson transcurrió con una normalidad escalofriante. Un detalle, sin embargo, no pasó desapercibido para Nico: Aldana nunca volvió a la casa. Incluso después de la cena, no hubo señal de la mujer. Solo Sebastián se acordó de preguntar por su tía. La manera distante en la que Angelina le contestó que había decidido irse a un hotel bastó para que Nico confirmara sus sospechas. Nadie preguntó si acaso la tía Aldana ya había retirado sus pertenencias de la casa o por qué no había pasado a saludar. Todos en la mesa percibieron el clima tenso.

La tormenta se desató esa misma noche. Eran casi la una y media de la mañana cuando a Nicolás lo despertaron los gritos. Sebastián había salido a bailar, pero Valeria estaba en la casa. Al asomarse por la puerta de su habitación (todo indicaba que el campo de batalla estaba en la sala), vio a Valeria también asomada. Los dos hermanos intercambiaron una breve mirada de desconsuelo antes de cerrar las respectivas puertas de sus cuartos y regresar a la cama. Las cosas no se arreglarían porque ellos se quedaran oyendo a escondidas.

IV

El último lunes de mayo, Nicolás se encontró escapando de la mirada de Carolina. Habían terminado hacía menos de una semana y las cosas no habían salido bien. De hecho, fueron peor de lo que había imaginado. Por supuesto que no era tan iluso como para creer que la ruptura sería completamente limpia. Pero tampoco esperaba el drama que Carolina había desatado a mitad de Heaven.

Su primera reacción había sido de completa incredulidad. A Nico le había costado llevar la conversación por aquel camino, pero después de algunos intentos fallidos lo había logrado. De repente se halló en el centro de una bulliciosa cafetería, mirando a Carolina a los ojos, tratando de no buscar a Agustín. De haber sido por él, hubieran ido a otro lado, pero ella había insistido en ir a *esa* cafetería en particular.

—Creo que ya no podemos seguir juntos —suspiró con pesar.

Carolina lo observó con expresión vacía antes de sonreír y fruncir el ceño.

—¿Qué decís, Nico?

Buscó su mano por encima de la mesa, pero él la apartó.

—Eso, Caro. Me parece que lo nuestro ya no da para más. —Tragó saliva, inseguro, dubitativo—. Desde hace un tiempo siento que las cosas son diferentes. Que yo soy diferente. No es tu culpa, es nada más que… Ya no soy el mismo. Necesito tiempo y espacio para redescubrir quién soy.

Se dio cuenta de que era la excusa más patética que podía poner. Aunque, en parte, era cierto. Hacía más de un año que no era el mismo y solo algunos meses atrás había comenzado a pensar con detenimiento en ello. Luego de su viaje a Inglaterra, del beso que no fue con Shawn y después de conocer a Agustín, no había podido seguir engañándose a sí mismo. No le diría la verdad a Carolina sobre lo que le pasaba, pero tampoco le seguiría mintiendo.

La conversación no tardó en descontrolarse. Al principio, Carolina sonaba razonable. Quería saber qué había cambiado, cómo lo podía ayudar ella a redescubrirse. Quería apostar a la pareja, porque lo amaba. Para ella no era un simple noviazgo adolescente, algo que no sobreviviría más allá de la secundaria. Quería hacer todo lo que estuviera en su poder para no dejarlo ir.

Lamentablemente, no estaba en sus manos. Y cuando Nico fue explícito al respecto y le dijo con determinación que aquello había acabado, Carolina perdió el control y comenzó a gritar: ¿Cómo podía hacerle una cosa así? ¿A ella, que siempre había estado para él, que le había dado todo? ¿Cómo era capaz de ser tan insensible, de dejarla de esa manera sin darle explicaciones concretas? ¿Acaso tenía otra? ¿Quién era?

Nico nunca sintió tanta vergüenza como en ese momento, sobre todo luego de que Carolina abandonara la cafetería entre llantos y azotara la puerta. Cada vez que su exnovia lo observaba en clases, en algún pasillo o en el patio, como en aquel momento, Nico revivía esa escena.

—Fue alto escándalo... —murmuró Lucas, a quien, por alguna razón, le parecía entretenido.

Celeste le propinó un codazo para evitar que se riera.

—Me alegro de que al menos alguien se esté divirtiendo con todo esto —suspiró Nico.

En lugar de quedarse charlando con Constanza y Martín antes de entrar a clases, aquella mañana Nico había optado por la compañía de los Torres. En algún momento de la última semana, mientras él lidiaba con la infidelidad de su padre, su romance secreto con Agustín y la idea de dejar a Carolina, algo había sucedido entre sus dos mejores amigos. Algo de lo que él todavía no sabía nada, pero que provocaba que no toleraran estar más de cinco segundos en el mismo espacio.

En otro momento, Nico los hubiera forzado a hablar. O al menos hubiese intentado sacarles la verdad por separado. Pero aquella mañana no tenía fuerzas para lidiar con los problemas de nadie más, solo con los suyos. Y los mellizos siempre habían tenido esa extraña cualidad de aliviar su carga con solo su presencia. Cuando estaba con Lucas y Celeste, Nico sentía que sus preocupaciones se desvanecían.

Excepto, claro, cuando se metían en problemas serios.

—Solo digo... siempre supe que estaba un poco loca. Pero bueno, cada quién con sus gustos, ¿no? —siguió riéndose Lucas.

—No le hagas caso, Nico. —Celeste puso los ojos en blanco antes de darle un apretoncito amistoso en el brazo—. Ya se le va a pasar. Si necesitás hablar con alguien, ya sabés. No cuentes con mi hermano.

Nico esbozó una sonrisa, ligeramente reconfortado. Carolina había desaparecido de su vista y, pese a que sabía que volvería a verla en clase, se sintió más tranquilo. También se encontraría con Agustín, con quien solo se había comunicado mediante mensajes en los últimos días. Ahora que ya no estaba de novio podían verse sin culpa, aunque Nico creía prudente dejar pasar un tiempo, incluso aunque no fueran a mostrarse en público ni nada por el estilo.

—¡Celeste! ¡Ce!

Oyeron primero el grito de Paulina y luego la vieron precipitarse hacia ellos, seguida de cerca por Johanna. Desde que la joven se juntaba con ellas parecía mucho más animada y segura de sí misma. Había abandonado las colitas aniñadas por una cola de caballo y ahora se vestía mejor. A Celeste le había costado tardes enteras en el centro comercial, pero finalmente creía haber logrado un cambio importante en Poli.

—¿Qué pasó con Florencia? —preguntó Nico, mientras las dos chicas se acercaban.

—¿Además de que es una zorra traidora? Nada, ¿por? —soltó con fingido desinterés.

—Claro, eso responde a todas mis preguntas.

—Cosas de mujeres, Nico —le susurró Lucas al oído, cruzado de brazos, aunque la verdad era que él también sentía algo de curiosidad.

Suponía que tenía que ver con la insistencia de Florencia respecto a la relación de su hermana con Dante Blas, pero intuía que se estaba perdiendo de una parte de la historia. Al principio, su hermana se había permitido tolerarla. Pero, de un día para el otro, había cambiado por completo. Ahora Celeste no solo no parecía tolerar la presencia de Florencia, sino que no tenía ningún problema en hacerle el vacío, burlarse de ella y asegurarse de que sus compañeros no quisieran acercársele.

Con la llegada de Johanna y Paulina, Nico comenzó a sentirse un poco fuera de lugar. No tenía nada en contra de ellas, pero tampoco eran amigos. Además, le chocaba ver la manera en la que Paulina había cambiado. De lo que no se daba cuenta, por supuesto, era de que cuando estaba con los Torres él también era diferente. Era el poder de los mellizos.

Sin embargo, Nico no se despidió de sus amigos hasta que vio acercarse a Ignacio y a Mariano. Ignacio le caía bien, pero a Nano no lo soportaba. De hecho, no comprendía cómo Lucas podía juntarse con un ser tan desagradable.

—Los veo después, ¿les parece?

Se despidió con un asentimiento de cabeza antes de encaminarse hacia la entrada principal del colegio. Buscó a Coti a su alrededor, pero no la encontró. Sí alcanzó a divisar a Martín, varios metros más allá, hablando con Brenda. Prefirió evitarlo. Lo que menos deseaba era estar cerca de una de las amigas de Carolina.

Se preguntó si la discusión entre sus mejores amigos tenía algo que ver con la joven. Sentía que con todos sus problemas los había descuidado, en especial a Coti, que siempre había sido una amiga increíblemente fiel. El problema era que, si a él le costaba hablar de sus sentimientos, Constanza era cincuenta mil veces peor. Jamás habría aceptado que le pasaba algo con Martín y que verlo con Brenda la ponía, cuanto menos, celosa.

No se dio cuenta de que se había quedado de pie junto a una de las columnas de la entrada hasta que el timbre le recordó que debía ponerse en marcha. Fue entonces cuando el sonido de una bocina llamó su atención. Nico observó por sobre su hombro un auto negro de vidrios polarizados abrirse paso por el camino de entrada al colegio. El auto disminuyó la velocidad mientras la gente se apartaba.

Se preguntó a quién pertenecía aquel auto. Le resultaba familiar, aunque no recordaba con exactitud por qué o de dónde. Definitivamente no pertenecía a ninguno de sus compañeros. Por lo general, nadie llegaba tan sobre la hora a menos que quisiera hacer una entrada triunfal al colegio. Pero ¿quién querría hacer una entrada triunfal a finales de mayo? A menos que alguna chica de sexto bajara con alguna operación que quisiera exhibir, a Nico no se le ocurrían opciones.

Del asiento del conductor bajó el chofer, de uniforme. No abrió la puerta del acompañante de inmediato, sino que se dirigió al baúl del auto. Medio colegio había quedado prendido de aquella escena. Todos se preguntaban lo mismo. ¿Quién estaba en ese auto? Nico apartó la atención cuando vio salir a la directora del colegio, Sonia Lobos, a un preceptor y a la psicopedagoga, los tres en fila.

Volvió a posar su mirada en el coche y el corazón se le detuvo.

El chofer había sacado una silla de ruedas del baúl y ahora ayudaba a su pasajera a sentarse en ella. Era Rebeca Prats.

V

—**D**ame ese teléfono, Rebeca.

—Soltame, Nicolás. Me estás lastimando.

Nico sabía que tanto Celeste como Daniela gritaban, pero no escuchaba lo que decían. Estaba demasiado concentrado en evitar que Rebeca se escapara con el teléfono. No podía permitir que esa imagen saliera a la luz.

No se trataba solo de que tuviera novia o que fuera incómodo explicarle cómo había terminado envuelto en aquella situación. No, tenía que ver con mucho más que eso. ¿Qué pasaba si, al ver esa foto, la gente comenzaba a sospechar?

Lucas podía tomárselo como una broma. A su amigo seguramente ni siquiera le importaba que saliera a la luz. Lo más probable era que solo hubiera intentado quitarle el teléfono a Rebeca por él. Lucas siempre había sido un chico seguro de sí mismo, ajeno a los rumores y a las opiniones de los demás. Pero él... él no se podía dar ese lujo. Sobre todo ahora, que cada vez era más y más consciente de sus conflictos internos. De sus verdaderos gustos.

—Soltalo —le pidió a Rebeca una última vez, con lo que a él le pareció un tono razonable.

—¿Qué pasa? —le susurró al oído, sin dejar de tironear—. ¿Sos puto y no querés que todos se enteren?

Aquellas palabras fueron como una descarga eléctrica.

Soltó a la chica de inmediato.

Todavía estaba procesando lo que acababa de escuchar cuando la vio caer por las escaleras.

—¿Nico?

Nicolás parpadeó un par de veces antes de incorporarse en su asiento y regresar al presente. Observó a través de la ventana de la cafetería los autos que pasaban por la calle. Del cielo se habían comenzado a desprender algunas gotas y la gente que caminaba por la vereda apresuraba el paso. Algunos buscaron refugio dentro del local. Fuera hacía frío, pero allí dentro la calefacción estaba en el punto justo.

Volteó a ver a Celeste, que era quien le había llamado la atención. Nicolás y los mellizos Torres habían decidido salir a tomar algo aquel sábado por la tarde, pero habían optado por no hacerlo en Heaven. En su lugar, habían elegido una cafetería del centro de la ciudad, en una zona llena de estudiantes, llena de vida. Por la noche los bares prendías sus luces y la música inundaba las veredas.

La llegada de Rebeca al William Shakespeare los había tomado por sorpresa a los tres. Ni siquiera la madre de los mellizos tenía idea de que su hermana cambiaría a su hija de colegio, pero no le había dado mayor importancia. Después de todo, la mejor educación la ofrecía aquella institución. El edificio, además, estaba perfectamente preparado para recibir a personas con movilidad reducida. La única pregunta que Lucía Torres se podía hacer era por qué su hermana no lo había hecho antes.

—Sigue sin acordarse de nada —murmuró Lucas, que no había probado bocado de su tarta de frutilla y apenas si le había dado dos sorbos a su café—. Habría dicho algo.

Naturalmente, el día de su llegada, los mellizos se habían acercado a saludar a Rebeca. Era su prima, al fin y al cabo. Pasada la conmoción inicial, Nico también se había obligado a hacerlo. Después de todo, habían estado juntos la noche del accidente. Ninguno de los tres había notado nada extraño en Rebeca, salvo una cuota mayor de humildad. Desde el accidente se había convertido en una persona mucho menos odiosa. O al menos, lo aparentaba.

Se produjo un breve silencio en la mesa y los tres pensaron lo mismo. Era una suerte de mierda que yo estuviera muerta. Seguramente hubiera sabido qué hacer, pero se equivocaban. La aparición de Rebeca me habría desconcertado tanto como a ellos. Aunque, quizá, me las hubiera ingeniado para intentar averiguar si esa conveniente pérdida de memoria seguía ahí, cubriéndonos las espaldas.

—¿Y qué pasa si de repente se acuerda de algo? ¿Qué pasa si de repente se acuerda de la verdad? —preguntó Nico, casi en un susurro.

—La única verdad es la que contamos nosotros ese día. —Celeste sonaba como yo, pero mucho menos segura de sus palabras. Se mordió el labio y miró a Nico con preocupación—. No podemos cambiar nuestra versión ahora...

—No, ya sé. ¿Pero y si...?

—Pasaron ocho meses —intervino Lucas—. Si no se acordó de nada hasta ahora, ya no se va a acordar más. Y si dice algo, es su palabra contra la nuestra.

Se puso de pie de repente, en un gesto brusco, y se marchó en dirección al baño. Su hermana y Nicolás lo siguieron con la mirada, preocupados. La aparición de Rebeca los había tomado por sorpresa a los tres, sí; pero, por alguna extraña razón,

Lucas se mostraba más afectado. Nico tenía miedo, muchísimo miedo, aunque no podía hacer más que padecer la paranoia.

—¿Querés que vaya a ver cómo está? —le preguntó a Celeste.

Su amiga no respondió de inmediato. Se había quedado observando uno de los televisores que colgaban en la pared de la cafetería. No tenía volumen, así que no podía escuchar lo que la presentadora decía, pero le bastó con leer la gráfica: «Casi 150 femicidios en 5 meses». Aparentemente, estaban repasando algunos de los casos más resonantes del año. Vio pasar mi fotografía. El caso seguía abierto, la investigación seguía su curso. No había avances.

—¿Celeste?

La chica apartó la vista y regresó la atención a su amigo. Negó con la cabeza.

—No, démosle tiempo. Ya va a volver.

Pero no era tiempo lo que a Lucas le hacía falta.

Cerró la puerta con un golpe y se metió en uno de los dos cubículos de aquel diminuto baño. Se aguantó las ganas de dar un puñetazo y se limitó a apoyarse contra una de las cuatro paredes. Dejó caer la cabeza hacia atrás con los ojos cerrados. Se sentía atrapado en un callejón sin salida y no precisamente por la llegada de su prima al colegio. En ese momento, Rebeca era el menor de sus problemas. Lucas estaba seguro de que la chica no se acordaba de nada. Se aferraba a ese pensamiento como a un salvavidas en un mar picado.

No, lo que lo tenía al borde de un ataque de nervios era otra cosa, algo mucho más tangible: dinero. Todavía no había terminado de pagar los quince mil dólares que debía y el tiempo se le estaba acabando. Si no encontraba alguna manera de reunir el resto pronto, tendría serios problemas. Y quizá no solo él.

Eso era lo que más lo preocupaba. Cada vez que recordaba la amenaza que había recibido se le erizaba la piel. Si algo le llegaba a pasar a su hermana por su culpa, jamás se lo perdonaría. La posibilidad de que los tipos a los que les debía plata le hicieran algo a Celeste era la única razón por la que Lucas estaba considerando seriamente blanquear la situación con su padre, incluso aunque supiera lo que eso significaba. No se trataba solo de decepcionar a Efraín Torres.

Se pasó una mano por el cabello rubio y abrió los ojos. Era la primera vez que se metía en un problema semejante. Las otras veces que había debido dinero habían sido sumas pequeñas. Casi siempre bastaba con vender algunas de sus pertenencias, esas a las que su padre no les seguía el rastro. Pero no poseía nada con un valor semejante al que necesitaba. No si quería pasar desapercibido, al menos.

Alguien más ingresó al baño y Lucas dio un respingo. Durante un momento pensó que se trataba de Nico, pero al asomarse por la rendija del cubículo, vio la espalda de un tipo contra uno de los urinales. Suspiró y metió la mano en el bolsillo para ver la hora. Fue entonces cuando advirtió que tenía un mensaje de texto de un número desconocido. Una invitación. Se mordió el labio, dubitativo.

Esa era otra manera de conseguir el dinero sin tener que recurrir a su padre, pero era un arma de doble filo. Podía volver a apostar en alguno de los juegos que frecuentaba, aunque se arriesgaba a perderlo todo. Con lo pesados que eran sus acreedores, no estaba seguro de que fuera una buena idea.

Mientras abandonaba el cubículo y se iba a lavar las manos, ya con el teléfono nuevamente en el bolsillo, Lucas se rio solo en voz baja. Recordó la advertencia que le había hecho respecto a su afición al juego. No pudo evitar pensar que, si todavía estuviera viva, me oiría pronunciar un «Te lo dije». No le habría importado. Al menos tendría alguien con quien compartir aquella carga. Alguien en quien realmente confiar. Su hermana y Nico… ellos jamás lo entenderían.

Cuando Lucas regresó a la mesa parecía una persona diferente. Se había percatado de que, minutos atrás, había perdido el control, por lo que volvió a colocarse su máscara, una que dejaba caer muy pocas veces. La situación con Rebeca lo ameritaba.

—¿Estás bien? —preguntó Celeste en voz baja, casi en un susurro.

—Todo en orden, *sis*.

Quizá su melliza le preguntara por el tema del dinero luego. Ya pensaría en cómo evitar que ella también se preocupara por aquel asunto.

—Le decía a Ce que capaz tenés razón —suspiró Nico, que había sacado una bandita elástica para atarse el cabello—. Es probable que Rebeca no se acuerde de nada, que no tengamos por qué preocuparnos.

No lucía muy convencido. Parecía que lo decía únicamente para tranquilidad de su amigo.

—Solo hay una manera de averiguarlo —soltó entonces Lucas. Tanto su hermana como Nico lo miraron confundidos, sin comprender exactamente a qué se refería—. Tenemos que hablar con su terapeuta.

—¿Qué? —dijeron Nico y Celeste el unísono.

—Lu, ¿te golpeaste la cabeza en el baño? ¿Estás loco?

—Celeste tiene razón. Es una locura. No podemos andar preguntándole a nadie si acaso tu prima recuerda lo que realmente sucedió ese día.

—A ver, me expresé mal. Quizá no *hablar*, pero seguramente podemos acceder a esa información. Sabemos que se atiende con el licenciado Salazar. Es conocido de papá. Sabemos dónde queda su consultorio, sabemos sus horarios...

Lucas buscaba apoyo en la mirada de su hermana.

—No puede ser esa la única forma.

—¿Tienen una idea mejor? —Se produjo un pequeño silencio—. Eso pensé.

Ni a Nicolás ni a Celeste se les ocurría otra alternativa más que esperar a que, algún día, de la nada, Rebeca los señalara como los causantes de su paraplejia. El plan de Lucas era una completa locura, prácticamente imposible de llevar a cabo. Tenía tantos baches que ninguno de los tres sabría por dónde empezar a ejecutarlo. Pero, quizá, era la única forma de saber si Rebeca dudaba sobre la versión que ellos habían dado del accidente.

Nico se echó sobre su silla y dejó caer la cabeza hacia atrás, exhausto. Celeste se llevó ambas manos al cuello en señal de estrés, pensativa. Lucas le dio un nuevo sorbo a su café solo para hacer algo. Aquello no tenía ni pies ni cabeza, pero la alternativa era quedarse con la duda. Y los tres sabían que no dormirían tranquilos hasta saber exactamente dónde estaban parados.

—Y entonces... ¿cómo lo vamos a hacer? —preguntó Nico, tras incorporarse nuevamente en su asiento—. ¿Vamos a sumar violación de domicilio a la lista de cosas horribles que hemos hecho?

VI

Con la lengua entre los dientes, quizá para morderse por si se le ocurría decir algo de lo que quizá más tarde se arrepintiera, Nicolás me dirigió una mirada de desprecio total. Quizá debería haber aprendido de él y morderme la lengua yo también.

Cuando lo había agarrado del brazo para evitar que pasara de largo mi intención había sido disculparme, tratar de arreglar las cosas de alguna manera. Realmente no quería que la relación entre Nico y yo quedaran tan mal. Pero no había podido evitar que se me escapara el veneno al escucharlo hablar, subido a un pedestal de moral que no era más que una pantomima. Era una de las cosas que siempre me había molestado de Nicolás, cómo era capaz de juzgar las acciones del resto sin antes tomarse un segundo para verse a sí mismo en el espejo. Hipocresía pura.

Chasqueé la lengua.

—Nico, esperá...

—Ni lo intentes, Daniela. Ahora sé lo que realmente pensás. —Giró sobre sus talones y dio dos pasos hacia adelante antes de detenerse, dubitativo. Entonces se dio la vuelta para enfrentarme por una última vez—. Hubiese dicho la verdad. Lucas y Celeste hubiesen dicho la verdad. Pero vos encontraste la manera perfecta de controlarnos, de manipularnos, de tenernos bajo tu pulgar. Porque eso fue lo que siempre te gustó, Daniela. Tener poder sobre el resto. Nunca debería haberme alejado de los mellizos. Solo de vos.

Sin decir más, Nicolás volvió a girar para marcharse. Lo vi perderse calle arriba, sin saber cómo reaccionar. Por más que me desagradara admitirlo, Nico tenía un punto. Yo siempre sentí esa incontrolable necesidad de tener algún tipo de poder sobre los demás. En algunos casos, ese poder me lo otorgaba el sexo. En otros, los secretos.

Esa era mi verdadera droga, el poder.

No supe cuánto tiempo estuve así en la vereda, sin moverme. Al final terminé por pasarme la lengua por los labios y soltar un bufido de exasperación antes de retomar mi camino. Todavía tenía que volver a casa y preparar todo para recibir a Sebastián. No iba a dejar que el estúpido de Nicolás me arruinara la noche. Así que decidí tomar todas esas palabras, meterlas en una caja y esconderlas en lo más profundo de mi cabeza. No me ocuparía de ello esa noche. Tenía planes mucho más interesantes por delante.

De lo que no tenía ni idea en ese momento, mientras caminaba hacia mi casa, era que jamás lograría concretar aquellos planes. La persona que me seguía en el auto, sin que yo me diera cuenta, se encargaría personalmente de ello.

Debería haberlo sabido

I

—¡Pará, boludo! —Se escuchó gritar a uno de los chicos del grupito que estaba en el jardín delantero de la casa de los Torres.

El resto de las palabras se perdieron entre murmullos varios y la música que provenía desde el interior de la residencia. Yo me las ingenié para avanzar por la acera sin trastabillar, en dirección al auto estacionado unos metros más allá.

Todo habría sido mucho más fácil si simplemente hubiese ignorado aquella presencia y me hubiese ido directo a casa a esperar a Sebastián. Pero mantenerme fuera de asuntos ajenos nunca había sido una de mis virtudes. Aunque sí sería una de las razones por las que terminaría muerta en menos de una hora.

Por un momento pensé que el auto se pondría en marcha y desaparecería calle abajo. Sin embargo, permaneció allí hasta que le di alcance. Me ubiqué junto a la ventana del conductor y enarqué una ceja. Tras unos segundos, el vidrio polarizado comenzó a descender y descubrió el rostro que ya sabía que vería al otro lado.

—Hola, profe.

Dante no parecía entretenido con mi presencia. Me apoyé casualmente sobre la puerta del auto y él observó más allá con cuidado. Por supuesto, no quería que nadie nos viera hablando.

Pero los adolescentes que andaban por el jardín y la vereda estaban tan ebrios que no se enterarían de nada.

—Por las dudas, esta fiesta es solo para adolescentes —le dije, sonriente—. Y no nos hace falta ningún adulto acompañante.

Tras un momento de silencio, el hombre se decidió a hablar.

—Celeste no me responde los mensajes ni me atiende las llamadas. Necesito hablar con ella. —Me dirigió una mirada seria que intentaba parecer convincente.

Solté una carcajada. ¿Acaso Dante esperaba que yo le hiciese el favor de entrar corriendo a la casa y arrastrar a mi amiga para que hablara con él? Debía estar desesperado si había decidido pedirme aquello como si nada.

Negué con la cabeza, la lengua entre los dientes. Aquello me resultaba demasiado divertido.

—¿Sabías que insistir después de que te dicen *no* es acoso?

—No la estoy acosando. —Me dirigió una mirada poco amigable y se pasó la mano por el rostro—. Necesito hablar con ella, Daniela. Aclarar lo de hoy.

Me pregunté si acaso había estado tomando. Sentía olor a alcohol, pero me era imposible determinar si le pertenecía a él o a mí. Quizá era de ambos.

—Dejala en paz, Dante. Celeste está muy bien sin vos. Con chicos de su edad, como debe ser. Hacenos un favor y andate. Hacete un favor a vos mismo, de hecho, y desaparecé. Porque te juro que la próxima vez que te vea rondando a mi amiga, tu esposa va a recibir más que un rumor.

—Sos vos, ¿no? La que le llena la cabeza.

Me limité a sonreírle con falsedad.

II

Nicolás giró el rostro cuando oyó su nombre. Se encontró con Agustín, que se precipitaba en su dirección, todavía con el cabello húmedo, al igual que él. Acababan de salir de otra clase de Natación, una particularmente exigente. El profesor los había hecho nadar como nunca en la vida, como si todos fueran a convertirse en el próximo Maximiliano Tobal. El capitán del equipo había dado el ejemplo aquella tarde, como de costumbre. Parecía el único que no había terminado muerto.

—¿Vos también estás que no te da el cuerpo? —Se rio el chico.

Sus hombros se rozaron.

—Mal. Encima nadar siempre me abre el apetito. Estoy muerto de hambre.

—En ese caso... ¿te puedo invitar a merendar?

Que hubiera cortado con Carolina no significaba que estuviera listo para salir del clóset, razón por la cual Nico había mantenido sus interacciones con Agustín a raya. Lo normal, para evitar que se levantaran sospechas. La verdad, sin embargo, era que moría de ganas por pasar más tiempo con el chico. Cuando Agustín le soltaba invitaciones como aquella, con esa sonrisa suya tan radiante, apenas se podía resistir. Lamentablemente, esa tarde, tenía que hacerlo.

—Me encantaría, pero quedé con Celeste —suspiró—. ¿Mañana? Podés venir a casa.

Agustín enarcó una ceja y esbozó una sonrisa pícara.

—A tu casa, ¿eh?

—No seas tarado. —Nico le propinó un golpecito en el hombro con el puño.

—Mañana, entonces —aceptó Agustín, antes de despedirse.

Nico lo observó dirigirse hacia la salida, consciente de que sonreía como un tonto. Sacudió apenas la cabeza para regresar a la normalidad y continuó su camino. Agustín le gustaba mucho más de lo que podría haber previsto. Era lógico, considerando que era el primer chico con el que estaba, pero creía que iba mucho más allá de eso. Agustín lo hacía sentir cómodo consigo mismo de una manera que nadie más era capaz de lograr.

Cuando llegó al estacionamiento del colegio, Celeste lo estaba esperando. Su amiga había tenido tiempo de regresar a su casa, bañarse, cambiarse y luego regresar por él. Apoyada en la puerta del conductor, la chica tecleaba frenéticamente en su teléfono. Llevaba puesto un saco largo azul marino, una blusa, unos pantalones de *jean* y unas botas de gamuza muy de los setenta. Con el cabello rubio apenas ondulado, todo peinado hacia un costado, Celeste Torres perfectamente podría haber protagonizado alguna campaña publicitaria. Su estilo era único.

Se subieron al auto y partieron hacia la cafetería de Paraíso. Nicolás no preguntó por qué no se les unía Lucas; ya conocía la respuesta. Su amigo tenía cosas que hacer. No había especificado exactamente qué, solo se había excusado por no poder compartir con ellos la merienda. Nico había notado que el chico actuaba raro, mucho más que él o Celeste por lo de Rebeca. Si su hermana sabía algo al respecto, decidió no compartirlo.

La única razón por la que Nico no había insistido con el tema era porque sabía que no obtendría nada. Celeste jamás traicionaría la confianza de su hermano. Y si Lucas no estaba listo para hablar con él, Nico lo respetaba. Después de todo, él aún no les había contado a los mellizos por qué había cortado con Carolina, así como tampoco la verdadera naturaleza de su amistad con Agustín Alessio.

Constanza le había preguntado al respecto el día anterior. Cuando Nico le confirmó que no les había dicho nada a los Torres sobre su redescubierta sexualidad, pareció sentirse satisfecha. Sabía que, desde que él había retomado contacto con los mellizos, Constanza se sentía un poco dejada de lado. Aunque era difícil pasar tiempo con su amiga ahora que también tenía que dividirse entre ella y Martín. La relación entre ambos seguía tensa y Nico continuaba sin saber por qué.

—Yo voy a pedir un cortado y un muffin de chocolate —le dijo a Mónica, que se había acercado a tomarles el pedido.

—Yo un té de frutos rojos y un *brownie* —pidió Nico—. ¿Te cortaste el pelo? —Frunció ligeramente el ceño, tratando de adivinar si acaso era eso lo que veía diferente en su compañera.

Ella sonrió con cierta timidez.

—Ayer, sí.

Se acomodó un mechón de cabello detrás de la oreja antes de cerrar su libretita y marcharse. Celeste hizo una mueca mientras observaba su teléfono, pero no dijo nada. Nico tampoco preguntó, consciente de que no todo lo que salía de la boca de su amiga solían ser cumplidos o cosas bonitas. Siempre había pensado que, a veces, Celeste era demasiado cruda con sus palabras.

Una vez que Mónica se alejó, fue él quien se acomodó un mechón de cabello antes de colocar ambos codos sobre la mesa e inclinarse un poco hacia adelante. Pese a que habían elegido un rincón apartado, donde podrían gozar de mayor privacidad, cuando habló lo hizo en un tono de voz más bajo del normal. No muy lejos de allí se sentaba Betina Ocampo, su vecina metiche, en compañía de su hija. Nico estaba seguro de que, pese a la distancia que los separaba, ambas estaban dispuestas a parar la oreja y capturar algún chisme.

—Entonces, ¿hay noticias?

No hacía falta hacer ninguna aclaración, los dos sabían a qué se refería Nicolás. La idea que Lucas había puesto sobre la mesa días atrás, cuando se habían reunido para hablar sobre el regreso de Rebeca, podía haber parecido demasiado alocada en su momento, pero había resultado ser la única alternativa viable. Y es que la otra opción era dejar que los consumieran la duda y la paranoia. Aquel estrés no le haría bien a nadie.

—Sí... pero no.

La respuesta críptica de Celeste provocó que Nicolás enarcara una ceja.

—¿Podrías ser un poco más clara?

Su amiga le explicó que habían podido acercarse al terapeuta de Rebeca. Había sido ella, de hecho, quien había fingido necesitar hablar con alguien de sus problemas. Como atendía a su prima, su tía se lo había recomendado. Celeste contaba con que el hombre fuese lo suficientemente profesional como para no mencionárselo a Rebeca en una de sus sesiones; pero, solo por si acaso, había dejado entrever que buscar ayuda le daba mucha vergüenza.

—Entonces todavía no tenemos nada concreto.

—No. Tuve la primera sesión ayer. Tiene una libreta por paciente y creo que las guarda en su escritorio, bajo llave. La verdad es que no pude mirar demasiado. Pero si llego a encontrar la manera de que me deje sola unos minutos durante alguna de las sesiones, quizá pueda conseguir la libreta de Rebeca. Estoy segura de que tiene que estar ahí.

—¿Y si no está?

—¿Sabés, Nico? Cuando te ponés en negativo dejás de caerme simpático.

Mónica llegó con sus pedidos. Nico le agradeció con una sonrisa.

—Perdón, pero alguien tiene que ser *esa* persona. En el mejor de los casos, todo nos sale redondo, encontrás la libreta... ¿Y? ¿Rogamos que no diga nada sobre lo que en verdad pasó esa noche? —preguntó. Celeste se encogió de hombros—. Tenemos que estar preparados. Para todas las alternativas. ¿Qué pasa si encontramos la libreta y sí dice algo sobre esa noche? Quizá no se acuerde bien qué pasó, pero puede que sepa que la historia que contamos no es cierta. Sí, sí, ya sé que los detalles cuadran...

Afortunadamente, habíamos logrado que Julián, el amigo de Rebeca, respaldara nuestra versión de los hechos. Después de todo, era verdad que el chico había llamado a su mejor amiga, preocupado, tras ver la infame historia de Instagram que luego ella había eliminado. A partir de ahí había sido fácil construir el resto: cómo ella se enojó cuando le dijimos que tenía que volver a subir la historia porque así era el juego. Que hubiese intentado comunicarse con sus padres mientras bajaba las escaleras y que por eso hubiera tropezado, aunque estúpido, sonaba posible.

—¿Podemos preocuparnos por una cosa a la vez? —preguntó Celeste en voz baja.

A veces, no podía evitar pensar que hubiera sido más fácil decir la verdad desde un principio. Podrían haberle explicado a los Prats que aquello no había sido culpa de Nico, que había sido solo un accidente, sin la necesidad de recurrir a alguna mentira. Estaba segura de que podrían haber convencido a su tío de no tomar ningún tipo de represalia contra los Anderson. Pero no, me habían tenido que hacer caso a mí. Se habían tenido que dejar convencer de que la mentira era la mejor alternativa.

Nico soltó un suspiro cargado de resignación. Se reclinó hacia atrás, con las manos todavía sobre la mesa, a ambos lados de su pedido. El té de frutos rojos humeaba y el *brownie*, que venía con dulce de leche y crema, lucía riquísimo. Celeste se inclinó hacia adelante y le tomó una mano en un gesto cariñoso. Entendía por qué el asunto lo ponía tan ansioso y quería repetirle lo que ya le había dicho un millón de veces: aquello no era su culpa. Él no la había empujado. Había sido un accidente.

—Debí habérmelo imaginado.

Los dos amigos voltearon la vista y se encontraron con Carolina Dos Santos. Unos metros más allá, en otra mesa, Brenda Soriano lucía acongojada. Había intentado convencer a su amiga de que no se acercara a su exnovio, que no montara ninguna escena. Después de todo, él y Celeste eran amigos. Aquello era una merienda inocente, no una cita. La verdad era que Brenda no tenía manera de probarlo, pero lo último que deseaba era que su amiga se pusiera histérica en la cafetería.

Carolina observaba a Nico con una sonrisa forzada, falsa. Lucía muy lastimada por la visión de su exnovio y Celeste

Torres juntos. Fue cuando posó sus ojos en la mano de la chica que Celeste se dio cuenta de cómo Carolina podía interpretar aquello y la apartó. Pese a que había sido un gesto inocente, casi fraternal, el daño ya estaba hecho. Aquello era todo lo que bastaba para que la joven se armara una película entera en su cabeza.

—Emm... No sé de qué hablas, Caro.

Nico frunció el ceño, confundido.

—¿Empezó antes o después de que me cortaras? —le preguntó, antes de desviar su atención hacia Celeste—. Supongo que antes. No esperaría menos de una zorra como vos.

—*Whoa, whoa, whoa. Crazy much?* —intervino Celeste. ¿Qué le pasaba a esa loca*?*—. Somos amigos, nena. Nada más.

—Ja. Sí, seguro. ¿Por eso lo dejaste a Maximiliano? ¿Para venir a tomar café con tu *amigo*? —soltó, ponzoñosa.

—Caro, te estás armando una historia que nada que ver...

—Las razones por las que terminé mi relación con Max no son de tu incumbencia, ¿sabés? —le dijo Celeste, ahora un poco más molesta—. Pero no me hace falta ni intentar adivinar las razones por las que Nico te dejó a vos. *Psycho* —finalizó, con una ceja enarcada.

Nicolás observó a su amiga con un ligero deje de reproche. Un comentario como ese estaba de sobra. Celeste se dio cuenta de que, una vez más, se había ido de boca. Pero ya era muy tarde para remediarlo. Tampoco tenía intención de hacerlo, claro está. Aunque de haber sabido lo que sucedería a continuación, seguramente lo hubiera pensado dos veces.

Ninguno de los dos pudo prever que Carolina tomaría la taza con el cortado y se la lanzaría a Celeste encima. La chica pegó un salto y soltó un gritito, no porque aquella loca acabara de mancharle la blusa blanca con café, sino porque la bebida todavía estaba caliente.

—¡¿Pero qué mierda te pasa?! —exclamó Nico, aunque lejos de concentrarse en su exnovia, se puso de pie para intentar socorrer a su amiga de alguna manera. Aunque no pudiera hacer mucho más que pasarle algunas servilletas.

Varias personas observaban la escena, entre ellas las Ocampo; en el mostrador, Mónica y una de sus compañeras se debatían qué hacer. Nico agradeció que Agustín se hubiera pedido el día. No solo le habría dado vergüenza, sino que estaba seguro de que las cosas hubieran salido peor. El chico se hubiese metido en el medio, sin lugar a duda. Quizá hasta hubiese querido sacar a Carolina a la fuerza.

Sin embargo, aquello no hizo falta. Al ver el acto impulsivo y totalmente desubicado de su amiga, Brenda corrió al rescate. Tomó a Carolina del brazo y tiró de ella en dirección a la salida. Nicolás la escuchó decir algo, pero no le prestó atención. Estaba mucho más preocupado por Celeste.

—No sé qué decir, Ce... ¿Estás bien? ¿Querés que vayamos a un hospital?

—No es tu culpa, Nico. Es culpa de la psicópata de tu exnovia —agregó, elevando la voz a propósito con la última frase, en dirección a la puerta. Aunque Carolina y Brenda ya habían desaparecido—. Acompañame a casa, nada más. Necesito sacarme esto.

III

—**S**abés que podés confiar en mí, ¿no?

Lucas volteó el rostro y se encontró con Maximiliano, que lo observaba con curiosidad. Llevaba comportándose de manera extraña desde hacía varios días y sus amigos eran cada vez más conscientes de ello. Ignacio ya le había preguntado si acaso tenía algún problema. Ahora era Max el que le hacía saber que podía confiar en él, como si Lucas no lo supiera.

Pese a lo sucedido entre Max y su hermana, su amigo no había cambiado su forma de ser con él. Quizá se había mostrado un poco distante los primeros días, pero había sido más que nada porque quería evitar a Celeste. No planeaba dejar que la mala experiencia con la chica arruinara su relación con él. Max consideraba a Lucas un gran amigo. Ignacio pensaba lo mismo y por eso ambos se habían preocupado. El que no parecía darse cuenta de que Lucas no pasaba por un buen momento, sin embargo, era Nano.

—¿Qué hacen, señoritas? ¿Quieren que les habilite un cuarto o algo?

Se rio a carcajadas, con una mano sobre el hombro de cada uno de sus amigos. Nano creía que era gracioso, pero la mayor parte del tiempo solo resultaba exasperante.

Aquel viernes por la noche había invitado a algunos de sus compañeros del colegio y otros amigos a tomar algo a su casa, ya que sus padres se habían marchado durante todo el fin de semana a festejar su vigésimo aniversario de casados. Pese a que varios de los invitados no terminaban de tragarse al chico, todos habían aceptado. La casa de los Córdoba era una de las más grandes y ostentosas de Campos de Edén. Era imposible, sin embargo, no fijarse en los pequeños detalles de mal gusto.

—Yo creo que me voy a ir.

Lucas se hizo a un costado para sacarse de encima la mano de Mariano.

—¡No, rubio! Pero si es temprano todavía, esto recién empieza.

Max se quedó apoyado en la ventana que daba a la calle mientras observaba a Nano ir detrás de Lucas, que estaba por buscar su abrigo. Más allá, en el centro de la sala, el resto de los invitados bebían y escuchaban música. Celeste había decidido no asistir, aunque Johanna y Paulina sí. Joy bailaba con un amigo de Mariano que no iba al William Shakespeare y Poli charlaba animadamente con Ignacio. Él, sin embargo, parecía menos interesado en la conversación y más interesado en una de las chicas que le hacía ojitos a lo lejos.

—No estoy para fiestas, Nano —le dijo con cara de pocos amigos cuando volvió a insistir.

—Dale, Torres. No seas así. Aparte, tengo a una minita para presentarte. ¿Viste la...?

—¡Que no estoy de humor, te dije!

El tono que utilizó Lucas no dejó lugar a réplicas. Nano abrió los ojos con sorpresa. Rara vez su amigo perdía la paciencia de aquella manera. Decidió que era prudente dejar de insistir y lo acompañó a la puerta. Lucas se marchó sin despedirse de nadie. Se subió a su auto y condujo directo hacia su casa. Eran cerca de las dos de la mañana, por lo que seguramente su familia estaría durmiendo.

Cuando llegó, apagó el auto, pero no se bajó de inmediato. Se quedó allí, con las manos sobre el volante, pensativo. Su hermana se estaba ocupando de lo de Rebeca, aunque todavía no había hecho ningún avance, más que empezar a ir a terapia con el mismo tipo que atendía a su prima. La idea era acceder a las anotaciones que el hombre tenía de las sesiones con Rebeca; aunque, por lo que su hermana le había contado, no sería una tarea fácil. A él no se le ocurrían alternativas.

Sin embargo, no era aquella su principal preocupación. Si bien era consciente de lo que significaba que Rebeca pudiera llegar a recordar la verdad, tenía problemas más apremiantes. Todavía estaba lejos de juntar el dinero para su próximo pago y los días se le acababan. Ya había vendido varias de sus pertenencias, pero no era suficiente. Era demasiado dinero y, si quería ser capaz de pagar a término, tendría que tomar medidas extremas.

Celeste le había ofrecido algunas de sus cosas. En otras condiciones, su orgullo le hubiera impedido aceptar. Pero estaba demasiado hasta las bolas como para negarse. Así que había vendido un par de las joyas cedidas por su hermana. Y había sido justamente aquello lo que le había dado una idea. Quien tenía más joyas de las que podía usar, o de las que llevaba la cuenta, era su madre. A diferencia de lo que usaba su hermana, las joyas de su madre eran realmente caras. Lucas confiaba en que, con solo una de ellas, sería capaz de saldar lo que le quedaba de la deuda.

La pregunta que debía hacerse era: ¿estaba listo para robarle a su madre?

Aquella pregunta lo torturó durante buena parte de la noche. Si yo hubiera estado viva, no me habría costado demasiado convencerlo de que aquella era la única alternativa. ¿Qué otra cosa iba a hacer? ¿Confesarle a su padre la estupidez en la que se había metido? Efraín Torres pagaría la deuda, sí, pero tomaría represalias. No solo le quitaría todos sus privilegios, sino que existía la posibilidad de que lo mandara a algún internado, lejos de todos. Lucas no estaba listo para perder su libertad de aquella manera.

El sábado por la mañana se despertó temprano. Intentó despejar la mente con una ducha caliente. Fue en vano. Los días se le escurrían entre las manos como un puñado de arena.

Se fue tras el desayuno y regresó después del mediodía, tras un intenso partido con el equipo de fútbol del colegio en el que salieron vencedores. Llevaban invictos toda la temporada, aunque aquella mañana la distracción de Lucas les hubiera costado un gol. Nadie se lo había echado en cara solo porque habían ganado.

Sintió el aroma a carne asada con verduras cuando entró a la casa. Se quitó los botines, consciente de lo mucho que le molestaba a su madre que ensuciara la alfombra, incluso cuando no era ella quien se encargaba de la limpieza.

Estaba por empezar a subir las escaleras cuando su madre apareció desde el comedor. Se estaba terminando de colocar unos pendientes.

—Ay, Lucas, tené cuidado, que acaban de limpiar.

—Buenos días para vos también, mamá.

Lucía Torres se paró delante del espejo que había en el recibidor. Se veía elegante, como siempre, con el cabello recogido y unos zarcillos con forma de lágrima. Lucas recordaba que los había comprado en su último viaje a Nueva York, por lo que debían ser caros. Lo suficientemente caros, quizá.

—Haceme un favor, guardame estos en el tocador. Me están esperando las mujeres de la fundación para almorzar y se me hace tarde. —Su madre extendió una mano hacia él y le entregó los pendientes que se había estado probando.

Lucas reaccionó, bajó los dos escalones que había subido y se acercó a su madre para tomar las joyas. Lucía estaba tan apurada que apenas si se despidió de su hijo antes de salir de la casa a toda velocidad.

Durante varios segundos, Lucas se quedó allí, sin moverse, con los pendientes de su madre en una mano. ¿Acaso era obra del destino? Lucía le acababa de entregar en la mano justo lo que necesitaba. Para que se los guardara porque ella estaba apurada, claro; pero incluso así... ¿acaso no era demasiada coincidencia?

Tragó saliva. Sería muy sencillo quedarse con los pendientes. Cuando su madre preguntara en un par de semanas, o incluso meses, dónde estaban sus joyas, él podría decirle que había hecho exactamente lo que le había pedido. Su madre no tenía por qué sospechar de él. Aunque entonces la culpa recaería en alguien más. Lucía Torres ya de por sí confiaba poco en las mujeres de limpieza. Si desaparecía una de sus joyas, no dudaría en despedirlas a ambas. Lucas no estaba seguro de querer ser responsable de algo así.

—Lindos aritos, ¿te los vas a poner?

Dio un respingo al oír esa voz.

Vio a su prima aparecer en silla de ruedas desde la cocina. Sin lugar a duda su madre había estado muy apurada, tanto que se había olvidado de mencionar que Rebeca había decidido visitarlos aquella mañana.

Lucas cerró el puño alrededor de los pendientes.

—¿Qué hacés acá, Beca? —preguntó, intentando sonreír.

Ella se acercó un poco más.

—¿Tu hermana no te dijo? Vine a buscar unos apuntes para ponerme al día con las clases. Siento que estoy un poco atrasada con todo. —Observó a su primo con curiosidad, consciente de que había algo extraño en él—. Está en la cocina, con Julián, que me acompañó. En realidad, solo venía por los apuntes, pero la tía nos ofreció quedarnos a almorzar. Nos dijo que vos y Celeste iban a quedarse solos, que les vendría bien la compañía.

Lucas escuchó la risa de su hermana provenir de la cocina. Dudó unos segundos.

—Sí, seguro. Genial, entonces. Yo me voy a dar una ducha y bajo. Como verás, estoy hecho un asco.

Aparentaría que todo estaba bien durante el almuerzo, pero luego regañaría a su hermana por no haberle advertido de la situación. Seguramente, la intención de Celeste era acercarse más a su prima como alternativa a averiguar si acaso recordaba algo, pero a él no le gustaban las sorpresas. Hubiera preferido saber que se encontraría con Rebeca aquella mañana.

—Dale. No te tardes, el almuerzo está casi listo.

Lucas le dirigió una breve sonrisa a su prima antes de comenzar a subir las escaleras. Dejaría los pendientes en el tocador de su madre y luego pasaría derecho a su cuarto, se daría una ducha y pondría su mejor cara durante el almuerzo. No podía permitir que su prima sospechara nada.

—Ah, Lucas —llamó Rebeca, cuando él iba por la mitad de las escaleras—. Cuidado donde pisás. No te vayas a caer.

Giró con la silla de ruedas y se alejó de regreso a la cocina.

IV

—Todavía no lo puedo creer —le dijo Coti, con la boca abierta por la sorpresa, mientras Nico le contaba en detalle la escena de celos que había montado Carolina en la cafetería hacía tres días. Si bien en Campos de Edén los rumores se esparcían como la pólvora, ella había esperado a reunirse con su amigo aquel domingo para escuchar la historia completa—. Nunca te lo dije, pero siempre supe que estaba un poco loca.

Nico soltó una pequeña carcajada.

—Eso es exactamente lo que me dijo Lucas el otro día.

Constanza hizo una mueca antes de apartar la mirada y concentrarla en la hilera de camisas que tenía colgadas frente a ella, en un enorme perchero. Sacó una y se la mostró a Nico, que no pareció muy convencido. Era blanca con un estampado de flores azules. No era su estilo ni algo que se imaginara vistiendo aquella tarde, en su primera cita oficial con Agustín.

Aquello lo tenía increíblemente nervioso. Si bien llevaban viéndose hacía ya un buen tiempo y habían compartido mucho más que un par de besos, aquel domingo sería la primera vez que saldrían juntos. Agustín lo había invitado al cine a ver una película de superhéroes que tenía un giro bastante oscuro. Era justo el estilo que ambos disfrutaban. Pero, por más que a simple vista fueran solo dos chicos que iban al cine, la palabra *cita* no dejaba de dar vueltas en la cabeza de Nico.

«Mi primera cita con un chico».

Como si aquello no fuera suficiente para tenerlo caminando por las paredes, Agustín le había dicho que después de la película podían ir a su casa. Su madre tenía el cumpleaños de una prima y saldrían a cenar.

Nico se imaginaba que, en aquella ocasión, sería Agustín quien tomaría las riendas de la situación, por así decirlo. Aunque no sabía si él estaba listo para algo así. Lo peor de todo era que no tenía con quién hablar al respecto. Su amiga no hubiera sabido cómo aconsejarlo.

—Nico —Coti le llamó la atención—. Te perdiste. —Sonrió.

Él sacudió la cabeza y se pasó una mano por el cabello mientras tomaba una camisa estilo leñador de color verde y la observaba con detenimiento. No pudo evitar pensar que, si yo no estuviera muerta, aunque a regañadientes, podría haber hablado del tema conmigo.

—Creo que me voy a probar esta.

Al cabo de unos minutos, abandonaron la tienda con un par de bolsas y se dirigieron hacia el patio de comidas del centro comercial. Luego de pedir unas hamburguesas y ubicarse en un sector apartado, al lado de una columna, Nico decidió que era momento de que fuera su amiga quien se abriera un poco. Él estaba compartiendo todos los detalles de su vida con ella —o al menos aquellos que se podían contar— y sentía que no estaba recibiendo el mismo trato a cambio.

—¿Nunca me vas a contar qué pasó entre vos y Martín? —preguntó, antes de darle un bocado a su hamburguesa.

Ella casi se atraganta con la gaseosa.

Tras unos segundos de silencio, Constanza se acomodó un mechón de cabello castaño detrás de la oreja, soltó un largo suspiro y dejó de lado la actitud defensiva. Su primer instinto fue decirle que le preguntara a Martín. Pero entendía que, así como Nico había confiado en ella, era hora de que hiciera lo mismo. Lo mejor sería ser sincera con su amigo, por mucho que la incomodara.

La historia empezó en el verano, durante las vacaciones que Martín había pasado en la casa que los Maldonado tenían en las sierras. La ausencia de Nico los había llevado a hablar mucho más de lo que acostumbraban. Si bien eran muy buenos amigos, nunca habían pasado tanto tiempo a solas. Constanza se había dado cuenta entonces de que tenía muchísimas cosas en común con él, más de las que esperaba. Además, había descubierto otro costado del chico, uno que había comenzado a gustarle.

—Cuando hablamos por teléfono no te conté nada, no solo porque Martín estaba cerca, sino porque todavía no sabía si era algo de lo que valiera la pena hablar. —Hizo una breve pausa y volvió a beber de su vaso. La hamburguesa, por otro lado, seguía intacta—. O sea, él nunca me iba a ver de esa forma. Para él yo era uno más de mis hermanos.

Pero entonces, algo había sucedido. Esa misma noche, los hermanos de Constanza habían invitado a algunos amigos, preparado tragos y puesto música. Como no tenía mucha relación con ninguna de las amigas de sus hermanos, en un momento de la noche se encontró sentada al borde de la piscina, mirando las estrellas.

Martín salió y se sentó junto a ella. Había tomado, pero parecía lúcido. Hablaron durante un buen rato, se rieron y sus miradas se cruzaron. Él la besó. Fue un beso corto, quizá por temor a que algún hermano los viera a través de una ventana, pero para ella fue suficiente.

—… No volvimos a hablar de eso. Al día siguiente me trató como siempre. Como no quería volverme… bueno, Carolina —bromeó, para cortar la tensión que sentía acumulada—, durante un tiempo decidí no decir nada. Darle tiempo, espacio. En algún momento tenía que mencionar el beso, aunque fuera para decirme que no había significado nada, ¿no? Entonces…

—Brenda.

—Brenda. —Sonrió con amargura.

Incluso tras darse cuenta de que entre ellos sucedía algo, Constanza había decidido actuar con madurez. En lugar de acercarse a su amigo para hacerle planteos sin sentido, continuó esperando. Solo en un par de ocasiones le había tirado alguna que otra indirecta, mínima. Pero Martín no parecía captar nada.

Constanza comenzó a preguntarse si acaso ella le estaba dando a aquel beso más importancia de la que en realidad tenía. ¿Y si se olvidaba y ya? Martín se veía contento con Brenda y ella no quería arruinar la amistad que tenían.

Fue al poco tiempo de tomar aquella determinación que las cosas empeoraron. Se habían juntado a estudiar un viernes por la tarde, pero Martín no hacía más que mandarse mensajes con Brenda. Cuando Coti le preguntó si podía dejar de escribirle a su novia durante al menos cinco minutos, él se puso a la defensiva y comenzaron a discutir. Ella decidió echarle en cara el beso y Martín no supo cómo responderle. Al final, le dijo que había sido un error, que él nunca había querido arriesgar la amistad que tenían de esa manera. Constanza hubiera preferido que se quedara sin decir nada.

—Esa es toda la historia. —Suspiró y se ocupó de su almuerzo. Nico ya iba por la mitad de su hamburguesa—. El enojo se me va a pasar, eventualmente. Nada más necesito tiempo.

Nico asintió. Pese a que quería creer que su amiga acabaría dejando el rencor de lado y que las cosas volverían a ser como antes, algo le decía que ese no sería el caso. También se preguntó si él debía hablar con Martín al respecto. Sinceramente, ahora se sentía un poco molesto con el chico. Pero quería escuchar su versión de los hechos o, más bien, algún tipo de explicación que justificara su accionar.

Después del almuerzo dieron un par de vueltas más alrededor del centro comercial antes de despedirse. Constanza le deseó suerte y le pidió que luego le contara todos los detalles.

—O al menos los que se puedan contar.

Aquello logró que a Nico se le pusieran las mejillas coloradas mientras se subía al auto con todas las bolsas.

Su cita con Agustín no sería hasta más tarde, por lo que Nico planeaba acostarse a dormir al menos una hora en cuanto regresara a su casa. Solo esperaba poder hacerlo. Los domingos, su hermano acostumbraba a poner música a todo volumen mientras hacía cosas de la facultad. A menos, claro, que hubiera salido la noche anterior y no pudiera más que dormir todo el día. Aunque si no era su hermano, era Valeria, que hacía yoga en su cuarto con reggaetón de fondo. Y, aun así, probablemente sus nervios lo mantendrían en vilo.

Cuando Nico se bajó del auto y avanzó por el jardín delantero, agradeció que la casa estuviera en completo silencio. Sin embargo, le llamó la atención ver el auto de su padre fuera del garaje. Pronto supo por qué. Al atravesar la puerta principal, se encontró con tres maletas negras. Eran las mismas que habían usado en las últimas vacaciones que habían pasado en familia, en las playas de Brasil, tres años atrás.

—¿Qué es esto? —le preguntó a su hermana, que salía de la cocina y se dirigía hacia las escaleras.

—¿A vos qué te parece?

El tono de Valeria fue brusco, pero no le ofreció mayor explicación. Subió las escaleras rumbo a su cuarto con una botella de agua en la mano. Nico escuchó murmullos provenir de la sala, dejó las llaves sobre el recibidor y se dirigió hacia allí. Encontró a su madre sentada a la mesa, seria, como si hubiera muerto alguien. Su padre estaba de pie a un costado. Ambos guardaron silencio cuando advirtieron su presencia.

—¿De quién son las valijas?

—Mías —dijo su padre, que observó a Angelina una última vez antes de rodear la mesa. Recogió el abrigo del respaldar del sillón—. Me voy de la casa por un tiempo, Nico. Tu madre y yo necesitamos arreglar nuestros asuntos y es mejor que por ahora no estemos juntos.

Nico se quedó sin palabras. Aquello era su culpa. Si hubiera cerrado la boca, si no hubiera dicho nada… Tragó saliva y buscó el rostro de Angelina. Necesitaba alguna mirada, sonrisa o gesto que le hiciera saber que no, que en realidad no era su culpa.

Apartó la vista de su madre cuando sintió la mano de su padre sobre el hombro. Se lo apretó unos segundos antes de soltarlo. Nico creyó que todavía estaría molesto con él, pues lo había estado durante mucho tiempo, pero no fue así.

—Después hablamos —le dijo su padre antes de dirigirse hacia la entrada, tomar las valijas y marcharse de la casa. Probablemente, para siempre.

V

Rebeca y su amigo, Julián, se marcharon de la casa de los Torres bastante más tarde de lo esperado. Lo que en principio iba a ser solo un almuerzo se transformó en una tarde entera juntos. Julián, un chico siempre sonriente e histriónico, no paró de hablar ni un solo segundo. Mencionó en varias ocasiones lo mucho que le hacía falta su amiga en el colegio y que era una lástima que su madre la hubiera transferido al William Shakespeare.

Lucas se mantuvo callado la mayor parte del tiempo, rumiando en silencio lo que su prima le había dicho más temprano.

«No te vayas a caer».

Esas cinco palabras no habían dejado de dar vueltas en su cabeza en ningún momento. ¿Estaba leyendo demasiado entre líneas? ¿O Rebeca recordaba lo que realmente había sucedido aquella noche? Si no lo recordaba, al menos lo sospechaba.

Mientras Celeste se servía algo de beber en la cocina, Lucas se preguntó si debía contarle aquello. No quería preocuparla sin motivo, pero tampoco podía callar información importante. Así que, incluso sin estar cien por ciento seguro, Lucas se apoyó en el marco de la puerta de la cocina y observó a su hermana sentada a la mesada de mármol, con un vaso de jugo de naranjas recién exprimidas, muy atenta a su teléfono celular.

—Ce, tenemos que hablar —soltó con un suspiro sentido.

Ella alzó la cabeza y frunció ligeramente el ceño. Nada bueno le seguía nunca a aquellas palabras, lo sabía por experiencia.

—No, no puede ser —murmuró al cabo de unos minutos, luego de que su hermano le relatara con detalle el intercambio de palabras.

—Pero lo es. ¿Deberíamos decirle a Nico?

—No. —La respuesta de su hermana fue tajante. Se mordió el labio inferior—. No estamos seguros de que signifique algo. No del todo. Si le contamos a Nico, va a entrar en pánico. Quizá lo preocupamos sin sentido.

—Ce, se acuerda. Y si no se acuerda, sospecha. No puede ser casualidad. No solamente lo que me dijo hoy, todo. El cambio de colegio. La visita, su intento de... ¿qué? ¿Volverse nuestra amiga?

—Así y todo, Lu. No le podemos decir a Nico. No hasta que estemos completamente seguros. O hasta que sepamos qué quiere.

Porque Rebeca tenía que querer algo. Si era verdad que recordaba lo que había sucedido y aún no había dicho nada, tenía que ser pura y exclusivamente porque tenía alguna especie de plan. ¿Pero cuál? ¿Qué iba a hacer? ¿Amenazarlos? ¿Sobornarlos? No podía ser tan idiota como para pensar que ellos se habrían olvidado de todo, que actuarían como si nada. ¿O sí? Si Rebeca se acordaba de todo y no los había delatado era porque tramaba algo.

Esa noche, Lucas se fue a la cama con más ansiedad que la noche anterior. Su hermana le había dicho que el miércoles, en terapia, intentaría encontrar la forma de acceder a las anotaciones de su terapeuta. No sabía muy bien cómo, pero tenía un par de ideas. Una de ellas lo incluía a él haciéndose pasar por un paciente en crisis, al borde del suicidio. La idea era que su llamada lograra sacar al terapeuta del consultorio durante el tiempo suficiente para que ella pudiera espiar las anotaciones. Aunque todavía quedaba el detalle de cómo abrir el cajón.

Y como si fuera poco, él todavía tenía que solucionar otro problema, el del dinero.

Aquello lo mantuvo despierto gran parte de la noche. No podía robarse los pendientes. No podía robar ninguna pertenencia de su madre. O de su padre. Efraín Torres también tenía varias cosas de valor que seguramente no extrañaría. Tampoco podía decirles a sus padres la verdad sobre su problema de dinero, sobre los juegos clandestinos de los que formaba parte. Simplemente no podía.

Así que, aquella mañana de domingo, Lucas se levantó con la determinación de encontrar una solución a sus problemas sin tener que robar nada. Era capaz de cometer muchos actos de moralidad dudosa; pero, aparentemente, el hurto era donde marcaba el límite. O al menos cuando se trataba de sus padres.

Como hacía pocas veces los domingos, Lucas se calzó ropa deportiva bien temprano, agarró su iPhone, se puso los auriculares inalámbricos y salió a correr. Dobló hacia la izquierda en la primera cuadra, lo cual lo llevaría directo hacia la iglesia del barrio, Nuestra Señora de Fátima. La iglesia tenía un estilo neogótico y no era para nada modesta. Las misas las daba el padre Genaro, un hombre joven, que debía rondar los treinta y tres años.

Todos los domingos, la mayor parte de las familias de Campos de Edén asistían allí en busca de redención. En algún momento, su familia había sido una de ellas. Lucas se recordaba perfectamente a los seis años, junto a sus padres y su hermana, sin comprender del todo de qué se trataba aquella celebración dominical. Con el tiempo, tanto él como Celeste se habían revelado: el catolicismo no era para ellos. Sus padres continuaron asistiendo, solos, hasta que por fin se cansaron de mantener una fachada que a nadie le importaba.

La rutina lo llevó a pasearse por decenas de casas tan majestuosas y ostentosas como la suya. Mientras observaba a su alrededor sin prestar atención a nada más que al camino que tenía por delante, Lucas pensó en la única forma que tenía para reunir el dinero que le faltaba: otra apuesta. Necesitaba un último juego clandestino y una victoria jugosa antes de retirarse para siempre. Porque él era capaz de decidir cuándo y cómo detenerse.

Una hora más tarde, tras volver a su casa, mientras salía de la ducha envuelto en una toalla blanca, tomó su teléfono celular y encontró una invitación muy interesante. Una mesa de póker tendría lugar aquella tarde en una casa no muy lejos de Campos de Edén.

Era la primera vez que lo invitaban en mucho tiempo. Lucas lo tomó como una señal. Aquella mesa en particular solía mover mucho dinero. Si eso no era el destino, entonces no sabía qué creer.

Eran cerca de las seis de la tarde cuando Lucas abandonó su casa junto con los últimos rayos del atardecer. En la residencia de los Torres no quedó absolutamente nadie. Sus padres se habían ido temprano a un evento en el club y su hermana había desaparecido hacía un par de horas. Probablemente se hubiera reunido con Dante. Aquella relación le hacía rechinar los dientes, pero poco podía hacer al respecto.

Las Colinas era otro barrio privado, a unos kilómetros de Campos de Edén, lleno de gente con plata, aunque de un perfil más bajo. Las casas eran más pequeñas y los jardines no eran tan extensos.

Lucas aparcó frente a una casa blanca de un solo piso que no parecía nada del otro mundo. Había dos autos afuera del garaje y un tercero estacionado en la puerta. Ninguno era un vehículo caro, lo que significaba que dentro de la casa se encontraría con tipos comunes y corrientes. O al menos eso esperaba.

Lo recibió un hombre alto, corpulento, con tatuajes en las manos. Lo observó de arriba abajo con ligero desprecio.

—¿Qué querés, nene?

Lucas enarcó una ceja y le ofreció una sonrisa condescendiente.

—El nene viene a jugar, Bocha. Dejalo pasar. —Se oyó una voz desde la sala.

El hombre lo miró con cara de pocos amigos antes de hacerse a un lado. Lucas ingresó a la casa, que a simple vista parecía un hogar de familia como cualquier otro. En la sala, sin embargo, alrededor de una mesa de cristal elegante, se reunían varios hombres. Había tipos grandes y un chico que apenas tendría un par de años más que Lucas. Llevaba un anillo de casado y, a juzgar por la confianza que exudaba, aquella no era su primera vez.

Lucas tomó asiento y observó de reojo a Bocha, el grandote que lo había atendido, que ahora se dirigía al bar de la sala a preparar un par de bebidas. Se preguntó si era un requisito que todos los juegos clandestinos tuvieran un grandulón como aquel. Supuso que el dueño de casa lo habría llamado para asegurarse de que nadie intentara hacerse el vivo. Nunca estaba de más algo de protección.

—Ya conocen las reglas. —El hombre que estaba en la punta de la mesa, de bigote negro y lentes de lectura, se puso de pie y repartió un par de fichas—. Partimos con base de mil, de ahí para arriba.

Y empezó a barajar las cartas.

A Lucas no solo le gustaba el póker, sino que era muy bueno. Aquella noche se sentía con suerte y, mientras en la calle oscurecía cada vez un poco más, dentro su rostro se iluminaba con petulancia. No paraba de ganar. Todas sus manos eran buenas y parecía que aquel era su día. Lograría reunir toda la plata que necesitaba. Saldría de aquel aprieto y le diría adiós a los juegos clandestinos y a las apuestas, al menos durante un buen tiempo.

Debería haberse imaginado que la vida no se lo iba a poner tan fácil.

Comenzó a perder. Primero fue una mala mano. Nada de lo que no se pudiera recuperar. Pero el hombre casado parecía haberse quedado con su suerte. ¿Lo peor de todo? Si Lucas era petulante cuando ganaba, aquel tipo era insufrible. Lucas estaba seguro de que no podía ser él el único con ganas de bajarle esa sonrisa perfecta de una trompada.

Quizá fueron las ganas de verlo perder o el pánico que experimentó al entender que tal vez se iría de allí con más deudas lo que lo llevó a tomar una pésima decisión. Con cuidado, sin que nadie se diera cuenta, deslizó la mejor carta de su mano dentro de la manga de su camisa. Bendita la hora en que había decidido ponerse una camisa de manga larga aquel día.

Su estrategia dio resultado. En la siguiente mano, esa carta que se había guardado le salvó la jugada. Comenzó a recuperarse. No dispuesto a dejar todo en manos de la suerte, Lucas continuó haciendo trampa. Poco a poco, recuperó todo lo que había pasado a manos de su contrincante. Y más.

—Ya vengo, voy al baño.

Se disculpó con una sonrisa, mientras dejaba las cartas boca abajo sobre la mesa, perfectamente ordenadas. Si alguien las intentaba dar vuelta, cuando regresara, él lo sabría. Se puso de pie y entonces Bocha, que había estado observando el juego a la distancia, se interpuso en su camino. El dueño de casa le había hecho una seña. Sospechaba.

—¿Qué hacés? —se quejó Lucas, mientras el tipo hurgaba en sus bolsillos—. Che, decile a tu patovica que no…

Enmudeció al notar que la carta que guardaba en la manga caía al suelo.

—Nene, nene. —El hombre chasqueó la lengua—. ¿Sabés qué les hacemos a los tramposos acá?

VI

La posibilidad de que Rebeca los estuviese acechando para arruinarles la vida la tenía más intranquila de lo que estaba dispuesta a aceptar. Lucas tenía suficiente con el tema de su deuda como para ser el encargado de mantener la calma. Era ella quien debía mantenerse en eje y decidir cómo procederían.

Excepto que no podía. Se imaginaba una cena familiar con sus padres, sus tíos y su prima en la que, casualmente, Rebeca revelaba que lo suyo no había sido un accidente y que sus primos habían encubierto la verdad. «Pero sí que fue un accidente», se dijo a sí misma aquella noche, antes de irse a dormir. Nicolás no la había empujado. Al menos ella lo creía incapaz de hacerlo.

Aunque todo había sido tan confuso... Lo cierto era que no sabía con exactitud lo que había sucedido.

Todo por una estúpida foto.

Aquella mañana se levantó más temprano que de costumbre con la intención de desayunar junto a su hermano mellizo, debatir el tema y decidir qué hacer a continuación. El miércoles tenía terapia y planeaba hacer lo que fuera con tal de acceder a las notas de su terapeuta. Lograrlo sería una historia diferente.

Mientras tanto, ¿debían decirle a Nico? Ella había determinado tajantemente que no, pero ahora dudaba. Su amigo se sentiría traicionado si se enteraba de que ellos le habían ocultado algo semejante.

Para su desgracia, le fue imposible hablar con su hermano. Lucas había salido a correr y no regresó hasta el mediodía. Como si fuera poco, se mostró evasivo con ella.

Celeste consideró hablar sobre sus problemas de dinero. Le había ofrecido algunas de sus joyas con tal de ayudarlo, aunque sabía que estaban lejos de cubrir la suma que Lucas necesitaba. Pensó en ofrecerle uno de sus bolsos de Chanel, por más que le doliera prescindir de alguno de ellos. O quizá un par de zapatos. Tenía demasiados y sus padres ya habían perdido la cuenta de cuántos pares tenía en su armario.

Estaba subiendo las escaleras cuando su celular vibró. Se detuvo a mitad de camino y lo sacó para observar de quién se trataba. El mensaje era de Dante. Le preguntaba si podían verse esa tarde. Había tomado una decisión muy importante y quería hablar de ello en persona.

Celeste sintió una sensación extraña en la boca del estómago que confundió con emoción. Aquello significaba que dejaría a su esposa. ¿De qué otra cosa podría querer hablar en persona?

Durante un segundo, dudó. Hablar con Lucas era importante, pero podía esperar. Discutirían sobre Rebeca o la deuda por la noche, después de la cena. Eso le daría a ella la oportunidad de encontrarse con Dante. Quizá, cuando regresara horas más tarde, lo haría con la certeza de que ya no salía con un hombre casado.

Aunque, ¿qué significaba realmente aquello? Incluso si se separaba de Melisa, seguiría siendo su profesor. Seguiría casi doblándole la edad. Suspiró. ¿Qué estaba haciendo?

Pese a las dudas, un par de horas más tarde, Celeste estacionó su auto frente a un complejo de departamentos en el centro de la ciudad. Era el punto de encuentro que habían elegido durante un buen tiempo, sobre todo al principio de la relación. Si es que aquello se podía considerar como tal. Por lo poco que sabía del lugar, el departamento pertenecía a un amigo de Dante. Desconocía si el hombre sabía para qué usaba el lugar o si tenía idea de quién era ella. Celeste trataba de no pensar en que Dante fuera el tipo de hombres que hablaba sobre su amante con sus amigos, como si de un trofeo se tratara.

Amante. Detestaba esa palabra.

Se observó en el reflejo del vidrio de la entrada y se acomodó un poco el cabello dorado. Como hacía frío, se había colocado una gabardina azul Francia por sobre el suéter y el pantalón de *jean*. Las botas caqui hacían juego con el bolso. Una de las mujeres que salió del edificio la observó de arriba abajo con una nota de envidia. Los atuendos de Celeste Torres solían generar esa reacción. Cuando no era admiración, era envidia.

Dante tardó unos segundos en bajar a abrirle. Llevaba una camisa negra con los primeros botones desprendidos. Se saludaron con un beso en la mejilla, solo por si acaso, e ingresaron al complejo. No fue sino hasta que se metieron en el ascensor que se permitieron darse un saludo mucho más adecuado. Celeste se encontró arrinconada, con el cuerpo del hombre ejerciendo presión sobre el suyo. Los labios de Dante recorrieron su cuello con un dominio del que solo él era capaz.

El ascensor se detuvo en el piso número once. Celeste se había dirigido allí para hablar, pero Dante parecía tener otros planes. Y ella no pudo resistirse. En su mente seguían dando vueltas todas las razones por las que, incluso aunque dejara a Melisa, lo que tenían ella y Dante no era sano. Sin embargo, con el cuerpo del hombre junto al suyo le costaba pensar con claridad.

—Le voy a pedir el divorcio.

No fue sino hasta que se encontraron los dos envueltos en las sábanas que Dante dejó escapar aquellas palabras.

Celeste, recostada boca arriba, observando el techo, no supo qué sentir. Lo que había creído que nunca ocurriría al fin estaba sucediendo. Dante iba a dejar a su esposa. De repente se sintió mal por Melisa y su embarazo. Pero ¿era justo que él intentara hacer funcionar un matrimonio que no lo hacía feliz solo porque su esposa esperaba un hijo suyo?

No era mucho más justo que arrastrarla a ella a una relación imposible. Incorrecta.

Se pasó la lengua por los labios y no dijo nada. Dante, que también había mantenido la mirada fija en el techo, volteó a verla. Celeste sintió sus ojos azules posarse en ella, pero se mantuvo en silencio

—Hablo en serio. Le voy a pedir el divorcio a Melisa. Estoy cansado de sentirme atrapado en un matrimonio que me asfixia. Estoy cansado de sus celos, de sus reclamos, de sus persecuciones.

Celeste sonrió, aunque su sonrisa no parecía del todo sincera. Escuchar que Dante se divorciaría de su esposa era todo lo que siempre había deseado. O al menos eso había creído.

Se suponía que debía estar contenta, pero no podía dejar de pensar en lo poco que aquella decisión trascendental cambiaba su situación. Tendrían que seguir escondiéndose. Tendrían que seguir cuidándose de las miradas indiscretas.

Hasta que ella terminara el colegio, para lo que faltaba más de un año y medio, seguirían siendo clandestinos.

—Ey, pensé que esto te iba a poner contenta.

Dante se acercó más a ella y la tomó del mentón.

—Me pone contenta —mintió—. Pero... Esto no cambia mucho, Dante. *Not really* —dijo, el ceño ligeramente fruncido.

Celeste giró hacia un costado y se sentó en la cama, con una de las sábanas alrededor del cuerpo. Se puso de pie, de espaldas a Dante, que se quedó observándola completamente confundido.

—¿Preferís que siga con Melisa?

El tono sarcástico en la voz del hombre era inconfundible.

—Por supuesto que no. —Celeste se dio la vuelta—. Solo señalo lo evidente. Podés estar separado de Melisa; pero, a fin de cuentas, nuestra relación va a seguir siendo la misma. Un secreto. Algo prohibido.

—¿Te vas?

Mientras la observaba alejarse de la cama en dirección al baño, Dante parecía cada vez más y más confundido.

—Voy a darme una ducha.

Se despidió de Dante poco después. Él bajó a abrirle, pero no la acompañó hasta al auto, pese a que ya era de noche. Incluso en la oscuridad, temía que los vieran.

Y hacía bien en desconfiar, porque había alguien que los estaba vigilando, a lo lejos. Celeste no fue consciente de ello; pero, cuando arrancó su auto y bajó por la calle, otro vehículo prendió sus luces y comenzó a seguirla.

En el camino recibió un llamado de Paulina, así que puso el manos libres. Poli quería saber si estaba disponible para ir al cine con ella y Joy. Su amiga había tomado la costumbre de organizar salidas espontáneas. Al principio, a Celeste le pareció hasta adorable. Poli parecía haber encontrado su grupo de pertenencia con ellas. Se mostraba mucho más segura de sí misma desde que la habían acogido y ayudado con su *look*. Por momentos, sin embargo, la encontraba pesada.

«Al menos no va a resultar una perra traidora como Florencia», pensó.

Tuvo que declinar su oferta. No solo estaba cansada, sino que quería hablar con su hermano. A veces, Lucas podía ser demasiado orgulloso como para pedir ayuda y era ella la que tenía que obligarlo a decirle qué era lo que necesitaba.

Pero la casa estaba vacía. Sus padres aún no regresaban del club ni había señales de Lucas.

Celeste dejó la gabardina en el perchero de la entrada y prendió las luces de la sala. Se dirigió a la cocina a servirse un vaso de agua antes de sacar su celular y mandarle un mensaje a su hermano.

¿Dónde estás? ¿Venís a cenar?

Sus padres, seguramente, comerían en el club, por lo que ellos tendrían que pedir comida. Celeste sabía cocinar, pero rara vez lo hacía por voluntad propia.

La última conexión de su hermano había sido apenas algunos minutos atrás, así que Celeste se quedó observando la pantalla del teléfono mientras bebía agua, a la espera de una respuesta.

«Seguro está con alguien», pensó, antes de recargar la botella, meterla en la heladera y dirigirse hacia la sala. Esperaría algunos minutos a que Lucas respondiera antes de pedir comida para ella. Tomó el control remoto y puso Netflix.

Estaba a punto de sentarse a ver un capítulo de *You* cuando alguien tocó el timbre.

Observó de reojo su teléfono. Lucas seguía sin responder. Lo dejó en el sillón antes de levantarse a atender. Le resultó curioso que alguien tocara el timbre un domingo a esa hora, sobre todo porque sus amigos o los amigos de su hermano solían anunciarse antes. Rara vez alguien caía de improviso. Quizá fuesen Poli y Joy, que habían ido a buscarla para convencerla de ir al cine con ellas.

Pero, al abrir la puerta, Celeste se encontró con una mujer que la miraba con una sonrisa tentativa. Llevaba una mano en la correa de su bolso, la otra sobre su panza de embarazada.

—Celeste, ¿no? ¿Puedo pasar? Soy Melisa Blas, la esposa de Dante.

VII

Alguien me seguía y yo debería haberlo sabido. Debería haberlo intuido de alguna manera. ¿Dónde estaba ese sexto sentido que a veces me era tan útil? ¿Por qué no había funcionado aquella noche, la noche de mi muerte? Quizá porque había bebido demasiado. Quizá porque, tras la discusión con Nicolás, lo único en lo que podía pensar era en llegar a mi casa, preparar el *jacuzzi*, esperar a Sebastián y olvidarme de todo. Absolutamente todo.

Si hubiera estado más atenta mientras caminaba, habría advertido la presencia sospechosa de aquel auto. Me habría dado cuenta de que, cuando llegué a mi casa, el vehículo se detuvo debajo de un frondoso árbol que se alzaba sobre la vereda, como si la oscuridad de la noche no fuese disfraz suficiente.

Lo que no hubiese advertido, sin embargo, incluso sobria y con la mente despejada, era la identidad de la persona que se encontraba detrás del volante.

Melisa Blas sacó su teléfono celular y llamó a su esposo. Dante tardó algunos minutos en atender.

—Amor, ¿dónde estás? ¿Por qué no venís a casa?

Pese a que trataba de sonar conciliadora, resultaba evidente que la comunicación era tensa. Sin duda porque, una hora atrás, el matrimonio había protagonizado una fuerte discusión.

Pese a que ante sus amigos y familiares se mostraban como la pareja perfecta, estaban lejos de serlo. Llevaban sin ser perfectos y felices por mucho tiempo. Solo por eso Melisa había quedado embarazada, porque creía que un hijo los ayudaría a recuperar la chispa perdida. De lo contrario, jamás hubiese dejado de tomar las pastillas anticonceptivas. Pero se había equivocado. Ya nada podía salvar su matrimonio. No mientras su esposo tuviera una amante.

—Te dije que necesitaba tomar un poco de aire. Ahora estoy yendo a alguna estación de servicio a comprar un helado, no sé. Algo.

—O sea que todavía no venís a casa. —La voz de Melisa perdió color.

—No, me voy a tardar un rato.

Aquella era la confirmación que necesitaba.

—Nos vemos más tarde, entonces.

Cortó y dejó el celular en el asiento del acompañante. Colocó ambas manos sobre el volante para intentar calmarse. Temblaba. No podía creer que Dante fuera capaz de seguir mintiéndole de esa manera. Melisa lo había confrontado aquella madrugada, cuando regresaron de cenar con sus padres. Le había dicho que sabía que le estaba metiendo los cuernos. Todo el mundo lo sabía. Él, por supuesto, lo había negado.

Melisa lo había seguido después de la discusión, derechito hasta Campos de Edén. Lo había visto estacionar cerca de la fiesta de los mellizos Torres y lo había visto hablar conmigo.

Así fue como, finalmente, le pudo poner un rostro a la zorra que intentaba robarle a su marido. Todo lo que se había negado a ver durante los últimos meses estaba ahí, cacheteándole el rostro.

Tomó su cartera y se bajó. El auto de su esposo ni siquiera estaba cerca, seguramente lo había dejado lo más lejos posible, para evitar cualquier sospecha.

Con aquel pensamiento alimentando el odio que hervía en su pecho, se dirigió hacia mi casa. Su intención era golpear la puerta como si nada, pero entonces notó que se prendía la luz del patio.

Dudó, con el puño levantado. Entonces dio la vuelta.

I

Reí y enarqué una ceja con sorpresa y algo de confusión. ¿Qué hacía Melisa Blas, la esposa de un profesor del colegio, en el patio trasero de *mi* casa?

La mujer llevaba el cabello suelto y un vestido negro que no dejaba apreciar la diminuta panza de embarazada de dos meses que yo sabía que escondía. Una cartera marrón colgaba de su hombro.

Me crucé de brazos mientras esperaba algún tipo de explicación. De hecho, hasta dudé entre si lo que estaba viendo era real o producto del alcohol. ¿Tanto había tomado?

—¿Y bien...? —pregunté, mientras bajaba un brazo y apoyaba la mano en la cintura.

—Lo estás esperando a él, ¿no es cierto?

—¿A Dante?

De repente, todo cuadró a la perfección. Melisa creía que yo era la zorrita que se estaba cogiendo a su esposo. Se iba a llevar una gran sorpresa cuando apareciera Sebastián, aunque el chico seguramente tardaría varios minutos. Pensé en decirle que no era yo la adolescente con la que su esposo la estaba engañando, pero tampoco quería delatar a Celeste. Por más que en ocasiones no termináramos de congeniar o que nuestra relación fuera, por lo menos, complicada, jamás se me ocurriría traicionarla de esa forma.

—No te hagas la estúpida. Sé que me está engañando. Me estuvieron mandando mensajes.

Bueno, *traicionar* era un concepto demasiado amplio, ¿no? Enviarle mensajes a la esposa de Dante para hacerle abrir los ojos no se podía considerar una traición a mi amiga, ¿o sí?

Jamás le revelé su identidad a la mujer. Solo le había hecho notar algunas de las actitudes de su esposo. Si Dante no estaba dispuesto a dejar en paz a Celeste por sus propios medios, entonces yo tenía que darle algún otro incentivo.

—Ay, Melisa. Tu esposo te está metiendo los cuernos, sí. —Me reí mientras le daba la espalda. Tomé una copa y la botella de vino. Me serví un poco. Le di un trago antes de dejarla nuevamente en el borde del *jacuzzi*, junto a la otra copa vacía. Me observé las uñas con distracción—. Pero ¿por qué irías a hacerle una visita a su amante en lugar de enfrentarlo? El cerdo es Dante, Melisa.

Me di la vuelta para observarla a la cara. Estaba por decirle que, de todos modos, no era yo la que se estaba cogiendo a su esposo. Que podía quedarse a esperar a que llegara Sebastián, si quería. Hasta pensé en decirle que se quedara a ver, si acaso le divertía, con la intención de tomarle el pelo.

Pero, al girar sobre mis talones, vi a Melisa apuntarme con un arma.

Oí el disparo y, de repente, estaba muerta.

II

—Pará, Agustín, nos van a ver.

A Agustín no le importó. Tomó a Nico de la cintura y lo atrajo hacia sí. Encontró sus labios en la oscuridad de la sala y lo besó. Pese a que le daba vergüenza que alguien se pudiera fijar en ellos, Nico lo correspondió. El beso, de todos modos, no se extendió demasiado. Ninguno de los dos quería montar una escena.

Cuando se separaron, Nicolás advirtió que las tres chicas que se habían sentado detrás de ellos durante la película pasaban a su lado y los observaban, sonrientes. No eran sonrisas de burla, sin embargo. Parecían contentas por ellos, incluso aunque no los conocieran.

Los dos chicos abandonaron la sala, Nico con las mejillas coloradas y Agustín con una sonrisa de oreja a oreja.

La película había sido asombrosa. Ambos habían amado a la actriz principal, aunque diferían sobre el final que había tenido el personaje. Para Agustín era por demás lógico. Nicolás, por otro lado, no se sentía conforme. Le parecía que se merecía algo diferente, pese a que comprendía que, dentro del marco de la película, era aquello justo lo que se podía esperar.

Avanzaron por el centro comercial, su conversación fluía entre la película y el género de terror en general. Cada tanto, Nico se pasaba una mano por el cabello, que aquella noche llevaba suelto, y observaba a Agustín de reojo. Se sentía muy afortunado de poder tener una cita con el chico que le gustaba. Más aún, de poder hacerlo libremente. Quizá no se animaba a tomarlo de la mano o a otro tipo de demostración de afecto, pero el simple hecho de caminar a su lado hacía que su corazón latiera con más rapidez.

Compartir aquello con Agustín casi había logrado que se olvidara de la partida de su padre.

Por momentos, sin embargo, no podía evitar recordar las valijas, el rostro serio de su madre, el apretón en el hombro. Y lo invadía la culpa. No dejaba de preguntarse si las cosas podrían haber sido diferentes. Si él se hubiera quedado callado, ¿qué habría sucedido? ¿La relación clandestina entre su padre y Aldana habría continuado? ¿Su madre lo habría descubierto tarde o temprano?

Mientras pasaban por una tienda de dulces y compraban un par de chocolates, Agustín le preguntó si estaba todo bien. Había notado esos pequeños cambios de humor. Con un suspiro y acompañado de un par de bombones, sentados en la puerta del centro comercial, Nico le contó que hacía un par de horas su padre se había marchado de la casa. Quizá, para siempre.

Agustín lo ayudó a entender que, tal vez, aquello era lo mejor. Y que nada de lo que había sucedido era su culpa. Su padre no era feliz en su matrimonio, evidentemente, y su madre no podía seguir viviendo engañada. Tarde o temprano, todo habría salido a la luz. Por lo general, mientras más tardaba la olla en destaparse, peor era. En su opinión, les había hecho un favor a todos al hablar. Quizá su madre o su hermana no lo vieran así en ese momento, pero tarde o temprano lo entenderían. Todo estaría bien.

Emprendieron el camino de regreso a Campos de Edén en el auto de Nicolás. Si bien iba concentrado al volante, no pudo evitar pensar en que Agustín tendría la casa para él solo y lo que eso significaba.

—Te podrías quedar a dormir, también —mencionó Agustín de manera casual cuando se detuvieron en un semáforo.

—¿Y tu mamá?

—¿Decís si va a sospechar algo? —rio Agustín. Nico aprovechó para echar un vistazo a su teléfono, ya que el semáforo seguía impidiéndoles el paso—. Te sorprenderías de lo despistada que es. No pasa nada, te podés quedar. —Le sonrió, tranquilizador.

Nico no le respondió. Agustín frunció el ceño cuando vio que el semáforo les daba el paso.

—Nico, está en verde.

Nicolás solo reaccionó cuando oyó los bocinazos que lo urgían a ponerse en marcha. Agustín le preguntó si acaso había entrado en pánico ante la idea de pasar la noche entera juntos. No hacía falta que lo hicieran si lo ponía tan incómodo.

—No es nada de eso —aclaró Nico—. Es Lucas. Necesita mi ayuda —dijo, con la vista fija en la calle.

Literalmente, eso era todo lo que decía el mensaje que había recibido, que además iba acompañado de su ubicación.

Nico había alcanzado a escribir una breve respuesta antes de que el resto de los conductores lo instaran a arrancar. Lucas no acostumbraba a pedirle ayuda. O al menos no lo había hecho durante el último tiempo. Antes, cuando eran chicos, antes de mi muerte, de lo de Rebeca, de su distanciamiento, Lucas lo hacía con todo: tareas, mandados, apoyo moral en reuniones familiares o simples tardes de aburrimiento.

De niños habían sido muy unidos.

Aquel mensaje le producía mala espina. ¿Qué le podría haber sucedido para que acudiera a él? No podía ser algo simple, porque para eso habría recurrido a Maximiliano, a Ignacio o incluso a Mariano. No, debía ser algo grande. Algo grave.

¿Le habría avisado a Celeste o acaso se trataba de algo que su hermana tampoco podía saber?

Pese a que no estaba en sus planes ir a socorrer a Lucas Torres, Agustín no dijo nada. No sería ese tipo de pareja, aunque oficialmente todavía no fueran nada. Esperaba tener esa conversación con Nico esa noche. Regalarle el cuadro que había pintado para él y pedirle que fuera su novio. Aunque parecía que aquel retrato permanecería escondido en el fondo de su armario un tiempo más.

El pánico que Nico había experimentado al leer el mensaje quedó justificado cuando encontraron a Lucas.

Estaba en una parada de colectivo vacía, sentado en un rincón. Nico nunca lo había visto en un estado semejante. Tenía la ropa manchada de sangre, cortes en el labio, el pómulo y la ceja, y un ojo morado. Pero no era solo la cara donde lo habían golpeado, algo de lo que se dio cuenta cuando, junto con Agustín, lo ayudó a ponerse de pie.

—¿Me querés explicar qué te pasó? ¿Quién te hizo esto, Lucas?

Nico se subió junto a su amigo al asiento trasero. Agustín había asumido el rol de conductor. Dentro del auto, con un poco más de luz, el aspecto que tenía Lucas era todavía peor.

—¿Qué? No me veo tan mal. —Intentó sonreír, con la cabeza hacia atrás en el asiento—. Al menos no perdí ningún diente. Aunque creo que tengo uno flojo.

Se llevó un dedo a la boca ensangrentada.

—Tenemos que ir al hospital —murmuró Agustín, que los observaba por el espejo retrovisor.

Lucas negó con la cabeza.

—Ni en pedo. Vamos a mi casa. En serio, no estoy tan mal.

Hizo una mueca y se llevó una mano al costado derecho.

—Podés tener algo roto, Lucas. —Nicolás chasqueó la lengua.

Se inclinó hacia adelante para buscar en la guantera algo con lo que limpiarle un poco la sangre a su amigo.

—No tengo nada roto, Nico. Nada vital, al menos.

Se rio, lo que le provocó un pequeño acceso de tos. Hizo una mueca de dolor y emitió un gruñido por lo bajo.

—¿Nico? —preguntó Agustín. Quería saber si le hacía caso a Lucas o si ignoraba por completo su pedido y lo llevaban a un hospital.

Nicolás observó a su amigo a los ojos. No hizo falta que ninguno de los dos dijera nada. Puso los ojos en blanco y volteó a ver a Agustín.

—Vamos a Campos de Edén —refunfuñó, mientras sacaba el teléfono y trataba de llamar a Celeste.

—¿Qué hacés?

—¿Qué te parece? Llamo a tu hermana.

Pero Celeste no contestaba.

—Dejala, está con el novio.

—No sabía que tenía novio.

—Bueno, *novio* es un término muy vago para describir su relación. ¿Qué tal romance profesor-alumna? —Hizo una pausa para contemplar la expresión de sorpresa en el rostro de Nico. Sonrió—. Está saliendo con Dante Blas.

Quizá Lucas había confesado el romance de su hermana con su profesor porque el dolor lo tenía tonto, quizá había sido para distraer a su mejor amigo de lo que le había sucedido. Probablemente lo segundo.

Pero su estrategia no funcionó. Esa era una conversación que Nico podía tener con Celeste más tarde. Era una conversación que *tendría* con su amiga más tarde. Por lo pronto, sin embargo, su preocupación mayor era el Lucas molido a palos que tenía en el asiento trasero de su auto.

No hizo falta que Nicolás insistiera demasiado, de todos modos, para que Lucas comenzara a contarle sobre su pequeño problema. Tenía que explicarle que llevaba participando de juegos clandestinos desde hacía meses para que su amigo pudiera entender la gravedad del asunto. Le contó sobre la última apuesta que había hecho y la cantidad de plata que debía. Le contó cómo había intentado recuperarla esa tarde y cómo había terminado así.

Su intento de hacer trampa no había sido muy bien tomado por el resto de la mesa, en especial por el dueño de la casa. El hombre le había indicado a su bravucón que le diera la paliza de su vida. Cuando creyó que los golpes habían sido suficientes y que así aprendería su lección, lo llevaron en auto y lo tiraron al costado de la ruta, cerca de la parada de colectivo.

Claramente no volvería a ver su auto. Al menos así quedaría saldado lo que había perdido esa noche. Así que no solo todavía le faltaba dinero para cubrir el último pago de su otra deuda, ahora también había perdido un auto. Su padre iba a matarlo.

Se detuvieron frente a la casa de los Torres. Se veía luz en la sala y el auto de Celeste estaba aparcado en la entrada. Nico se preguntó por qué no había atendido el teléfono, pero Lucas lo distrajo.

—Yo te conté mi secreto. ¿Vos no me vas a contar el tuyo? —Nicolás se hizo el desentendido. Lucas observó de reojo a Agustín, que acababa de detener por completo el vehículo—. No te preocupes, no es obvio. Es solo que yo te conozco.

Nico se quedó unos segundos en silencio, sin saber qué decir. La puerta trasera se abrió y Agustín ayudó a Lucas a bajarse. Pero él era capaz de mantenerse en pie e intentó convencerlos de que lucía peor de lo que realmente se sentía, que solo había pedido ayuda porque ya no tenía su auto, no porque necesitara que lo cargaran hasta el interior de la casa. Se apoyó en la cerca del jardín mientras Nico se giraba hacia Agustín.

—¿Podrías ir a la farmacia a comprar vendas, gasas, desinfectante...?

Agustín asintió.

—Por supuesto.

—Gracias —Nico le sonrió y se animó a inclinarse hacia adelante para darle un beso breve en los labios.

Lucas acababa de decirle que ya lo sabía todo y en la calle no había nadie que pudiera verlos. Incluso si lo hubiera, Agustín merecía que se arriesgara, se estaba comportando de manera increíble. Nico le dedicó una última sonrisa mientras lo veía subirse al auto.

Regresó donde Lucas y lo obligó a pasarle un brazo por sobre los hombros, pese a que su amigo se negó en un principio. Nico no medía el metro ochenta de Lucas ni tenía su musculatura, pero era capaz de soportar algo de peso muerto. Entraron a la casa.

III

—Ehm... Supongo que sí.

Celeste se hizo a un lado, confundida, mientras la esposa de su amante ingresaba a su casa. El corazón comenzó a latirle con fuerza. No podía ser una coincidencia que Melisa se presentara en la puerta de su hogar el mismo día en que Dante le había dicho que planeaba dejarla. ¿Acaso se había enterado de lo que ellos habían intentado mantener en secreto durante los últimos meses? ¿O acaso Dante ya había hablado con ella? No, su plan era decírselo el lunes a primera hora. ¿Quizá había decidido apresurar las cosas al notarla tan extraña durante su encuentro?

—Tienen una casa preciosa —murmuró Melisa, que no dejaba de observar todo a su alrededor con curiosidad.

Avanzó hacia la sala con una familiaridad perturbadora y giró sobre sus talones. Observó a Celeste con una sonrisa.

—¿Puedo preguntar qué...?

—¿Me traerías un vaso de agua? —la interrumpió.

Celeste dudó, pero acabó asintiendo antes de dirigirse hacia la cocina. Trataba de mantener la calma, aunque estaba entrando lentamente en pánico. La esposa de su amante estaba en la sala de su casa. Aquello no podía estar sucediendo. Aunque debería haberse imaginado que, tarde o temprano, algo así ocurriría. Habían tenido suerte durante demasiado tiempo.

Mientras servía el vaso de agua, se preguntó si cabía la posibilidad de que hubiera sido Florencia quien se había contactado con la mujer.

Buscó su teléfono celular en el bolsillo de su pantalón, con la intención de escribirle a Dante, pero recordó que lo había dejado en la sala. Estar a solas con la esposa de Dante le producía demasiada inquietud. Aunque ¿qué era lo peor que podía ocurrir? Melisa debía tener alrededor de cinco meses de embarazo. A lo sumo la acusaría de ser una zorra robamaridos. No estaría del todo errada y Celeste creía que era capaz de soportar ese y otros insultos. En el fondo, era consciente de que se los merecía.

Puso su mejor sonrisa y regresó a la sala con el vaso de agua que Melisa le había pedido. La mujer seguía de pie en el mismo lugar, con una mano sobre el vientre y la otra alrededor de la correa de su cartera. Se soltó la panza para tomar el vaso que Celeste le tendía y bebió un sorbo. Pese a que le sonreía y se mostraba confiada, se notaba que había cierto nerviosismo detrás de aquella fachada de perfección.

Melisa dejó el vaso de agua sobre una mesita de vidrio cercana.

—Estás sola.

No era una pregunta, sino una afirmación.

—Mis padres van a llegar en cualquier momento.

En realidad, no tenía idea de a qué hora pensaban volver Efraín y Lucía Torres. Sus reuniones en el club, cuando incluían la cena, podían extenderse hasta pasada la medianoche, sobre todo si su madre se hacía muy amiga de alguna botella de vino blanco y a su padre le daba por fumarse unos puros. Tampoco tenía idea de dónde estaba Lucas o de a qué hora regresaría.

Se acercó hacia el sillón para buscar su teléfono, pero no lo vio encima de los almohadones, donde se suponía que lo había dejado.

—En ese caso, no voy a demorarme mucho tiempo. —Melisa se dio vuelta para observar a Celeste, que seguía buscando el teléfono en el sillón—. Supongo que sabés por qué estoy acá.

Celeste decidió jugar a hacerse la desentendida.

—La verdad es que no tengo la menor idea, Melisa…

—¿Hace cuánto que te acostás con Dante?

Se quedó de piedra, con un cojín en una mano. Alzó la mirada para observar a la mujer, que de repente lucía terroríficamente tranquila.

Sabía. Por supuesto que sabía. ¿Por qué otra razón habría ido a buscarla a su propia casa un domingo por la noche? Se había enterado de que ella era la amante de su esposo, ya fuese por Dante o por alguien más. Probablemente no por Dante. Si él le hubiera dicho algo, antes le habría advertido que su esposa se dirigía hacia su casa, ¿no? Habría ido tras ella, incluso.

—¿Te comieron la lengua los ratones, corazón? —preguntó Melisa con cinismo.

Celeste dejó el cojín sobre el sillón y se irguió en toda su altura, con la intención de aparentar que tenía algún tipo de dignidad capaz de protegerla de la humillación a la que Melisa Blas la estaba por someter. Los diálogos de *You*, que seguía transmitiéndose en la televisión a sus espaldas, no le permitían pensar en ninguna contestación mordaz. O quizá eran el miedo y la culpa que sentía en ese momento. Nunca se había imaginado teniendo que enfrentarse a Melisa Blas de aquella manera.

—Nunca fue mi intención destruir tu matrimonio —dijo finalmente—. No busqué que pasara esto, simplemente... sucedió. No soy la típica pendeja que se obsesiona con su profesor casado. Creeme que si pudiera haber elegido no enamorarme de él...

—Haceme un favor y ahorrame tus explicaciones patéticas. Enamorada —bufó, visiblemente molesta—. ¿Qué podés saber vos sobre lo que es el amor? No sos más que la zorrita que sedujo a mi esposo. Al padre de mi hijo. ¿Creés que él te ama? ¿Creés que me va a dejar por vos?, ¿que va a dejar a su hijo por vos? Estás muy equivocada. Para Dante no sos más que un juguete. Un pasatiempo. Una distracción.

Celeste tuvo que morderse la lengua. No creía que fuera la mejor opción hacerle frente a la mujer y decirle que Dante estaba por dejarla, que se lo había confirmado esa misma tarde. Melisa estaba embarazada y Celeste no quería ser la culpable de provocarle un ataque de estrés. Dejaría que se desahogara, que le dijera todo lo que necesitaba decirle y que se marchara. Por una vez en la vida se tragaría su orgullo y ofrecería la otra mejilla.

—Y pensar que creí que era tu amiguita la que se lo estaba garchando —soltó Melisa y puso la lengua entre los dientes. Se la veía cada vez más tensa. Celeste frunció el ceño, confundida—. Tengo que serte sincera. Hace años que sospecho que Dante me engaña. Nuestro matrimonio nunca fue tan perfecto como queríamos hacerle creer a todo el mundo. Yo intenté darle todo lo que necesitaba, realmente lo intenté. Pero él tiene un problema. Evidentemente no puede dejar guardado el pito adentro de los pantalones. Si pensás que sos la primera, estás equivocada.

»Pero nunca encontré evidencia de nada. Dante es muy inteligente. Siempre supo muy bien cómo cubrir sus rastros. O al menos antes tenía la decencia de hacerlo…

Melisa sonaba alterada. Celeste decidió interrumpirla.

—Creo que es mejor que te vayas, Melisa. Que arregles esto con Dante, no conmigo.

La mujer no respondió, parecía consumida en su propia locura.

—En un momento creí que podía vivir con ello. Siempre y cuando me siguiera amando a mí, siempre y cuando yo siguiera siendo su esposa… —Hizo una pausa y respiró hondo. Se aferró con más fuerza a la correa de su cartera. Volvió a acariciarse el vientre con la otra mano—. Entonces me empezaron a llegar esos mensajes… Nunca supe quién los enviaba. Pero siempre supe que eran ciertos. «¿Dónde creés que estuvo tu esposo hoy? ¿Por qué no cuidás mejor a tu esposo? Tu esposo se está aburriendo de vos» —repitió, agitada—. Me estaba poniendo en ridículo. Y eso… eso sí que no lo podía permitir. Quedar como la cornuda, como el hazmerreír… Incluso embarazada. Ni siquiera saber que estaba esperando un hijo lo detuvo.

»Y entonces lo vi, esa mañana en el centro comercial. Hablando con la mocosa esa. Estábamos viendo ropa para nuestro futuro hijo y, aun así, la zorrita esa tuvo el descaro de buscarlo.

A Celeste le tomó unos segundos digerir las palabras de Melisa. No hablaba de ella, se refería a alguien más.

Entonces cayó en la cuenta de lo que la mujer había dicho minutos atrás, de que había creído que era su «amiguita» con quien Dante la había estado engañando. Melisa Blas hablaba de mí. Era a mí a la que había visto con su esposo aquella mañana en el centro comercial.

Tragó saliva. Celeste creía saber hacia dónde se dirigía aquella conversación y comenzó a experimentar verdadero temor.

Melisa siguió hablando.

—Lo encaré. Discutimos esa noche. Él se fue de casa, hecho una furia. Yo lo seguí. Sabía que la iba a ver a ella. Lo sabía. Lo vi estacionar frente a esta casa. La vi a ella acercarse a hablarle. Lo llamé por teléfono y Dante me mintió en la cara. Me dijo que iba a una estación de servicio cuando yo sabía que estaba por coger con la pendeja esa. Tenés que entender que no podía permitir que se me siguiera riendo en la cara. Y menos con esa pendeja engreída y maleducada. Mi idea era asustarla. Nada más. Pero perdí el control.

Celeste se llevó una mano a la boca, conmocionada.

Melisa sacó de su cartera un revólver negro y apuntó en su dirección. Sostuvo el arma con las dos manos, temblorosa. Celeste dio dos pasos hacia atrás y casi tropieza con la mesa ratona.

Observó a un costado, el teléfono de línea que casi nunca utilizaban, junto a una lámpara antigua. Si intentaba acercarse, Melisa le dispararía tal y como lo había hecho conmigo.

No tenía escapatoria. La mujer no había ido allí para hablar, para sacarse la frustración del pecho, insultarla y hacerla sentir una zorra rompehogares. No, estaba allí para matarla. Si a mí me había matado solo por sospechar que era la amante de su esposo, con Celeste no dudaría en apretar el gatillo.

—Melisa... Por favor. No tenés por qué hacer esto —rogó Celeste, con las manos a la altura del pecho, como si aquello fuera suficiente para defenderse.

—Por supuesto que tengo que hacer esto. Nunca quise matar a tu amiguita, pero no soportaba escucharla hablar. Cada palabra que salía de su boca... —La mujer chasqueó la lengua y soltó una risita, desquiciada—. Cuando me di cuenta de lo que hice, supe que no me había equivocado. Con su amante muerta, Dante finalmente me volvería a prestar atención a mí, como corresponde. Me volvería a respetar como esposa.

»Y por un tiempo, así fue. Pero entonces todo empezó de nuevo. Las escapadas, las mentiras. Cuando hoy te vi salir del apartamento de su amiguito, me di cuenta de que nunca me deshice de su distracción. No realmente. Daniela no era la amante y por eso él no captó el mensaje. Ahora lo va a captar. Ahora va a entender que no tiene a nadie más, solo a mí.

Los ojos de Celeste se llenaron de lágrimas.

—Te prometo que no voy a decir nada. Te prometo que dejo a Dante, que nunca más va a saber nada de mí. No hagas esto, Melisa. Te lo pido por favor. —La mujer dio un paso hacia adelante y Celeste dio un respingo—. Pensá en tu hijo, Melisa. La policía te va a atrapar. Vas a ir a la cárcel, vas a tener a tu hijo ahí y después te lo van a sacar. No lo vas a poder criar. Vas a ir presa.

—¿Qué te hace pensar que voy a ir presa? La policía fue incapaz de resolver el asesinato de tu amiga. ¿Por qué habrían de resolver el tuyo?

Celeste tragó saliva. No sabía qué más decir. No sabía qué más hacer para lograr que Melisa entrara en razón. La iba a matar.

Chocó con el mueble del televisor. El capítulo de *You* estaba por terminar. Cerró los ojos. Jamás había pensado que su vida acabaría de esa manera. Jamás se había imaginado que moriría en la sala de su casa, a manos de la esposa de su amante. Abrió los ojos y me vio a mí.

«Lo tendrías que haber dejado, Celeste. Lo tendrías que haber dejado cuando todavía podías».

Entonces oyó el ruido de la puerta de entrada al abrirse.

IV

Era una calurosa tarde de enero. El sol pegaba tan fuerte que nuestros padres nos habían obligado a bañarnos en protector solar factor cincuenta. Sobre todo, a los mellizos, que se ponían colorados como cangrejos de la nada. Tanto en la radio como en la televisión, locutores y presentadores hablaban sobre aquel inesperado pico de calor, incluso aunque nos encontrábamos en pleno verano. Instaban, a modo de broma, a que todos aquellos que tuvieran una pileta actuaran como buenos samaritanos e invitaran a sus vecinos a pasar el rato.

—Vamos, a ver, sonrían.

Nico puso su mejor sonrisa de niño bueno. Llevaba el cabello corto y peinado hacia un costado, pese a que acabábamos de salir del agua para merendar. Lucas se colocó a su derecha y le pasó un brazo por sobre los hombros. Alto, delgado y colorado de los pies a la cabeza, con el cabello rubio empapado, hecho un desastre. Celeste estaba junto a su hermano, con el cabello atado en dos trenzas y una malla rosa, con pose tímida. Junto a ella me hallaba yo, vestida con una malla amarilla de muy mal gusto, con una enorme sonrisa porque, pese a que odiaba el atuendo, me lo estaba pasando de maravillas.

Lucas alzó el pulgar en el aire cuando su madre presionó el botón de la cámara. Sin *flash*. Con el tremendo sol ya era suficiente. Lucía Torres se tomó unos segundos para observar cómo habíamos salido en la fotografía, en particular sus hijos, antes de indicarnos que habíamos quedado preciosos. Se marchó de regreso al interior de la casa, vestida con su sombrero blanco y negro a juego con su malla y su pareo.

Su madre todavía no había dado dos pasos cuando Lucas regresó a la pileta. Se lanzó hecho una bolita con la intención de salpicarnos a nosotras. Con Celeste soltamos un gritito antes de alejarnos en dirección a la mesa con galletas y leche chocolatada que una de las empleadas de los Torres nos había preparado. Nico, por otro lado, decidió seguir a su amigo y se lanzó al agua.

—Me gusta esto.

—¿Las galletas? —me preguntó Celeste—. ¿O la chocolatada?

—Nosotros —respondí, como si fuera lo más natural del mundo—. Así, los cuatro. Quiero que sea así siempre.

—Obvio —sonrió Celeste, antes de beber de su vaso. Le quedaron bigotes marrones, pero no le dije nada. Me reí por dentro—. Vamos a ser amigos para toda la vida.

Ninguna de las dos sabía en ese momento que «para toda la vida» terminaba con la muerte. La de uno de nosotros.

Observamos a Nicolás y Lucas, que no se cansaban del agua. Los Torres habían marcado con boyas dónde terminaba la parte baja de la piscina; aunque, de todos modos, no nos dejaban meternos sin supervisión. En aquel momento era la madre de los mellizos la encargada de vigilarnos, aunque Lucía parecía mucho más concentrada en su ejemplar de *Vogue* que en lo que estábamos haciendo.

Los chicos salieron un rato a comer y se volvieron a meter incluso cuando nosotras nos cansamos y decidimos regresar a la casa. El sol comenzaba a ponerse, el cielo teñido de naranja y rosa. Los dos tenían los dedos arrugados como pasas de uvas. Lucas comentó que así se verían sus manos cuando fueran viejitos y los dos estallaron en risas. Boca arriba, encima de los flotadores, iban a la deriva en las tranquilas aguas de aquella piscina.

—¿Nos vamos a seguir viendo cuando seamos viejitos? —preguntó Nico.

Lucas se mantuvo en silencio unos segundos.

—¿Por qué no?

Nico se encogió de hombros.

—No sé. Mis hermanos hicieron nuevos amigos en la primaria.

—Pero nosotros siempre vamos a ser amigos. Vos, Daniela, mi hermana y yo.

Lucas giró el rostro para observar a su amigo, que había clavado sus ojos en una pequeña nube que se deshacía en el cielo. Guardó silencio, pensativo. Deseó saber en qué pensaba. Él no tenía hermanos mayores, así que no sabía por qué alguien podía alejarse de sus mejores amigos y hacer nuevos. No tenía a quién preguntarle. No era el tipo de cosas que discutía con sus padres.

—Nico —dijo entonces—. ¿Me prometés que siempre vamos a ser amigos?

A lo lejos escucharon que Efraín Torres los instaba a salir de la piscina. Nico volteó a verlo.

—Siempre —le sonrió.

—Nico...

Pero la voz de Lucas se escuchaba distante. Nico parpadeó. Lucas ya no estaba en el flotador junto a él. Giró el rostro y se encontró con un cielo rojo como la sangre, sin nubes, ni sol, ni luna. Un cielo escarlata que se cernía sobre él y lo engullía. Sintió el agua a su alrededor, helada. Ya no estaba en el flotador, el agua le cubría brazos y piernas. Le cubrió el torso y pronto también el rostro. Nico sintió que se hundía. El cielo ya no era rojo, ahora era negro. Todo a su alrededor era negro.

Oyó nuevamente la voz de Lucas. Le hablaba a él, aunque no podía comprender lo que decía. Oyó el llanto de Celeste y supo que ya no estaba en la piscina de los Torres. Tampoco tenía seis años. Trató de recordar, pero la oscuridad que lo envolvía era confusa. Penetraba todos sus sentidos, lo hacía olvidar. Lo hacía sentirse cansado, con sueño. Quería cerrar los ojos y dormirse, aunque no le hacía falta cerrar los ojos. No cuando todo a su alrededor era noche y no podía distinguir una sola figura.

—¿Estoy muerto?

—Le estás preguntando a la persona equivocada.

Otra tarde de enero, una pileta diferente. Yo estaba recostada sobre una toalla, con un bikini violeta y un bronceado de muerte. Me había hecho unas mechas californianas y llevaba lentes de sol. Me los quité para observar a Nico, que había clavado sus ojos en mi novio mientras salía de la pileta y se sacudía el cabello. Su cuerpo parecía tallado y no me extrañaba en lo absoluto que captara la atención de mi amigo.

—Tenés suerte de que no sea celosa —le dije al oído.

Nico parpadeó.

El beso con Agustín en el cine.

Lucas, con la cara rota.

Melisa, apuntando a Celeste.

Un disparo que hizo estallar una de las lámparas de la casa. Otro disparo. El grito de Celeste.

Sangre. Sus manos llenas de sangre. Un golpe. ¿O había sido una explosión? Melisa en el suelo y otra lámpara rota.

Él, desplomándose en el piso.

La mujer estaba embarazada. La mujer que le había disparado estaba embarazada y ahora yacía inconsciente en el piso.

Oscuridad.

V

Agustín se bajó corriendo del auto mal estacionado. No había hecho dos cuadras cuando oyó los disparos, frenó inmediatamente y regresó. No supo si fue sexto sentido o instinto, pero estaba seguro de que aquello provenía de la casa de los Torres.

La puerta delantera estaba abierta. Cuando se detuvo en el umbral, apenas pudo procesar lo que vio. Nico estaba tirado en el suelo y Lucas estaba arrodillado junto a él, con las manos cubiertas de sangre, intentando detener la hemorragia. Agustín no veía de dónde salía tanta sangre. Sentía que el estómago le daba vueltas.

Su primer instinto fue preguntar qué había sucedido, pero Lucas era incapaz de prestarle atención. No dejaba de repetir «No te podés morir, Nico. No te podés morir». Celeste tampoco reaccionaba. Agustín la vio parada junto a una mujer inconsciente, llorando, con una lámpara rota en una mano y un arma en la otra.

Con las manos temblorosas, encontró la fuerza para llamar a emergencias pocos segundos antes de que los guardias del nuevo equipo de seguridad de Campos de Edén llegaran a la puerta de los Torres. Algún vecino había escuchado los disparos y llamado a la entrada.

Al poco tiempo, llegaron la policía y una ambulancia. Los vecinos, que minutos atrás habían estado tranquilos en el interior de sus hogares, ajenos a cualquier caos, ahora salían a intentar adivinar qué había ocurrido.

Los Anderson llegaron al hospital casi al mismo tiempo que la ambulancia, probablemente alertados por algún vecino. No fueron los únicos. Pronto aparecieron Efraín y Lucía Torres, y Blanca, la madre de Agustín.

En Campos de Edén, la noticia del incidente se había esparcido como la pólvora. Los detalles, sin embargo, eran inciertos y las versiones cambiaban según quién relatara la historia. Lo más curioso era que ninguna de las personas dispuestas a contar los hechos había estado allí presente.

Celeste se secó las lágrimas y se puso de pie. Su padre le colocó una mano sobre el hombro. Ella se la sacudió de encima. Efraín Torres se había asegurado de que las autoridades no atosigaran a ninguno de sus dos hijos, que acababan de atravesar una situación traumática y necesitaban tiempo para asimilarla, pero Celeste estaba cansada de esperar. Necesitaba sacarse aquello de encima, vomitarlo todo.

Avanzó con paso decidido hacia los dos oficiales que estaban en el pasillo del hospital. Desatendió por completo el llamado de su padre.

Nico podía morir esa noche y sería por su culpa. Daniela estaba muerta y era por su culpa. Suya y de Dante, por supuesto. Su romance había desencadenado aquella tragedia.

No podía esperar más. Tenía que contarles la verdad. Toda la verdad.

—Estoy lista —murmuró. Con el maquillaje todo corrido y la cara hinchada de tanto llorar, aquella muchacha con el rostro resquebrajado no parecía Celeste Torres.

Fue su declaración la que le ofreció a la policía un panorama mucho más completo de lo sucedido. Celeste les contó, entre lágrimas, absolutamente todo. Su relación prohibida con un profesor del colegio y cómo su esposa, Melisa Blas, se había enterado de la infidelidad y se había presentado horas atrás en su casa. Cómo la había apuntado con un arma y había estado a punto de dispararle cuando su hermano y Nicolás ingresaron a la residencia. Melisa, desconcertada, les había disparado a ellos antes de que Celeste pudiera reaccionar, tomara una de las lámparas antiguas que se encontraba sobre una mesa y se la partiera en la nuca. Para entonces, ya era tarde. Una bala había atravesado a su mejor amigo en el abdomen.

Pero Celeste no les contó solo lo sucedido aquella noche, sino que se remontó tres meses en el tiempo, a la noche de mi muerte.

Melisa le había confesado mi asesinato y mi amiga les transmitió a los policías cada una de sus palabras. El arma con la que intentó matarla y con la que hirió a Nicolás era la misma que había utilizado para quitarme la vida a mí. La policía por fin tenía su arma homicida. Más tarde, al tomarle declaración a Melisa, no quedarían dudas de lo que había sucedido. Por fin habían dado con mi asesina. Mi muerte había dejado de ser un caso imposible de resolver.

Entrada la madrugada, aquella era la única buena noticia que había recorrido los pasillos del hospital. Nicolás seguía en el quirófano.

Sebastián y Valeria se habían sentado a un costado, junto a un dispensador de agua. El hermano mayor de Nicolás estaba encorvado, con las manos entrelazadas como si estuviera diciendo alguna plegaria. No dejaba de mover la pierna derecha con ansiedad. Parecía tan molesto como preocupado, como si en cualquier momento fuera a ponerse de pie y golpear algo. Valeria era el extremo opuesto. Echada sobre la silla con la cabeza hacia atrás, apenas si se movía, perdida en sus pensamientos.

Ricardo Anderson regresó de la cafetería con dos cafés bien cargados. Le ofreció uno a Angelina, que estaba apoyada contra una columna, pero ella negó brevemente con la cabeza. Ricardo se mostraba entero. Tenía que estarlo. Tenía que mantener la compostura. Tenía que ser el pilar que sostuviera a su familia. Por más que se estuviera muriendo por dentro con cada segundo que pasaban sin noticias sobre su hijo menor.

Angelina era un completo desastre. Llevaba el cabello suelto y la ropa arrugada. Nunca había lucido tan pálida y consumida como aquella noche. Se mordía las uñas, que horas atrás lucían un perfecto esmaltado rojo, y todo en lo que podía pensar era en fumar para calmar los nervios. La última vez que había probado un cigarrillo había sido antes de enterarse de que estaba embarazada de Valeria.

—Si no llega a salir de ese quirófano, Ricardo, te juro que…

Los ojos se le llenaron de lágrimas. Su esposo dejó los dos vasos de café sobre una silla y la abrazó. Angelina se refugió en su pecho mientras sollozaba.

Siempre había odiado mostrarse frágil, débil. Durante años había sido una mujer de hierro, imperturbable. Había mantenido la calma y la compostura cuando Valeria se había perdido un día entero, hasta que la encontraron en la casa de una amiga, con el teléfono apagado. Cuando Sebastián se había quebrado un brazo. Cuando Nico se había desmayado en pleno acto escolar con tan solo nueve años. Quizá porque su instinto de madre le había dicho que ninguna de esas era una amenaza real. Esa noche, sin embargo, la posibilidad de perder a su hijo menor era tan tangible que le provocaba dolor físico.

—¿No hay novedades?

Efraín Torres se había acercado por insistencia de sus hijos más que por interés propio. Ricardo negó con la cabeza y el hombre volvió donde su familia, no sin antes dedicarle algunas palabras de aliento. Palabras sin sentido. No había absolutamente nada que pudiera reconfortar a un padre en un momento como ese, más que por fin escuchar que su hijo estaba fuera de peligro.

—Vamos a casa —les dijo a los mellizos.

—No me pienso mover de acá hasta que no sepamos algo de Nico.

El tono de voz de Lucas no daba lugar a discusiones. Efraín sabía que no sería capaz de moverlo de aquella silla, ubicada en el extremo opuesto de la sala, ni aunque utilizara la fuerza. Todavía no le había preguntado cómo se había hecho todas esas heridas, heridas que por fin se había dejado atender hacía solo unos minutos. Celeste permaneció al lado de su hermano, los dos tomados de la mano, esperando escuchar algo positivo sobre el estado de salud de su amigo.

El que ya no estaba en el hospital era Agustín. No había podido quedarse sin exponer su relación con Nico. A él era lo que menos le importaba, pero no sabía cómo se tomaría la familia del chico la noticia, mucho menos en la situación en la que se encontraban. No le parecía adecuado. Así que había dejado que Blanca lo condujera de regreso a la casa, no sin antes pedirle a Celeste que le avisara apenas supiera algo. Iba a ser incapaz de dormir en toda la noche.

Al cabo de unos minutos, una enfermera avanzó por el pasillo, la mirada enfocada en los Anderson. Lucas abandonó su lugar y se acercó un poco.

—¿Cómo está mi hijo? —Angelina se precipitó hacia la enfermera con desesperación. Estuvo a punto de tomarla de ambos brazos para no dejarla escapar—. Por favor, dígame que está bien.

Ricardo la tomó de los hombros. Le hizo a la enfermera la misma pregunta, pero con mayor tranquilidad. La mujer suspiró.

—El doctor Banegas todavía está operando. Ha perdido mucha sangre, pero ya está fuera de peligro.

Angelina soltó un suspiro de alivio y se giró para sollozar en el pecho de Ricardo.

—¿Va a estar bien? —preguntó él.

—Lo peor ya pasó, aunque todavía tenemos que ser cautelosos —dijo la enfermera—. Lo que vamos a necesitar son donantes de sangre. ¿Ustedes, quizá los hermanos...? —indagó la mujer.

Angelina se tensó visiblemente. Su sollozo se detuvo. Antes de que pudiera decir algo, Ricardo ya estaba respondiendo por ella.

—Somos todos O positivo.

La expresión confundida en el rostro de la enfermera y la manera en que Angelina despegó bruscamente su cuerpo fueron los dos indicios de que Ricardo acababa de decir algo que no debería haber dicho. Quizá no tan públicamente.

Angelina observó de reojo a sus otros dos hijos, que se habían acercado para escuchar noticias sobre su hermano. No hizo falta que le dijera nada a su esposo. Él solo tomó a Sebastián y Valeria de los hombros y los alejó. Con mucha menos delicadeza, Angelina tomó a la enfermera del brazo y se dirigió en dirección contraria.

—Su hijo es A negativo.

La enfermera observó de reojo a Ricardo antes de volver a clavar su mirada en Angelina.

—Nicolás es nuestro hijo.

La mujer tragó saliva, incómoda.

—Disculpe. No quise ser indiscreta. No tenía manera de saber.

—Por favor, no tiene que disculparse. —Angelina le soltó el brazo. Respiró hondo y, por un segundo, recuperó esa máscara de perfección que siempre portaba—. Pero entenderá que dada la situación que estamos atravesando, lo que menos necesita mi familia es otro asunto del que preocuparse.

La pobre enfermera asintió quedamente. Si tanto el padre como la madre del paciente eran O positivo, eso significaba que el chico era adoptado... o que tenía otro padre. Era una simple cuestión genética.

—Nuevamente... mil disculpas.

—Conseguiremos donantes, pero agradecería que no se vuelva a mencionar este tema. Nadie lo puede saber.

La mujer asintió una última vez antes de marcharse de regreso al quirófano. El cirujano terminaría de operar en cualquier momento.

Angelina cerró los ojos y se llevó una mano a la sien. Se le partía la cabeza. Cuando abrió nuevamente los ojos, Ricardo estaba de pie frente a ella.

—¿Qué le dijiste a la enfermera?

—Que mantenga la boca cerrada.

No lo había expresado en esas palabras, aunque el mensaje era claro. El tono de Angelina no dejaba lugar a dudas. Bajo ningún punto de vista ni aquella enfermera ni nadie más debería mencionar la diferencia en el grupo sanguíneo. Nico sabía que era A negativo, pero desconocía el tipo de sangre de sus padres. Y aquello no tenía por qué cambiar. Angelina pensó que, solo por si acaso, debería hablar con el cirujano y la jefa de las enfermeras. Hablaría con el mismísimo director del hospital si acaso era necesario.

Ricardo observó en dirección al pasillo.

—Quizá deberíamos decirle, Angie...

Ella alzó la mirada y clavó sus ojos en los de su esposo. Había cierta nota de pánico en ellos.

—De ninguna manera. Nicolás es nuestro hijo, Ricardo.

Él parecía agotado. Aquella no era una conversación que tuviera ganas de entablar, mucho menos en esa situación. Todo lo que quería era que su hijo saliera del quirófano, sano y salvo. Que pudieran verlo cuanto antes.

—No estoy diciendo que no lo sea, pero...

—Ni una palabra más —cortó ella—. Juramos silencio.

VI

—Hola, corazón.

Por alguna extraña razón, cuando Nico abrió los ojos, creyó verme a mí. Sin embargo, la mujer que estaba de pie junto a la camilla, inyectando algún medicamento en su suero, no era más que una de las enfermeras del hospital. Cabello negro y ojos azules, como los míos; pero de una expresión mucho más amable y con un aura casi maternal.

Pese a que de mi muerte habían pasado ya tres meses, saber que no volvería a verme en persona nunca más le produjo una sensación de pesadez en la boca del estómago.

Pensar que él podría haber corrido el mismo destino.

Afortunadamente, la cirugía había sido un éxito, pese a la excesiva pérdida de sangre. La bala se había alojado en el intestino delgado y el cirujano había sido capaz de extraerla sin inconvenientes. Ningún otro órgano importante resultó dañado. Según los médicos, Nico había tenido muchísima suerte. Si la ambulancia se hubiera tardado unos minutos más o si lo hubieran herido unos centímetros más a la izquierda, entonces la historia habría sido completamente diferente.

Los primeros en visitarlo, por supuesto, fueron sus padres y sus hermanos. Nicolás se sintió aliviado al ver que su madre ya no lo observaba con resentimiento. No había más que preocupación y amor infinito en sus ojos. Acostumbrada a verla siempre tan perfecta, tan entera y distante, hallarla en ese estado le produjo sensaciones encontradas. Pero la debilidad la humanizaba y era tranquilizante saber que Angelina Machado no era un robot.

Sus hermanos también se mostraron preocupados, agradecidos y mucho más buenos con él de lo que acostumbraban. Nicolás recordaba lo molesta que Valeria había estado el día anterior, cuando su padre les había anunciado que se iba. Parecía haberse olvidado por completo de todo eso. Y Sebastián estaba más atento que nunca. Si podía traerle algo, si quería que le prendiera la televisión, si necesitaba que le trajera algún libro de casa.

Con su padre ocurría algo muy similar. Ricardo Anderson nunca había sido un hombre dado a las demostraciones afectivas, pero tener a su hijo al borde de la muerte quizá le había enseñado que de nada valía tragarse los sentimientos. Lo tomó de la mano y le dio un pequeño apretón. «Me alegra que ya estés bien». No parecía gran cosa, pero Nico supo apreciar el gesto.

Ninguno de los miembros de su familia, sin embargo, fue capaz de explicarle exactamente qué era lo que había ocurrido. Ahora que estaba despierto, él recordaba todo hasta el momento en el que había ingresado a la casa de los Torres. Sabía que había visto a una mujer embarazada apuntarlo con un arma, pero allí se terminaba todo. Valeria fue la que le informó que esa mujer era Melisa Blas, la esposa de su profesor de Geografía. Y que, según los rumores, se había enterado de que el hombre estaba saliendo con una alumna. Celeste.

«¿Qué tal romance profesor-alumna?».

Las palabras de Lucas resonaron en su cabeza. Ahora lo comprendía. Poco a poco, las piezas del rompecabezas iban encajando. Pero Nico no tuvo la historia completa hasta el martes por la tarde, cuando por fin le permitieron tener visitas más allá de la familia directa, y los mellizos se aparecieron en el hospital y le contaron la historia completa.

—... si ustedes no hubieran llegado justo en ese momento, Nico... —sollozó Celeste.

La culpa la tenía hecha un desastre. Le había pedido perdón a su amigo un millón de veces, pese a que él le había aclarado que nada era su culpa. No era ella la que le había disparado. Había sido Melisa Blas.

Además, todo había acabado bien. Estaban los tres vivos, que era lo que importaba. Melisa iría a la cárcel. Yo tendría justicia. Mis padres podrían descansar un poco más tranquilos por la noche.

Esa misma tarde fueron a visitarlo también Constanza, Martín y Agustín. Como solo se permitía un máximo de cuatro personas en la habitación, los mellizos decidieron abandonar unos minutos el cuarto, aunque Nico estaba seguro de que terminaría rodeado por los cinco hasta que alguna enfermera se diera cuenta y los sacara. Los mellizos no se alejarían de él mucho tiempo.

—¡No tenés una idea de lo preocupados que estábamos! —le dijo Constanza, que se abalanzó a abrazarlo.

—¡Coti, cuidado! —la reprendió Martín.

Nico hizo una breve mueca de dolor ante el efusivo abrazo. La herida de bala todavía le dolía y no dejaría de molestarle por un buen tiempo. Eventualmente podría retomar su vida normal; pero, una vez que le dieran el alta, tendría que quedarse en su casa y hacer reposo absoluto hasta recuperarse completamente. Se perdería un montón de clases y aquello no le hacía la menor de las gracias. ¡A menos de un mes de acabar el semestre!

—Solo vos te podés preocupar por perderte clases —sonrió Agustín, que se había sentado junto a él, pero que aún mantenía las distancias.

Martín tosió.

—No hace falta que sigan fingiendo.

Nicolás y Agustín intercambiaron una mirada de confusión. Constanza se mordió el labio inferior con algo de culpa.

—Ay, perdón, Nico. Le conté. Cuando te vimos en la entrada —continuó, observando ahora al otro chico—, Tincho dijo que no sabía en qué momento se habían vuelto tan cercanos y...

Nico sonrió. No le molestaba en lo absoluto. Lucas ya sabía y, probablemente, aquello significaba que Celeste también. Que todos sus amigos estuvieran en la misma página respecto a su relación con Agustín y que no tuviera que salir del clóset con cada uno de ellos era, en cierto modo, un gran alivio.

—Solo me siento un poquito ofendido porque hayas pensado que no podías confiar en mí —suspiró Martín—. Pero como te acaban de agujerear el estómago, te lo voy a dejar pasar.

Los cuatro se rieron, aunque a Nico le provocó una puntada de dolor. Mientras no se le saltaran los puntos, aquello lo valía. Poder tener a Agustín a su lado, tomarlo de la mano y reconfortarse en su sola presencia era sanador. A los que todavía no les había dicho nada, y quienes seguirían en las sombras por ahora, eran sus padres y sus hermanos. Pese a que una parte de él le decía que podía aprovechar su situación —no se podían molestar con el hijo al que acababan de disparar— no se sentía con fuerzas para tener esa conversación.

Cuando Agustín abandonó la habitación en busca de algo para tomar, Nico consideró preguntarles a sus amigos si las cosas entre ellos se habían arreglado. El simple hecho de que Coti se hubiera referido a Martín como *Tincho* le daba la pauta de que, al menos, habían decidido dejar sus problemas de lado por un tiempo. Al final, prefirió no meterse en el tema, no todavía, al menos. Lo importante era tenerlos ahí y que los tres pudieran charlar y reír como antes. Reír, quizá, no tanto. Hasta que estuviera cien por ciento recuperado.

Mientras Constanza y Martín le contaban a Nico un poco de la repercusión que aquel incidente había tenido en el William Shakespeare, Agustín se dirigió a una de las máquinas expendedoras del pasillo. Necesitaba algo con cafeína y, quizá, unas papas. Llevaba prácticamente sin dormir desde la noche del accidente. Ahora que había visto que Nico estaba bien, sin embargo, al fin podría conciliar el sueño.

Metió un billete en la máquina. Seleccionó una bebida energizante y un paquete de papas fritas chico. Apenas Nico se recuperara, lo invitaría nuevamente al cine para concluir la cita que no habían podido terminar el domingo.

—¿También tenés sed? —le preguntó a Lucas, que se había acercado por el pasillo. Celeste había salido del baño y ya se había metido otra vez al cuarto de Nico. Les quedaban apenas algunos minutos para que acabara el horario de visita y querían aprovecharlos.

—Acabo de tomarme un café, pero unas papas no me vendrían mal. —Antes de que Agustín pudiera ofrecerle de las suyas, Lucas ya había metido su dinero en la máquina—. Che, Agustín... —murmuró, de espaldas al chico.

—¿Qué pasa?

Lucas se agachó a recoger las papas y se giró para observarlo.

—Sobre lo que pasó en la fiesta. Preferiría que no le dijeras nada a Nico.

No había sido Nicolás el único que había posado sus ojos en Agustín aquella noche. Lucas no los había visto hablar, así que ni siquiera se imaginaba que entre ellos pudiera existir cierta atracción cuando se encontró al chico en el pasillo del primer piso, bien entrada la madrugada. Agustín estaba buscando otro baño, porque el de la planta baja era una inmundicia. Lucas lo sabía. Por eso había subido, después de todo.

Observó a Agustín de arriba abajo. El encuentro que había tenido conmigo y que no llegó a nada lo había dejado caliente. Con muy poco disimulo se llevó una mano al bulto y observó cómo el chico la seguía con la mirada. Aquella fue toda la excusa que necesitó para tomarlo de la musculosa de los Rolling Stones y meterlo al baño que tenían a solo algunos pasos.

El encuentro había durado varios minutos. Pero Lucas solo pensó en ello cuando Aldana le había pedido una coartada. Y luego, cuando comenzó a ver a Agustín y Nico cada vez más juntos. Era así, en parte, como se había dado cuenta de que entre los dos chicos pasaba algo.

—No sé si me siento cómodo mintiéndole a Nico —murmuró Agustín, mientras bajaba la mirada. La verdad era que el recuerdo lo avergonzaba un poco. No acostumbraba a practicarle sexo oral a personas que recién conocía, sobre todo cuando esa misma noche había conocido a un chico que realmente le interesaba. Pero había tomado demasiado y Lucas... Bueno, era difícil resistirse a Lucas Torres.

—Nico no necesita saber que entre nosotros pasó algo. Además, no tuvo importancia. No hay razón para decirle nada.

Agustín dudó. En eso el chico tenía razón. No había tenido ninguna importancia. Había sido algo totalmente casual y él no tenía ninguna intención de que volviera a ocurrir.

—Supongo que no —terminó aceptando—. ¿Vas...?

—Enseguida —dijo Lucas y observó a Agustín alejarse.

Con las papas todavía en una mano, sacó su teléfono celular. Aquella tarde era el momento perfecto para atar cabos sueltos y solucionar problemas. Ahora que Nico estaba fuera de peligro y todo parecía en orden, Lucas podía preocuparse una vez más por su otro asunto, ese que le había ganado una paliza hacía dos días. A su padre le había vendido un robo. Efraín no había tenido otra opción más que creerle.

Soltó un suspiro. No estaba muy convencido de lo que hacía, pero no se le ocurría otra salida. Tras un último segundo de duda, apretó el ícono verde para realizar la llamada.

—¿Nano? Hola. Che, mirá... Necesito pedirte un favor. Uno muy grande.

Tal y como Nico había imaginado, no pasó mucho tiempo hasta que Lucas se les unió y fueron cinco en la habitación. Pronto, una de las enfermeras se percató de aquel detalle y les hizo una advertencia. Fue Martín el que le señaló que el horario de visita estaba a punto de acabarse, de todos modos. ¿Qué daño hacía que se quedaran allí unos minutos más los cinco? La enfermera, que en un principio había parecido dura e inflexible, acabó por dirigirles una breve sonrisa antes de dejarlos en paz.

—Celeste, esperá —le dijo Nico a su amiga, luego de que, minutos más tarde, otra enfermera les indicara que el horario de visitas ya había acabado—. ¿Tenés un minuto?

—Sí, Nico. Claro.

Celeste le indicó a su hermano que se adelantara y regresó junto a su amigo. Se sentó junto a la cama, expectante. Nico sabía que no tenía demasiado tiempo hasta que su madre ingresara al cuarto y se le quedara pegada el resto del día. Pese a que, con dieciséis años, Nico se consideraba lo suficientemente grande como para pasar la noche en el hospital solo, su madre no estaba dispuesta a permitirlo.

—Ya te lo dije mil veces, pero te lo quiero repetir. Nada de lo que pasó es tu culpa, ¿me entendiste? —Celeste apartó la mirada. Nico buscó una de las manos de la chica y se la apretó en un gesto fraternal—. Hablo en serio. Quiero que te lo grabes bien en la cabeza. —Hizo una breve pausa mientras ella se limpiaba una lágrima—. También te quería preguntar...

—Se terminó, Nico. Jamás lo voy a poder volver a ver a la cara de la misma manera, no después de todo lo que pasó. —Tragó saliva y suspiró—. Lo echaron del colegio, además. Mi papá se encargó de ello.

Nico quería decir que sentía lástima por Dante Blas, teniendo en cuenta que su esposa iría presa y que luego tendría que criar a un hijo él solo, pero no podía. Lo último que le generaba ese hombre era lástima. De hecho, no podía evitar pensar que era una verdadera pena que la edad de consentimiento fuera los dieciséis. Si de él dependiera, Blas también iría preso.

—Te merecés algo mucho mejor, Ce. Nunca te conformes con menos de lo que valés.

Tal y como Nico esperaba, Angelina no tardó en aparecer en el cuarto. Se despidió de Celeste y se sometió a las preguntas de rutina de su madre: si le dolía algo, si estaba cómodo, si necesitaba una almohada extra. Aunque, en aquella oportunidad, la mujer terminó el cuestionario con una buena noticia: el viernes le daban de alta.

Un par de días después, efectivamente, Nico se encontró de regreso en su casa.

—Tu padre te preparó el estudio —indicó su madre, mientras Sebastián subía con cuidado la silla de rueda por los escalones de la entrada.

Lo que antes había sido el estudio de su padre se había convertido en una habitación completamente vacía, salvo por su cama, un escritorio, su televisor y su computadora.

Aquello le confirmó que la partida de su padre era definitiva. Se había llevado todas sus cosas, sin excepción, y no solo porque Nico fuera a necesitar instalarse en la planta baja por unos días. Supo que no tardaría mucho en oír sobre un divorcio.

Se obligó a pensar en lo que Agustín le había dicho durante su cita, antes de que ocurriera el incidente. Quizá eso era para mejor. Había librado a sus padres de un matrimonio que, sin lugar a duda, no los hacía felices. Quizá ahora tuvieran las agallas para encontrar a una persona que les devolviera algo de la chispa que habían perdido durante los últimos años. Pensar de esa manera era lo único que le resultaba reconfortante en aquel momento, lo único que lograba maquillar la culpa.

Durante los siguientes días, sus amigos y Agustín se turnaron para llevarle anotaciones sobre las clases y las tareas de cada día. Pese a que no iban a la misma división y no tenían clases o tareas que compartir, los mellizos lo visitaron casi a diario.

Varios de sus compañeros se pasaron por su casa; algunos simplemente para ver cómo estaba, otros porque albergaban la esperanza de que les contara la verdad sobre lo ocurrido.

Querían detalles, pero Nico no estaba dispuesto a hacer un circo de todo eso.

Eventualmente, como siempre sucedía en Campos de Edén, un nuevo escándalo saldría a la luz. Tarde o temprano, aquella historia dejaría de ser novedad.

VII

Una semana después de que se descubriera a la autora de mi asesinato, mis padres pusieron nuestra casa en venta. Durante más de tres meses habían vivido con la esperanza de que recibir justicia les diera algo de paz. Pero no lo hizo. O no de la manera en la que ellos esperaban.

Cada rincón de nuestro hogar seguía empapado de mi presencia. Allí donde voltearan había un recuerdo. Había momentos en los que mi madre rompía en llanto en mitad de la sala o que mi padre se quedaba observando una esquina de la cocina en completo silencio, perdido en el pasado.

Consiguieron un comprador a fines de junio. El primer sábado de julio, el camión de la mudanza se instaló frente a la casa. Pese a que la compañía que habían contratado podía hacerse cargo de todo, mis padres estuvieron presentes cada minuto, llevando y trayendo cajas, acomodando bolsas y pidiendo que tuvieran especial cuidado con el contenido frágil. Sabrina, mi hermana, también formó parte del proceso. De hecho, ella fue la encargada de separar las cosas de mi habitación, tarea que mi madre trató de enfrentar, pero para la que no tuvo estómago, incluso cuatro meses después de mi muerte.

Sabrina soltó un suspiro. Observó, a través de la ventana del que había sido mi cuarto, el panorama gris y lúgubre que presentaba el exterior. Era una tarde fría y nublada de invierno. Si no fuera por el ajetreo constante, estaría tiritando. Se mordió el labio y apartó la mirada. Mi cuarto estaba prácticamente vacío. Solo quedaba el papel tapiz floral y dos cajas con chucherías. Los muebles ya estaban en el camión de la mudanza; la ropa y algunos otros elementos personales, camino a la iglesia.

Mi hermana tragó saliva, con un nudo en la garganta, antes de ir a recoger una de las cajas. Ver todo vacío era un recordatorio punzante de mi ausencia. Quizá no nos hubiéramos llevado tan bien cuando estaba viva, pero eso no significaba que no nos quisiéramos. Éramos hermanas, después de todo.

La caja que llevaba en brazos se desfondó a dos pasos de la puerta. Al piso de parqué cayeron una manta pastel que usaba cuando era bebé y que mi madre se había negado a donar o tirar, un par de libros, una caja musical, un oso de peluche viejo, un par de *CD* y, entre otras cosas, un teléfono celular.

Sabrina recogió la manta y luego, con curiosidad, posó sus ojos en el aparato. Era un teléfono plateado con funda, con un *sticker* en forma de corazón en la parte trasera, debajo de la cámara. Mi hermana no lo reconoció. De hecho, ni siquiera estaba segura de que la policía les hubiera devuelto mi teléfono después del análisis.

El teléfono que Sabrina sostenía en su mano me pertenecía, sí, pero no era el que usaba para hacer sociales.

Intentó encenderlo, pero no tenía batería. Aunque lo prendiera, sería incapaz de adivinar la clave

—¡Sabrina! ¡Se nos hace tarde!

Mi hermana metió todas las cosas en la otra caja y, cuando la alzó, rogó que no se desfondara.

El teléfono quedó olvidado. Mejor que así fuera. Aquel pequeño dispositivo era el que contenía los mensajes que le había enviado a Melisa sobre la infidelidad de Dante, pero esa era apenas la punta del iceberg. No era ese el único secreto que se escondía allí.

Porque yo podía estar muerta, pero no me llevé a la tumba ningún secreto.

COMPAÑERES

Autor ALEXIS D. ALBRECHT

Editores FIORELLA LEIVA

IGNACIO PEDRAZA

Fotomontaje DARÍO PÉREZ

Maquetación RAMIRO REYNA

Corte de Invierno

www.ingramcontent.com/pod-product-compliance
Lightning Source LLC
La Vergne TN
LVHW092104060526
838201LV00047B/1563